हिन्द पॉकेट बुक्स

घरौंदा

रांगेय राघव का मूल नाम तिरूमल्लै नंबाकम वीर राघव आचार्य था; लेकिन उन्होंने अपना साहित्यिक नाम 'रांगेय राघव' रखा। इनका जन्म 17 जनवरी, 1923 श्री रंगाचार्य के घर हुआ था। इनकी माता श्रीमती कनकवल्ली और पत्नी श्रीमती सुलोचना थीं। इनका परिवार मूलरूप से तिरुपति, आंध्र प्रदेश का निवासी था।

रांगेय राघव हिंदी के उन विशिष्ट और बहुमुखी प्रतिभावाले रचनाकारों में से हैं, जो बहुत ही कम उम्र लेकर इस संसार में आए, लेकिन जिन्होंने अल्पायु में ही एक साथ उपन्यासकार, कहानीकार, निबंधकार, आलोचक, नाटककार, कवि, इतिहासवेत्ता तथा रिपोर्ताज लेखक के रूप में स्वयं को प्रतिस्थापित कर दिया, साथ ही अपने रचनात्मक कौशल से हिंदी की महान सृजनशीलता के दर्शन करा दिए। रांगेय राघव ने हिंदीतर भाषी होते हुए भी हिंदी साहित्य के विभिन्न धरातलों पर युगीन सत्य से उपजा महत्त्वपूर्ण साहित्य उपलब्ध कराया।

घरौंदा

रांगेय राघव

हिन्द पॉकेट बुक्स
पेंगुइन रैंडम हाउस इम्प्रिंट

हिन्द पॉकेट बुक्स

यूएसए | कैनेडा | यूके | आयरलैंड | ऑस्ट्रेलिया
न्यू ज़ीलैंड | भारत | साउथ अफ्रीका | चीन | सिंगापुर

हिन्द पॉकेट बुक्स, पेंगुइन रैंडम हाउस ग्रुप ऑफ़ कम्पनीज़ का हिस्सा है,
जिसका पता global.penguinrandomhouse.com पर मिलेगा

पेंगुइन रैंडम हाउस इंडिया प्रा. लि.,
चौथी मंजिल, कैपिटल टावर -1, एम जी रोड,
गुड़गांव 122 002, हरियाणा, भारत

पेंगुइन
रैंडम हाउस
इंडिया

प्रथम संस्करण हिन्द पॉकेट बुक्स द्वारा 1982 में प्रकाशित
यह संस्करण हिन्द पॉकेट बुक्स में पेंगुइन रैंडम हाउस द्वारा 2022 में प्रकाशित

10 9 8 7 6 5 4 3 2

ISBN 9789353495022

मुद्रकः रेप्रो इंडिया लिमिटेड

www.penguin.co.in

FSC www.fsc.org
MIX
Paper from
responsible sources
FSC® C047271

This is a legitimate digitally printed version of the book and therefore might not have certain extra finishing on the cover.

घरौंदा

युनिवर्सिटी का एक हिस्सा। कालेज अपने सिर पर सूली लिए खड़ा है। इधर-उधर बहुत-सी चीज़ें हैं। और यह रेखा है, जिसे सिर्फ अंग्रेज़ी पढ़े-लिखे रेस्टोरेंट, अधकचरे रेस्टूरॉ और बेपढ़े-लिखे यानी हिन्दुस्तानी होटल कह अपना नाम देकर पुकारने की तृष्णा दिखाते हैं। एक बुरे दांतोंवाला बनिया—टुटपुंजिया—एक किनारे एक रंगउड़ी कुर्सी पर बैठकर सामने मेज़ पर अपनी छोटी पूंजी को बढ़ाने की कोशिश कर रहा है। उसका लड़का अपने से कम इज़्ज़त पानेवाली बहिन से खेल रहा है, मचल रहा है, और बनिया जो मास्टर कहलाता है, कभी उसे प्यार से देखता है और कभी अपने नौकर पर शुबहे-भरी नज़र डालकर अपनी लम्बी कलम को छोटी दवात में तिरछा गिराकर पुरानी निब में स्याही भरने की कोशिश करने लगता है।

जुलाई का महीना डग भरकर आ गया। होस्टलों में लड़के-लड़कियां ऐसे आ टिके जैसे सुबह की भटकी चिड़ियां शाम को घर की याद करके लौटती हैं, मगर रात में ही शिकारी के जाल में फंस जाती हैं। चिड़ियों को लासे का जो शौक होता है। ज़िन्दगी कितनी व्याकुल और चंचल है। नगरी में हलचल-सी भर उठी है। यह एक नया मुसाफिर है, जिसे जीने के बाद मरना है, जिसके अरमानों की थाती को जुटकर भी लुट जाना है।

कालेज के दफ्तर के बाहर-भीतर भीड़ इकट्ठी थी। वह क्लर्क जो दफ्तरी से बढ़कर कुछ नहीं, काम की ज़िम्मेदारी से सेक्रेटरी की इज़्ज़त पा रहा है। पितृपक्ष में कौना भी श्राद्ध के लिए ज़रूरी हो जाता है।

'आपने फाइल नम्बर ४१ देखी, मिस्टर शुक्ला?'

'जी हां।'

फिर दोनों काम करने लगे। भीड़ की उत्सुक आंखें।

'देखिए, सेक्रेटरी कहता है, 'इस काउंटर का मतलब है कि इसके उधर ही आप लोग ठहरें।'

'अभी स्कूल से नये ही आए हैं।'

फिर पुरानों की हंसी। मगर लड़कों को कोई बेइज़्ज़ती चुभ नहीं रही है। मकतब और पाठशाला से ही जिनके कान खिंचने शुरू हुए हैं, वे अब बड़े होकर काज़ी बन ज़रूर गए हैं, दुम छोड़कर, मगर पहले तो गधे ही थे। और कहते हैं, मतलब गधे को बाप बनवाता है। यह आपस का समझौता है।

एक मिनट को सेफ खुलता है। दस, बीस, तीस,...अस्सी...सौ, रखिए शुक्ला जी सेफ में! इधर नौकर को दम मारने की फुर्सत नहीं है। अभी वह सेक्रेटरी के लिए घर पर सब्ज़ी खरीदकर रख पाया और फिर पिन लेने डेढ़ मील बाज़ार भागा और अभी साढ़े आठ ही बजे हैं।

'आपको कालेज मुबारिक हो,' एक सेक्रेटरी की दो सौ रुपये की घमण्डी आत्मा बोलती है, 'अब आप साहब के पास ऊपर ले जाइए, फार्म 'डी' पर दस्तखत करा लीजिए, हां, फीस लीजिए शुक्ला बाबू !'

'जी लाइए जल्दी बाबू सा'ब।'

काउंटर पैन पर रुपये खन-खन बज उठते हैं। बाहर की भीड़ में यह कोई नहीं सुनता। फिर फोन की घण्टी ट्रिं...ट्रिं...

'हलो! कहिए! मैं हूं सेक्रेटरी मिशन कालेज। हां प्रिंसिपल साहब हैं। अच्छा-अच्छा। ओह ! कौन, कैप्टेन राय बोल रहे हैं ! मैं अभी सब फार्म तैयार करा देता हूं। आपकी कौन लड़की ? मिस लीला ! वेल ! वेल !! आप मोटर में जल्दी इशरीफ लाइए। बड़ी तकलीफ की आपने.. ह ह ह ह थैंक्स ह ह ह...

और तो सब आराम कर रहे हैं। तकलीफ सिर्फ कैप्टन राय ने की है, सिर्फ उन्होंने ही।

'आप लोग ज़रा आफिस से बाहर तशरीफ ले जाइए। थैंक्स !'

सबसे पीछे का लड़का सबसे पहले निकल आया फिर धीरे-धीरे सब निकल चले और आखीर में कोई रेज़गारी गिनता भी निकल आया।

सेक्रेटरी कहने लगे—'मिस्टर शुक्ला, बड़ी परेशानी है। देखिए न ! आखिरी वक्त पर इत्तला दी है, कैप्टेन राय ने। अब बतलाइए क्या करें?'

असिस्टेंट शुक्ला ऐसे नज़र उठाकर देखने लगा कि क्या करें! हमारे-तुम्हारे किए क्या होगा? हमारे सत्तर और तुम्हारे दो सौ से एक कैप्टेन के साढ़े सात सौ बहुत ज़्यादा होते हैं। मगर वह कुछ बोला नहीं। सेक्रेटरी पसीना पोंछने लगा। बोला—'इस साल पौने तीन सौ लड़कों की टक्कर में एक सौ बीस लड़कियां। बहुत हो गया साहब ! पार साल सिर्फ अठहत्तर थीं, उससे पहले सत्तावन' जैसे जब से लड़कियां आने लगी तब से इनकी ज़बान पर एक-एक घाव होता गया और आज एक सौ बीस घाव पूरे हो गए। घण्टी बजती है। नौकर घुसता है।

'लड़कों को बुलाओ,' सुनकर वह बाहर आकर कहता है—'आइएगा बाबू लोग।' और लड़के जो दुम दबाकर कुत्तों की तरह बाहर निकल आए थे और बाहर जाकर जिनकी दुम खड़ी हो गई थीं, अब फिर दुम दबाकर आफिस में घुसने लगे।

उसी वक्त एक लड़का—बाइस तेईस वर्ष का—एक खम्खे के पीछे से निकलकर डोम के नीचे खड़े होकर इधर-उधर झांकने लगा। वह एक पजामा पहने था और एक सादी कमीज़। जेब में बारह पाने का जापानी फाउण्टेनपेन है और एक ट्वील का अधमैला रूमाल। सिर के बाल धूल-भरे, मगर कढ़े हुए और पैरों में सस्ती चप्पल। माथे पर पसीने की बूंदें छा रही हैं और कांखों में लाल-लाल-सा पसीना बह रहा है। उसके हाथ में एक फार्म है और वह इधर-उधर झांक रहा है। एक लड़का, जिसको आफिस में भी घुसने का अभी मौका नहीं मिला है, उससे पूछने लगा—'आपका एडमीशन हो गया?'

लड़का कहने लगा—'अभी तो नहीं,आपको मालूम है, वाइस प्रिंसिपल का आफिस कहां है ?'

'मुझे नहीं मालूम,' सच्चा जवाब है, क्योंकि वह खुद नहीं जानता। 'आपका फार्म देखूं ?' लेकर पढ़ने लगता है—'भगवतीप्रसाद, इण्टरमीजियेट, फर्स्ट क्लास, डिस्टिंक्शन—इंग्लिश, कैमिस्ट्री, मैथमेटिक्स। ओह ! गुड ! आपको तो चाहे जहां ले लिया जाएगा। क्यों, वाइस प्रिंसिपल को क्या करिएगा ? इण्टर आपने कहां से किया ?'

'चंदौसी से। काम है ज़रा।' और वह हटकर दफ्तर के एक नौकर से पूछने लगा। उत्तर मिला—'गैलरी के दायें तरफ।'

मगर यह गैलरी क्या है ? कहां है ? वह सोच ही रहा था कि किसी पुराने घोड़े ने हिनहिनाकर उसके कंधे पर हाथ रखकर पूछा—'कहो बरखुर्दार! काहे में भर्ती होने आए हो? तुम्हें तो तुम्हारी हुलिया देखकर ले लिया जाएगा। प्रिंसिपल, प्रोफेसर और तो क्या नौकर तक सब शौकीन हैं'—और वह ठठाकर हंस पड़ा। भगवतीप्रसाद की हुलिया की तारीफ ! वह सिर्फ गरीब है।

'बिचकते हो यार ! फार्म तो दो।' और पढ़कर कहता है, 'नाम करोगे उस्ताद ! बलिया भी गए हो कभी? तब लो हाथ मिलाओ। भूलोगे तो नहीं, वर्ना हम रो देंगे।'

'वाइस प्रिंसिपल का कमरा कहां है, बता दीजिए।'

'अच्छा साहब, यहां से इस सीढ़ी पर चढ़िए, फिर दायें मुड़िए, फिर बायें, फिर उत्तर, फिर दक्खिन...'

मगर कहनेवाले का ध्यान बंट गया; लड़कियां नई और पुरानी आ रही थीं, वह देखने लगा। जब वह चली गईं तो मुड़कर कहने लगा—'ज़मींदार हो कि लम्बरदार? अरे यार, ठहरे कहां हो ?'

तब भगवती कह उठा, 'यहीं एक जगह है।'

'कोई खतरनाक है !'

'नहीं, जी, एक धरमशाला है' और यह स्वर वास्तव में ऐसा बजना चाहिए था जैसे कि महल पर से शहज़ादी के पानी की पीक थूकते समय किसी नीचे चलते राहगीर पर गिर पड़ी हो और वह चीख रहा हो, 'मैं गरीब हूं। अब कपड़े बदलने को भी तो नहीं हैं।'

'और मिलना किसलिए है ?'

'प्रिंसिपल साहब ने कहा है कि वाइस प्रिंसिपल बर्सर हैं, वही सब कुछ करते हैं, तुम फीस माफ करवाने उन्हीं के पास जाओ। मैं ईसाई नहीं हूं, वर्ना एक थर्ड क्लास की पूरी फीस माफ है, क्योंकि वह ईसाई है।' लड़के के स्वर में एक व्यथा झलक उठी, जैसे ईसामसीह की किसीने गर्दन उमेठ दी हो।

'अच्छा तो दोस्त जाओ, मिल आओ। आओ तुम्हें पहुंचा दूं।

इतने में कैप्टेन राय अपनी नई मर्सीडीज़ गाड़ी में आ पहुंचे और संग में उतरी उनकी लड़की—लीला राय।

'ठहरो दोस्त' कहकर लड़का भगवती से अलग हो गया। वह एक सुन्दर, स्वस्थ युवक था। रेशमी कमीज़ और गहरा खाकी सूट, काला जूता पहने था। सर के बाल कढ़े हुए। अचानक उसके हाथ में जेब से सिगरेट केस निकल आया। अपने-आप सिगरेट मुंह से लगी और धुआं गुबार बनकर, एक चक्कर, दो चक्कर, तीसरा आधा उठा, और एक धुंधली रेखा बादलों की तरह सरक उठी। उसकी आंखों में एक नज़र थी, बड़ी तड़पीली। उसने देखा—मिस लीला राय ! एक पतली-दुबली मगर मांसल लड़की, सफेद साड़ी पहने और पल्ला ऐसे ओढ़े कि उसकी डेढ़ छाती के गोल नज़र आ रहे थे; चाइनीज़ डिज़ाइन की चप्पल और भकभका रंग और सिर के कंधों तक कटे बालों के बीच में से उसका तोते का-सा मुंह। बड़ी सुन्दर थी। उसने देखा कैप्टन राय जो अपनी वर्दी में उससे बातें कर रहे थे, उसने देखा मर्सीडीज़ वेन्सका स्टीयरिंग व्हील और उसकी निकोटीन से पीली पड़ी उंगलियां अपने-आप उसके होठों पर पहुंच गईं और होठों में तड़पकर ऐसे धुआं छोड़ा, जैसे जंकशन पर आकर रेल आराम की सांस छोड़ रही हो।

मगर भगवती को कोई मतलब नहीं, उसने लीला को देखा, ऊपर का भगवती अपनी दरिद्रता से सिकुड़ गया, मगर अन्दर का भगवती एक टीस से भर उठा। एक लौ-सी झल्ल बनकर उठी, ऐंठी, उमड़ी, मगर किसीने मरोड़कर उसे उसके कपड़ों-सा बना दिया।

बाहर धूप थी। डोम के नीचे बाहर की बनिस्बत बहुत अच्छी ठंडी हवा चल रही थी।

लड़का धीरे-धीरे लौट आया, जैसे जंग हार गया था, मगर उसने मुड़कर देखा कि लीला सबको देख रही थी और सबमें एक वह भी था। हार-जीत नहीं, अब एक भावना की एकपक्षीय सुलह हो गई थी। उसने भगवती के कंधे पर हाथ रखकर बहुत पुराने दोस्त की तरह कहा—'क्या फिदा हो गए, उस्ताद ?'

भगवती चौंक उठा। वह झेंप गया। शराफत के पर टटोलते हुए कहा—'जी नहीं, मैं तो.....'

लड़का बोला—'अमां ! बनते क्यों हो ? आओ, वाइस प्रिंसिपल के पास हो

पाएं, नये आए हो न, तभी एकदम चकाचौंध-सी लगती है। जानते हो यह कौन है? ये हैं लीला राय। इनकी बड़ी शोहरत थी कि कालेज में आनेवाली हैं। गज़ब का गाती है रेडियो पर। कैप्टेन की लड़की है। ऊंची चीज़ है। है न पटाखा!'

भगवती कुछ भी जवाब नहीं दे सका। संकोच ने उसका गला अवरुद्ध कर दिया। बर्सर का दफ्तर आया।

लड़के ने कहा—'घुस जाओ सीधे। ताका-झांकी मत करो। मैं जा रहा हूं।'

सहसा भगवती ने पूछा—'आपका शुभ नाम?'

'शुभ ही तो नहीं है कमबख्त, वर्ना क्या हम इतने साल बाद भी यहीं होते! वैसे कहने को सब कामेश्वर कहते हैं।'

भगवती मुस्करा दिया। दोनों ने एक-दूसरे की ओर हंसती हुई प्रांखों से देखा और हाथ मिलाये। कामेश्वर चला गया। भगवती ठिठककर उसे देखता रह गया।

2

भगवती ने कमरे में घुसकर देखा, हर चीज़ कीमती थी। फर्श पर बिछा कालीन, उसपर सोफा सेट और बड़े-बड़े शीशे के गोल गमले, जिनमें ताड़पत्रों का झुरमुट-सा अत्यन्त सुन्दर दिखाई देता था।

कामेश्वर ने भगवती के कंधों पर हाथ रखकर उसे बिठाते हुए कहा—क्यों पसन्द नहीं आया? क्या देख रहे हो ऐसे?

भगवती ने कुछ कहा नहीं। वह इस वैभव को देखकर मन ही मन सकपका गया था। उसकी भावना में एक बार यह बात भी उठी कि जो कुछ है अत्यन्त सुन्दर है, कहीं उसके छूने से कुछ खराब न हो जाए। उसे याद आया अपने गांव का घर। वह कच्चा है, ऊपर छान है, भीतर मां है। मां को सदा से ही उसने विधवा देखा है, जिसने प्रारम्भ में उसे चक्की पीस-पीसकर पाला है। उसके बाद वह ज़मींदार के यहां काम करने लगी, थोड़े दिन बाद उसे गांव की पाठशाला में दाखिल करवा दिया गया। भगवती की प्रतिभा देखकर पंडितजी बड़े प्रसन्न हुए। वह अपने पोपले मुंह से सर्वत्र उसकी प्रशंसा करने लगे। मिडिल में वह अव्वल आया। वज़ीफे से उसने हाई स्कूल

पास किया और फिर फर्स्ट आया। ज़मींदार साहब ने तब उसे बीस रुपये महीना देकर चंदौसी भेज दिया। वज़ीफे की मदद भी मिली। इंटर भी पास किया। मां प्रायः अधेड़ हो चली थी, किन्तु उसका यौवन फिर भी सुगठित लगता था, जैसे अकाल वैधव्य के कारण जो सोता बहा नहीं, उसी संचय से वह झाई मारनेवाली घूंसे की चोट-सा यौवन अभी भी जाग रहा था। गांव में सब अजीब-अजीब बातें कहते। किन्तु ज़मींदार बड़े आदमी थे। सरकार ने उन्हें 'सर' की पदवी दी थी और विद्यानुरागियों को देखकर उनके हृदय में अपार श्रद्धा थी। एकमात्र पुत्र को उन्होंने पढ़ने को विलायत तक भेज दिया था। आज तो भगवती को फिर बोर्ड का वज़ीफा जो मिल रहा था, वह कालेज से भी मिल गया। फिर कोई हाथ बढ़ाने का मौका नहीं आया। भगवती यह दुनिया और वह दुनिया मिलाने में ऐसा तल्लीन हो गया कि उसे क्षण-भर कुछ भी ध्यान नहीं रहा। सामने ही एक नृत्यावस्था में मग्न नारी की संगमर्मर की मूर्ति थी। उसकी ओर ऐसे निर्निमेष देखते हुए लक्षित कर कामेश्वर ने कहा—'क्यों? मालूम देता है, नृत्य में बहुत दिलचस्पी लेते हो !' और एकाएक उठ खड़ा हुआ। उसने भगवती का हाथ पकड़ लिया और कहा—'चलो मेरे साथ। तुम्हें एक कलाकार से मिलाऊं।'

भगवती ने कहा—'कहां ?'

'चलो भी!'—कहकर वह उसे घसीटकर ले चला। भगतवी उसके पीछे-पीछे चलने लगा। कामेश्वर रेशम की सुर्ख कमीज़ पहने था। लाल रेशम की झलमल से उसके गालों पर लाली झलक रही थी। उसके वह सूखे-से मुलायम बाल और गति में एक उन्माद, भगवती ने यह सब देखकर अपने-आपको कुछ हीन-सा अनुभव किया। वह एक साफ पूरी बांहों की कमीज़, एक साफ पजामा, और चप्पल पहने था। उसके बाल रूखे थे, किन्तु फिर भी उसमें धीरता थी, जिससे कामेश्वर उसके प्रति सारे बंधन छोड़कर अनुरक्त हो गया। कहां वह एम० ए० का विद्यार्थी, कहां यह थर्ड इयर में ! किन्तु कामेश्वर चाहता था, वह इस लड़के की झिझक छड़ा दे, उसे अपनों में मिला ले। उसके कमरे में जाकर एक ही दृष्टि में वह समझ गया था कि भगवती की आर्थिक दशा अच्छी नहीं।

कामेश्वर ने दो कमरे पार करके तीसरे एक छोटे-से कमरे में ले जाकर उसका हाथ छोड़ दिया और आवेश में बोल उठा—'इंदिरा ! here you are, आज मैं

एक नई चिड़िया लाया हूं।'

भगवती सहम गया। एक लड़की पलंग पर औंधी पड़ी कुछ पढ़ रही थी। अपने पांव उसने उठा लिए थे और झुला रही थी। वह गहरे हरे रंग की रेशमी साड़ी पहने थी और उसके पांवों का गोरा रंग चिलमिला रहा था। भगवती ने देखा, वे पांव वास्तव में मुलायम ही नहीं, बड़ी गठन भी थी उनकी। बालों की लट मुख पर बल खा रही थीं। उसने अपना बच्चों का-सा मुंह उठाया और टेढ़ी नज़र से भगवती की ओर देखा। मुस्कराई और उठकर बैठ गई, तथा हाथ जोड़े। भगवती से कहा, 'बैठिए।'

कामेश्वर ने उसे कुर्सी पर धक्का देते हुए कहा—'यह हैं भगवती! है न लड़कियों का-सा नाम ! थर्ड इयर में आए हैं। फर्स्ट क्लास। डिस्टिंक्शन इन इंगलिश, कैमिस्ट्री एण्ड मैथमेटिक्स।'

लड़की ने एक बार गर्व से भगवती की ओर पानी-भरी झलमल आंखों से देखा, जैसे उससे मिलकर उसका आदर हुआ है। उसने स्नेह से ऐसे सिर हिलाया, जैसे धन्य हो।

'कैसे आ जाता है आप लोगों का फर्स्ट क्लास !' उसने अचरज से कहा- 'हमें तो यह भी नहीं मालूम कि सैकिण्ड क्लास कैसे आता है।' वह मुस्कराई और कामेश्वर की तरफ देखकर—'और भैया तो थर्ड क्लास के लिए भी वर्ज़िश करते हैं,' वह खिलखिलाकर हंस पड़ी ! कामेश्वर ने दो कदम पीछे हटकर दोनों हाथ उठाते हुए कहा—'आत्मसमर्पण ! आत्मसमर्पण !!'

'तो कितने दिन छिपा सकोगे? अब यह तुम्हारे मित्र हो गए हैं तो क्या इन्हें पता नहीं चलेगा?'

कामेश्वर ने कुर्सी खींचकर उसपर बैठते हुए कहा—'यह हमारे घर में सबके दोस्त हो सकते हैं। यह इनमें खास बात है। ममी तो वैसे भी पढ़ाई-लिखाई की सुनकर खुश हो जाएंगी। तुम्हारी ही बात थी। सो तुम्हारे लिए भी एक बात सूझ पड़ी है। भगवती को नृत्य से बहुत शौक है।'

इन्दिरा ने बात काटकर पूछा—'नाचते भी हैं ?'

भगवती शर्मा गया। उसने कहा—'जी नहीं।' इन्दिरा अपनी शोखी पर अपने आप हंसी। उसकी सूरत कामेश्वर से बिल्कुल मिलती-जुलती थी। कोई भी कह

सकता था कि वह उसकी सगी बहिन थी। किन्तु फिर भी उनमें एक विचित्र भेद था। कामेश्वर की सूरत पर पौरुष था, इन्दिरा के स्त्रीत्व और यह एक ऐसा छायाभेद था कि कभी-कभी उनकी सूरतें बिल्कुल अलग-अलग मालूम पड़ती थीं।

कामेश्वर ने फिर कहा—'नाचते हैं या नहीं, यह तो तुम परख लेना, लेकिन शौक इन्हें ज़रूर है।'

'क्यों? तुम्हें कैसे मालूम हुआ?' इन्दिरा ने पूछा—'मुमकिन है, नृत्य पर किताबें पढ़ने-भर का शौक हो।'

भगवती की झिझक हट गई। उसने कहा—'जी नहीं, किताबें नहीं पढ़ता। कोई नाचे तो देखता हूं।'

इसी समय नौकर ने आकर कहा—'माताजी बुला रही हैं।'

कामेश्वर ने कहा—'अच्छा, जाग्रो इन्दिरा!'

नौकर ने हंसकर कहा—'फिर टाल दिया बाबूजी? बीबीजी को नहीं, आपको बुलाया है, आपको।'

'अरे मुझे?'—वह ऐसे उठा जैसे लाचार हो। इन्दिरा खिलखिलाकर हंसी। कामेश्वर ने कहा—'अच्छा देखो। इन्हें बिठाए रखना। जल्दी ही पाता हूं।' और भगवती से मुड़कर कहा—'घबराना मत। अभी आता हूं। समझे?'

वह चला गया। कमरे में इन्दिरा और भगवती रह गए। कुछ देर तक भगवती को ढूंढ़ने पर भी बातचीत का कोई सिलसिला नहीं मिला। इन्दिरा क्षण-भर उसकी ओर देखती रही। फिर बोली—'आपका पूरा नाम क्या है?'

'भगवतीप्रसाद।' उसने संकोच से कहा।

इन्दिरा ने फिर कहा—'तो आपको नृत्य से दिलचस्पी कैसे हो गई?' मुझे नहीं मालूम।'—भगवती ने अजीब उत्तर दिया।

'आपको नहीं मालूम?'—वह हंसी—'कमाल करते हैं आप! कल आप कहेंगे कि मैं अपना नाम भी नहीं जानता।'—भगवती मुस्काराया। इन्दिरा उसकी कुर्सी की ओर झुककर बोली—'आपने किस-किसका नत्य देखा है?'

भगवती फिर पसोपेश में पड़ गया। उसने आज तक किसीका भी नृत्य व्यक्तिगत रूप से नहीं देखा था। अधिकांश गांव में सामूहिक नृत्य देखे थे;

काछियों के, धोबियों के, मैना और जाटों के। किन्तु यह वह कैसे कहता! उसके मुंह से अपने-आप निकल गया—'देखा तो उदयशंकर तक का है, लेकिन शान्तिनिकेतन के सीखे हुए लोगों के नृत्य मुझे अधिक पसन्द हैं।'

'शान्तिनिकेतन !' इन्दिरा ने उत्साह से कहा—'तब तो आप बहुत जानते हैं। बताइए न, आपने देखा होगा।' वह उठी और उसने कमल की तरह उंगलियां खोलकर हाथ उठाकर कहा—'यह शान्तिनिकेतन की अपनी छाप है, ऐसी और कहां मिलेगी? भारत में इस नृत्यकला के पुनर्जागरण में बहुत बड़ा हाथ उन्हींका है। यह देखिए न...'

दायां पैर प्रागे रखकर जो उसने खड़े-खड़े अंगचालन किया, भगवती विभोर होकर देखता रह गया। वह दौड़कर गई। आलमारी खोलकर धुंघरू निकाले और बैठकर घटनों तक साड़ी हटाकर पांव में बांध लिए। फिर भूमि पर से उठकर खड़ी हो गई और नृत्य करने लगी। भगवती देखता रहा। नाचते-नाचते वह थक गई और पलंग पर भरे-भरे श्वास लेती फिरकन में ही आ लेटी। उसका वक्षस्थल फूल रहा था, गिर रहा था। भगवती ने देखा, उसकी नशीली आंखें उसीके मुख पर केन्द्रित हो रही थीं। अधलेटी-सी अवस्था में भगवती को लगा, प्रथम बार, कि नारी में कितना बल होता है। वह पुरुष-यौवन के पत्थरों के बांध को तोड़ देने के लिए क्यों व्याकुल हो जाती है?

उसने कहा—'पाप गज़ब करती हैं। आप जब नाच रही थीं, मुझे लग रहा था, साक्षात् मेनका मेरे सामने नृत्य कर रही है।'

कुहनी टेककर हथेली पर ठोड़ी रखते हुए इन्दिरा ने पूछा—'मेनका कौन? वह भी तो एक नर्तकी है?'

'जी नहीं'—भगवती ने कहा—'वह एक अप्सरा थी।'

'अप्सरा?' इन्दिरा ने आंखें फाड़कर कहा।—'अप्सरा तो इन्द्र के पास होती थीं। अच्छा, आपका मतलब Nymphs से है। तो बताइए न ! मेनका की कहानी सुनाइए। मैं तो इन कहानियों के बारे में कुछ जानती ही नहीं। सच, 'डैडी' ने हमेशा से अंग्रेज़ी स्कूलों में पढ़ाया। मुझे तो शर्म लगती है कि मैं इन बातों को नहीं जानती। सुनाइए न !'

भगवती फिर घिर गया। यह तो एक नई बला लग गई। उसने इधर-उधर देखा, बात करने के लिए और कुछ था भी नहीं। कहा—'विश्वामित्र थे न?'

इन्दिरा को यह मालूम नहीं था। उसने कहा—'अच्छा !' अर्थात् फिर। भगवती क्षुब्ध हुआ।

'तो एक बार वह तप करने बैठे। उनके तप से ब्रह्माण्ड डोल उठा। इन्द्र डर गया। उसने नवीन यौवन की अमरता से गर्वित मेनका को उनका तप खण्डित करने के लिए भेजा। जिस समय विश्वामित्र ध्यान में मग्न थे, मेनका उनके सामने जाकर नृत्य करने लगी। उसके नूपुर बजने लगे, चारों ओर फूल खिलने लगे, किन्तु विश्वामित्र के नयन नहीं खुले। अप्सरा का आंचल उड़ गया, वह समस्त शक्ति से नृत्य करने लगी। उसके नूपुरों की झंकार से स्वर्ग तक मुखरित हो उठा। नन्दन-कानन में गानेवाले गंधर्व स्वर्ण के चषकों को लेकर भूले से बैठे रहे। अप्सरा का मादक यौवन सहस्रदल पद्म की भांति खुल गया। उसकी समस्त रूपराशि भारवाही गंध की भांति आकाश और पृथ्वी के बीच मलयानिल के वाहन पर बैठकर झूम उठी। धीरे से विश्वजित् महामेधावी विश्वामित्र के नयन खुले। दोनों के नयन चार हुए—'

'शाबाश...!' कामेश्वर ने कमरे में घुसते हुए कहा—'मैंने तो समझा था कि दोनों बुद्धुओं की तरह अलग-अलग मुंह फुलाकर बैठे होंगे, परन्तु यहां तो पूरी कथा चल रही है। क्यों इन्दिरा, वीरेश्वर और समर, न जाने कौन-कौन आए, तू उनमें से किसीसे भी नहीं खुली। भगवती सचमुच मेधावी हैं।'

भगवती चौंका। इन्दिरा—'वे सब बनते बहुत हैं।'

'हां, तो सुनामो भगवती, कहे जाओ। मैं तो बड़ा इच्छुक हूं कि कोई मुझे पुरानी कहानियां सुनाए। उनमें सचमुच बड़ा मादक प्रभाव होता है। कहो न भगवती !'

इन्दिरा ने कहा, 'यह विश्वामित्र ऋषि की बात सुना रहे थे। इनकी भाषा बड़ी कठिन है, लेकिन उसमें संगीत बड़ा है। बड़ा मज़ा आ रहा था। तुमने तो सब बातें बिगाड़ दीं।'

'अरे वाह !' कामेश्वर ने कहा—'वह तो सब क्या कहने। उस पर मैंने एक जर्मन कवि की टीका पढ़ी थी, वाह ! क्या किताब है ! दरअसल पुराने भारत में क्या कमी थी ! अब वे बातें न रहीं। तुम सूनायो। ममी ने बुला लिया था, वर्ना मैं क्यों जाता? हां, बात तो है ही यह कि...'

इन्दिरा ने बीच ही में कहा—'सुनने दो न भाई ज़रा !'

'ओह यस् !' कामेश्वर ने सिर हिलाते हुए कहा—'तुमने ठीक कहा।'

दोनों ने भगवती की ओर देखा। भगवती का तार टूट गया था। वह उसे जोड़ने का प्रयत्न कर रहा था। मन में विचार आया कि कहीं कामेश्वर कुछ का कुछ न समझे।आखिर उसकी बहन है। लेकिन कामेश्वर के हृदय की मेज़ का शीशा बिल्कुल स्वच्छ था; उसपर तनिक भी भाप नहीं पड़ी थी। वह बहुत हद तक इन भारतीय सीमाओं के संकोच को छोड़ चुका था। भगवती अभी तक एक लड़की को सुना रहा था। उसे विश्वास था कि वह उससे अधिक जानता था। किन्तु अब जो श्रोता है वह जर्मन कवि की टीका पढ़े हए है, कहीं मेरी बात दूध की मक्खी न बन जाए? वह इसी चक्कर में पड़ा था कि नौकर ने प्रवेश किया और कहा—'बाबूजी !'

'क्या है ?'—कामेश्वर ने सुकड़कर पूछा।

'सरकार ! वीरेश्वर बाबू आए हैं।'

'अकेले हैं ?'

'जी नहीं, साथ में और लोग भी हैं।'

'तुमने पहचाना कौन-कौन हैं ?' कामेश्वर ने पूछा—'बता सकते हो?'

'सरकार, एक तो पतले-दुबले-से हैं, चश्मा लगाते हैं, दूसरे एक और हैं।'

'तो लाओ, तब तो यहीं।' कामेश्वर ने फैलकर लेटते हुए कहा।

नौकर चला गया। इन्दिरा ढंग से बैठ गई। भगवती अचकचायासा बैठा रहा। कमरे में तीन व्यक्तियों ने प्रवेश किया।

'हेई ! हेई !' वीरेश्वर ने चिल्लाकर कहा—'हलो इन्दिरा, क्या हो रहा है ?'

इन्दिरा मुस्कराई। उसने कहा—'हम लोगों को मिस्टर भगवती एक कहानी सुना रहे थे।'

आनेवालों ने अपने-अपने लिए एक-एक कुर्सी का इन्तज़ाम कर लिया और फिर उत्सुक आंखों से भगवती की ओर देखा।

वीरेश्वर काफी कुछ कामेश्वर का-सा। रंग सांवला-सा। हरी एक उदभ्रांत और मार्मिक-सा युवक। और समर! वह बांसों का एक झुर मुट, जिसपर कपड़े

डाल दिए गए हों, जो ऐसा लगता हो जैसे धूप में पेड़ों की छाया कांप रही हो और जिसकी सारी सफाई भी एक निरपेक्ष छलना हो।

कामेश्वर ने ही कहा—'तुम लोग जानते हो कि नहीं?'

तीनों ने नकारात्मक रूप से सिर हिलाया। कामेश्वर ने कहा—'मिस्टर भगवतीप्रसाद। थर्ड इयर में आए हैं। फर्स्ट क्लास...'

इन्दिरा ने कहा—'चलो रहने दो, हर बार इनका सर्टिफिकेट पढ़कर सुनाने की क्या ज़रूरत है? फिर अपना परिचय देते वक्त क्या कहा करोगे?'

सब हंस पड़े। भगवती ने उन लोगों को हाथ जोड़े। वीरेश्वर चे उत्तर दिया। हरी अपने ध्यान में मग्न था। समर की जैसे समझ ही दूर रह गई।

इन्दिरा ने फिर कहा—'आप विज्ञान के विद्यार्थी ही नहीं, आप भारत की प्राचीन संस्कृति के बारे में भी काफी जानते हैं, नृत्य में विशेष अनुराग है...'

वीरेश्वर ने संदेह से देखा। भगवती ने कहा—'आप लोगों के बारे में मुझे जानने का सौभाग्य नहीं देंगे क्या?'

इन्दिरा ने कहा—'पाइए, मैं बताती हैं। आप मिस्टर वीरेश्वर, आप मिस्टर समर, आप मिस्टर हरी।'

परिचय न्यून था, जैसे इन लोगों की सत्ता का, केवल मां-बाप का दिया हुआ एक संबोधन अथवा संज्ञा थी, जिसका संबोधित वस्तु से संसर्ग बनाकर ही उनका पूर्णत्व साबित कर दिया गया था। फिर कुछ सोचकर कह उठी—'आप सब बी० ए० पास कर चुके हैं और अब एम० ए० की कक्षाओं में वक्त काट रहे हैं।'

वीरेश्वर ने ऐसे देखा जैसे धन्यवाद कहा हो, और समर तथा हरी कुछ समझ नहीं पाए। हरी ने चौंककर पूछा—'तो आपने इसी साल इण्टर पास किया है?'

भगवती के बोलने के पहले ही इन्दिरा ने कहा—'इण्टरमीजियेट!'

अपमान की क्षुब्धकरी जिस भावना का प्रयोग करने का प्रयत्न किया गया था, वह सब निष्फल हो गया। स्त्रियों की सहानुभूति वास्तव में बहुत बुरी होती है। अच्छा-खासा आदमी उनके पक्षपात से भीतर ही भीतर कुछ कुढ़ जाता है। उसे यह ग्लानि होने लगती है कि आखिर उसमें ऐसी क्या बात है जो हममें नहीं

है और विद्यार्थी-वर्ग, जिसमें यूरोप के योद्धाओं की मध्यकालीन स्पर्धा होती है, उसे स्त्रियों के सामने व्यर्थ की प्रतिद्वन्द्विता करने की विशेष रुचि होती है।

वीरेश्वर ने एक बार पुरानी आंखों से कामेश्वर की भोर देखा, मुस्कराया, लेकिन कामेश्वर गम्भीर रहा। तब वीरेश्वर की समझ से इस बात ने टक्कर ली कि यह व्यक्ति फांसा नहीं गया, वरन् इससे कामेश्वर तो क्या स्वयं इन्दिरा भी प्रभावित है। इन्दिरा, जो आज तक किसीसे ऐसे बात नहीं करती थी, आज दिलचस्पी लेती हुई इनके बीच में आकर बैठी है और अनजाने ही उसमें यह भावना भी है कि भगवती पर प्रहार न हो, जिससे उसको कोई हीनता न छुए।

भगवती कुछ ऐसा बैठा रहा जैसे उसे इन दलबन्दियों से कोई मतलब नहीं। वह जसे इन दो से परिचित है, वैसे ही इन तीनों से भी होना चाहता है। उसे कोई फर्क करने की ज़रूरत नहीं है और वह उन तीनों से भी वैसे ही सहानुभूति पाने की आशा रखता है। वह एक बार सब पुरुषों की ओर देख गया और फिर उसने मुक्त दृष्टि से इन्दिरा की ओर देखा। देखा और चौंक गया। इन्दिरा उसकी ओर ही देख रही थी। उसकी दृष्टि में एक भावना थी—'घबराना मत। यह सब कुछ नहीं।'

दोनों एक-दूसरे की तरफ देखकर मुस्कराए। इन्दिरा के नयनों में एक तृप्ति थी, मानो उसने एक निकटता, एक अपनेपन का अनुभव किया था।

कामेश्वर ने उस खामोशी को दूर करने के लिए जेब से सिगरेटकेश निकाला और आगे बढ़ाया। तीनों ने सिगरेट ले ली। भगवती ने हाथ जोड़ दिए। इन्दिरा देखकर हंस दी, फिर कहा—'अब यह कायदा पुराना पड़ गया है। खाली नो, थैंक्स कहना काफी है। आइए, हम-आप इस बारे में एक-से हैं। चलिए आपकी 'ममी' से मुलाकात करा दूं। वह आपको देखकर बहुत खुश होंगी।'

भगवती ने कामेश्वर की ओर देखा। कामेश्वर ने सिर हिलाकर कहा—'अरे तो तू क्या समझती है कि भगवती कोई बूढ़ा है, जो धार्मिक हो। वह तो सिर्फ जरा उसे भारत की प्राचीन बातों में दिलचस्पी है। उसका तूने तो उल्टा-सीधा मतलब लगा लिया।'

'मैंने यह तो नहीं कहा। इन्दिरा ने उठकर कहा।'

भगवतीप्रसाद और इन्दिरा भीतर चले गए। कुछ देर बाकी लोग कुछ सोचते रहे। फिर हरी ने कहा—'कामेश्वर ! वक्त आ गया है, अब मुझे वोट देना। मैं लिटरेरी सेक्रेटरी के लिए खड़ा हो रहा हूं।'

'ज़रूर'—कामेश्वर ने कहा। वह इस बात को बढ़ाना नहीं चाहता था। दिल में यकीन था कि अभी से वायदे करने से क्या फायदा? जब जो होगा देखा जाएगा। हरी के लिए जीवन में इससे अधिक किसी बात का मूल्य नहीं।

थोड़ी देर तक वे चुपचाप सिगरेट पीते रहे। फिर वीरेश्वर ने ऊबकर कहा—'कामेश्वर ! क्या विचार है ? इस साल कैसी रहेगी?'

कामेश्वर कुछ सोच रहा था। उसने अनमने स्वर से उत्तर दिया—'देखो !'

बगल के कमरे से खट-खट की आवाज़ आई। चारों चौकन्ने हो गए। उन्होंने देखा, द्वार पर लवंग खड़ी थी और उसके साथ थी लीला राय। चारों आदर दिखाने के लिए उठ खड़े हुए।

लवंग कल्हे नचाती, खट-खट करती, आकर एक कुर्सी पर बैठ गई। उसके पीछे-पीछे लीला भी चलती आई। चारों बैठ गए।

लवंग ने टेढ़ी नज़र से कामेश्वर को भाला मारते हुए कहा—'आप जानते हैं इन्हें ? यह हैं मिस लीला राय। कालेज में इसी साल आई हैं और आप हैं मिस्टर कामेश्वर, इन्दिरा के भाई।' कामेश्वर ने हाथ जोड़ दिए। उत्तर भी मिल गया। फिर लवंग ने एक-एक करके तीनों से परिचय करा दिया। लीला अभी तक खड़ी थी। समर लवंग की भोर चश्मे में से घूर रहा था। जो भाला कामेश्वर को मारा गया था वह दुर्भाग्य से समर के सीने में जा अटका था। बाकी लोग लीला को छिपी-छिपी नज़रों से देख लेते थे।

लवंग ने कहा—'बैठो न लीला ! खड़ी क्यों हो?'

लीला संकोच करती हुई बैठ गई। वह एक अल्हड़ चपल बालिका थी। पाउडर की एक मोटी तह उसके मुख पर चिपक रही थी, किंतु लवंग के सामने उसका शृंगार कुछ नहीं था। लवंग के रंगे सुर्ख होंठ, नकली लाली से बिचकते गाल, रूखे, मगर सुगन्धित कन्धों पर लहराते बाल और सेंट की अत्यधिक खुशबू ने उसके चारों ओर एक अजीब सा वातावरण बना दिया था। अधिकांश

अंग्रेज़ी बोलना, बीच में कभी-कभी खयाल आने पर हिन्दी का प्रयोग करना, एक बार बात करना, दो बार मुस्कराना और तीन बार हंसना तथा दुनिया को बेवकफ समझनेवाली नज़र से अपना दर्प प्रदर्शित करना आदि बातें ऐसी थीं जिनसे प्रत्येक उपस्थित युवक मन ही मन उससे चिढ़ता था, किन्तु स्पर्धा सबमें थी, उसकी जवानी सबको लज़ीज़ मालूम देती थी। एक विचार प्राता था कि बनती तो इतनी है, एक बार आ जाए घिराव में, फिर देखें कैसे प्रांख मिलाती है। सारी शोखी को कदमों की धूल बनाकर कुचल दिया जाए। बड़ी मस्ताती हैं गन्ध, कि उंगलियों में भींचकर मसल दी जाए। किन्तु वह अपने निश्चित-सी सब ठीक है; लवंग ने आज कुछ घुटन का अनुभव किया। उसने कहा—'इन्दिरा कहां है?'

कामेश्वर ने कहा—'वह अभी आती है। भगवती को ममी से मिलाने ले गई है।'

'कौन भगवती?'—लवंग ने पूछा।

'एक मेरा नया दोस्त है। इन्दिरा के नृत्य का पारखी।' कामेश्वर ने सिगरेट का कश खींचते हुए कहा। लवंग ने देखा चारों व्यक्ति उससे कुछ सन्तुष्ट नहीं थे। उनकी दृष्टि लीला पर अधिक थी। लवंग अपने पुरानेपन के प्रति इस अवहेलना को स्वभावगत क्षेत्र होने के कारण शीघ्र ताड़ गई। वीरेश्वर ने कहा—'मिस लवंग ! आप अबकी गर्मियों में कहां-कहां रहीं?'

'कहीं नहीं।' लवंग ने कहा—'देखिए न ! हम काश्मीर जानेवाली थीं, वहां तो जा नहीं सकीं। बात यह है कि डैडी ने कह दिया कि हमें छुट्टी नहीं मिलेगी। फिर क्या करते? ममी ने भी कह दिया कि अब घर छोड़कर क्या जाऊं। तुझे जाना हो तो कुछ दिन के लिए मसूरी चली जा। वहीं गई थी मैं। लेकिन आप जानते हैं, अकेले में कुछ अच्छा नहीं लगता। डाक्टर सिन्हा के यहां जाकर ठहरी थी। दूसरों के घर ठहरना क्या ज़्यादा अच्छा लगता है? उनके एक दोस्त राजेन्द्रसिंह भी वहीं ठहरे हुए थे। उन्होंने कहा—अभी ठहरिए। हाल में ही लड़ाई की वजह से लौट आना पड़ा, वर्ना इंग्लैंड में ही थे चार साल से।'

यह बात भगवती ने भी इन्दिरा के साथ कमरे में घुसते हुए सुनी।

समर ने पूछा—'यह राजेन्द्रसिंह कौन हैं ?'

लवंग उसके मुंह से कोई भी बात सुनकर हंसती है। बोली—'चंदौसी के पास कहीं के बहुत बड़े ज़मींदार हैं।'

भगवती सुनकर चौंक गया। यह उसके गांव के ज़मींदार के बेटे का ज़िक्र यहां क्यों? फिर विचार पाया कि वह वर्ग उसका नहीं। उसके मालिक की हैसियत के लोग हैं वह, जिनकी भगवती प्रजा है, रियाया है। राजेन्द्रसिंह वही हैं, जिनके पिता ने रुपये देकर भगवती को दया करके पढ़ाया है।

इन्दिरा को देखते ही लीला और लवंग ने उसके दोनों हाथों को पकड़ लिया और वे अन्दर चली गईं। भगवती से इन्दिरा ने चलते-चलते मुड़कर कहा—'क्षमा करिएगा ! नमस्ते।'

भगवती विक्षोभ से भर गया। उसे लगा, सामने बैठे वे सब युवक उसकी इस उपेक्षा से प्रसन्न थे, व्यंग्य से मुस्करा रहे थे। किन्तु यह भ्रम था। वास्तव में वे उससे तब भी प्रभावित थे। इन्दिरा का स्नेह उसके प्रति सबको खल गया था।

कामेश्वर को लवंग की यह आदत मालूम थी। प्रारम्भ में वह सदा अपरिचित व्यक्ति के प्रति एक अनुपेक्षणीय तिरस्कार-सा दिखाती थी। वह चाहती थी, सब उसकी ओर अधिक से अधिक आकर्षित हों।

कामेश्वर ने भगवती को हाथ पकड़कर पास बिठाते हुए कहा—'बुरा न मानना। यह लड़की बड़ी तोताचश्म है। चाहे तो तुम भी अपनी किस्मत आज़मा लो।'

सब हंस दिए और उनका हृदय भगवती के प्रति सरल हो गया। किन्तु भगवती मन ही मन सकुचा गया। उसने अनुभव किया कि इन लोगों का साथ बनाए रखना वास्तव में उसकी औकात से कितना ज़्यादा बाहर था।

वह केवल मुस्करा दिया।

3

एक सांप-सी सड़क की लपेटों ने दूर-दूर तक अपनी गति फैला रखी है। एक ओर कला-विभाग है, दूसरी ओर विज्ञान (साइंस)। कला के एक किनारे ही कामर्स

विभाग है। पहला महीना समाप्त हो चुका है। प्रोफेसर नारायण आते, क्लास घबराकर खड़ी हो जाती। किन्तु हर कायदे में असंतोष की छोटी भावना होती, प्रत्येक तमीज़ में एक चंचलता।

भगवती काम कर रहा था। लैब में उसकी तन्मयता प्रसिद्ध हो चुकी थी। कामेश्वर के कारण उसे काफी लोग कालेज में जानने लगे थे। बहुत-से लोगों की अपेक्षा अथवा उदासीनता उसके प्रति इसी कारण थी कि वह केवल पढ़ाई में ही लिप्त रहता था। समर कहता कि आदमी को एकदम किताबी कीड़ा भी नहीं होना चाहिए। कामेश्वर सुनता और बजाय कोई बहस करने के उसे टाल जाता। समर इस पर बहुत अविश्वास करता।

भगवती विज्ञान का विद्यार्थी है, किन्तु दर्शन और अर्थशास्त्र में भी उसका ज्ञान है। शाम को कभी-कभी वह मैच देखने निकल जाता था और कभी-कभी वह सांझ के डूबते बादलों के आगे लड़कियों के होस्टल की छत पर लड़कियों को खेलते देखकर किसी भविष्य के सपने में डूब जाया करता था। दिन-भर वह काम करता, शाम को अखबार पढ़ता और फिर रात को वह दीवालों पर फॉरमूला लिखा करता था। उसका जीवन तब जितना एकाकी था उतना ही अब भी, मगर तब वह गरीब था, अब नहीं, तन से नहीं मन से।

मगर इस वक्त वह काम कर रहा था। काम का मतलब हुआ कि कोई और विचार उसके दिमाग में आ ही नहीं रहा था। रोशनलाल लैब एसिस्टेंट उसकी फर्माइशों से झल्ला उठता था, लेकिन वह खुश था, क्योंकि वह चाहता था कि कोई ऐसा आदमी पाए जो लैबोरेटरी का नाम रोशन करे और इसी चक्कर में उसकी भी इज़्ज़त बढ़ जाए।

भगवती इस वक्त मिक्सचर को बड़े गौर से देख रहा था कि लड़कियों के ज़ोर के हंसने से उसके हाथ कांप उठे और घबराहट में टेस्ट्यूब गिर गया। वह गुस्से से फुंकार उठा। ख्वाहमख्वाह उसके जमा किए रुपये इस तरह बेकार एपरेटस के टूटने से कट रहे थे। इनमें से कौन देने आएगी ! इन्हें क्या है? घर बसाना है। कमाना होगा हमें। वह दांत चबाने लगा। इतने में लीला ने झांककर देखा। वह बहुत धीरे से बोली—'माफ कीजिए। आपको मालूम है, ऊषा कहां है?'

'उनका घण्टा खत्म हो गया।'

'फिर आप भी तो उसी क्लास में हैं।'

'वे लोग सब वक्त काटने आते हैं, काम करने नहीं।'

'ओह !'

भगवती शर्मा गया। उसने इतनी मृदुल लड़की से इतनी कठोरता से व्यवहार कर दिया। सच है, उसे शील छू भी नहीं गया। लीला उस घमण्डी लड़के को ताज्जुब-भरी निगाहों से देख रही थी, मगर दोनों ही शरमा गए थे। भगवती अपनी झेंप मिटाने को कहने लगा—'माफ कीजिए, क्या कहूं! कमबख्त टूट गया।' और वह मुस्करा उठा। वह भी एक तृप्ति से मुस्करा उठी।

'बड़ा अफसोस है,' वह इठलाकर बोली, 'आप ही का नाम मिस्टर भगवतीप्रसाद है?'

'जी हां, कहिए।'

'कहना तो कुछ नहीं है, मैंने ऊषा से आपका नाम सुना था।'

'और आपको मिस लीला राय कहते हैं न?'

'हां, हां।'

भगवती चुप हो गया। लीला कहती रही—'टेस्ट्यूब टूट गया, तो हम क्या करें? आप क्यों चौंके?'

'जी, मैं चौंकता भी नहीं, आपका मतलब है, हां मेरा मतलब है कि...कि आप इतनी ज़ोर से क्यों हंसी?'

वह ठठाकर हंस पड़ी। भगवती के बदन में जैसे एक बिजली का तार छू गया हो। वह बात बन्द करने को बोला—'ऊषा अभी ही तो गई हैं। आप पहले ज़ूलौजी में ढूंढ़िए, वर्ना फिर शायद आर्ट्स की तरफ ही आपको मिलेंगी।'

लीला जैसे समझ गई। बोली—'अच्छा थैंक्स।'

वह चली गई और भगवती मुंह बाए देखता ही रह गया। उसके चले जाने के बाद कुछ देर तक एक सूनापन छा गया।

लीला कोरीडोर में घूमकर कैमिस्ट्री-विभाग में उतर गई और चक्कर देकर ज़ूलोजी विभाग में घुस गई। यहां भी कैमिस्ट्री डिपार्टमेंट की तरह

बदबू आ रही थी, मगर उतनी नहीं। कोई एम० एस-सी० का लड़का कुछ लड़कियों को म्यूज़ियम दिखा रहा था। वह आगे बढ़ गई। तव वह बाहर गार्डन में निकल गई। प्रोफेसर ऐल्फ्रेड गृहीन खिड़की में से सांप पर झुका हुआ दीख पड़ा—जो मेज पर कटा पड़ा था और डिमौंस्ट्रेटर नरोत्तम झुककर माइक्रोस्कोप में गौर से निगाह लडाए था। सामने से ऊषा आ रही थी।

लौटते वक्त ऊषा और लीला को वहीं सोचता हुआ भगवती दिखा। ऊषा मुस्कराई और एकदम बोल पड़ी—'मिस्टर भगवती !'

भगवती चौंक पड़ा।

'आइए, चल रहे हैं आप आर्ट्स की तरफ ?'

'जी हां, जा तो रहा हूं।'

'तो आइए न।'

इतनी बेतकल्लुफ थी वह लड़की और उसे भगवती को छेड़ने में मज़ा आता था। कभी-कभी वह उसे अपने प्रैक्टिकल की मदद को बुला ले जाती थी और कहा करती थी—'आपको कोई बुला रहा है उधर।' जब भगवती वहां तक चला जाता था तो कहती थी—'अभी तो था, न जाने कहां चला गया। हां, तो अब इसे कितना गर्म करूं?' भगवती उसे देखता रह जाता था। 'अजब लड़की है ! ऐसे तंग करती है, जैसे मेरी सगी छोटी बहन हो,' लेकिन वह सोचता था कि इस तरह के रिश्ते जोड़ना मानो एक कमज़ोरी थी। हम किसी लड़की से पहले एक सतह बना लेना चाहते हैं, ताकि मन फिर रुद्ध कारा में घूमा करे, तड़पा करे।

वे लोग बिल्डिंग में पहुंच गए। छठे कमरे में क्लास हो रहा था। पांचवां और चौथा उस वक्त खाली था। नोटिस-बोर्ड के सामने कालेज का काना नौकर अपने नाटे कद को लिए घण्टा बजाने का हथौड़ा लेकर डोम के नीचे घूम रहा था। वे लोग नोटिस पढ़ने लगे। इन सबसे उकताकर ऊषा बोली—'हम तो थक गये कालेज से। कितनी बंधी ज़िन्दगी है ! आपकी क्या राय है, मिस्टर भगवती ?'

'जी हां'—भगवती ने पहली बार वाकई चोट की, 'जिसको कोई काम होता है उसे हर जगह ज़िन्दगी मिल जाती है। जो बेकार वक्त काटना चाहता है, उसकी तो कहीं भी तबियत नहीं लगती।'

ऊषा को यह जवाब अच्छा लगा, लीला को भी। दोनों ने एक-दूसरे की तरफ देखा, मगर भगवती उस वक्त हटकर टाइमटेबिल के पास लगी चिट्ठियां देख रहा था। लीला उसके पास आ गई। वह बोली—'क्या देख रहे हैं आप?'

'कुछ नहीं,'—भगवती ने विस्मित होकर देखा।

'मुझे अभी तक याद है वह पहला दिन, जब आप घबराए खड़े थे? और कामेश्वर आपको बना रहा था,'—लीला ने कहा।

ऊषा पास आ गई थी। कह उठी—'किसका खत देख रहे थे? मेघदूत मिल गया!'

भगवती गुस्से से तड़प उठा। वह कुछ बोला नहीं।

ऊषा बोली—'किसके खत की उम्मीद से उधर से इधर आए थे, बोलो न?'

भगवती ने कहा—'मां के खत की उम्मीद से।'

लीला—'आप रहते कहां है?'

भगवती ने कहा—'सरदार होस्टल में।'

ऊषा—'कमरा नम्बर?'

भगवती—'पन्द्रह, दायां विंग।'

ऊषा—'तब तो वीरेश्वर के पास ही?'

भगवती—'जी हां।'

लीला—'आपके कमरे में ताज बनते हैं? सुराही टूटती है?'

भगवती ने हमेशा के अटूट सच को झुठलाकर कहा—'नहीं।'

'ताज्जुब!'—ऊषा कह पड़ी।

4

इन्दिरा ने पलकों को हथेलियों से मूंद लिया, फिर ठठाकर हंस पड़ी। किन्तु ऊषा गम्भीर बैठी चाय में चम्मच हिलाती रही। उसने इन्दिरा की हंसी पर इतनी अस्वाभाविक निस्तब्धता ग्रहण कर ली कि इन्दिरा एकदम चुप हो गई। उसने एक बार खिड़की से बाहर देखा और कहा—'सच, उसे बड़ी दिलचस्पी है।'

'तुममें कि नृत्य में?'—ऊषा ने फिर उसी स्वर में कहा।

इन्दिरा सावधान होकर बैठ गई। उसने अपनी उंगलियों को मरोड़ा और फिर चुप होकर अपनी प्याली की ओर देखती रही। ऊषा के अपना प्याला उठाकर एक घूंट पिया और फिर मेज़ के पार देखा—इन्दिरा उन्मनी-सी बैठी थी। थोड़ी देर तक दोनों चुप रहीं। अन्त में ऊबकर ऊषा बोली—'इन्दिरा! मैं नहीं जानती कि कला किसे कहते हैं और कभी जानने की इच्छा भी नहीं की। किन्तु क्या तुम मुझे एक बात बता सकती हो?'

इन्दिरा ने आंखें उठाईं। देर तक घूमती रही। उसका मौन ही उसकी शंका से भरी स्वीकृति थी। ऊषा ने पूछा—'तुम्हारा हृदय कालेज में तृप्त है?'

इन्दिरा कुछ उत्तर न दे सकी।

उसने सिर हिलाया, जिसका कुछ भी अर्थ हो सकता था। ऊषा इससे संतुष्ट नहीं हुई। उसने साड़ी का आंचल हाथ की उंगली से लपेटा, फिर छोड़ दिया। यही तो अनजाने की प्रीत है, लिपटना-छूटना, उंगली वैसी की वैसी ही।

ऊषा ने कहा—'इन्दिरा! मैं अपनी बात का उत्तर चाहती हूं।'

इन्दिरा ने दर्प से सिर उठाकर कहा—'तुम दोस्त हो, गुरु तो नहीं। मान लो मैं तुम्हें इस बात का जवाब नहीं देना चाहती।'

ऊषा हंसी। उसने कहा—'मैं यही सुनना चाहती थी।'

इन्दिरा हतबुद्धि-सी बैठी रही। उसने घड़ी की ओर आंखें उठाईं। देखकर भी समय नहीं देखा। स्मृति पाई, चली गई। ऊषा से वह कोई भय नहीं करती थी, किन्तु संकोच था अपनेपन का।

उसने अपने-आप कहा—'भगवती के बारे में तुम्हारी क्या राय है?'

'राय?'—ऊषा उठी और कहती गई—'राय का मतलब?'

'यानी कि वह कैसा आदमी है?' इन्दिरा ने पूछा।

'आदमी? आदमी कैसा होता है? इतनी बड़ी हो गईं, आदमी को भी नहीं जानतीं। जैसे सब आदमी हैं, वैसा ही वह भी है। एक फर्क ज़रूर है।'

'क्या?' इन्दिरा ने उसे खिड़की के पास जाकर खड़ी होते देखकर मुड़कर पूछा।

'वह गरीब है।'—ऊषा ने गम्भीर स्वर से कहा। 'मेरे विचार में वह दया करने

योग्य है। मैं नहीं जानती, उसकी असली हालत क्या है? लेकिन मैंने एक बात ज़रूर देखी है। कामेश्वर का स्नेह उनके लिए अच्छा नहीं। कामेश्वर को कौन नहीं जानता...'

'ऊषा ?'—इन्दिरा ने कठोर स्वर से कहा। जैसे वह एक चेतावनी थी।

'तुम्हारा क्रोध ठीक है इन्दिरा,'—ऊषा ने अप्रभावित हो कर कहा—'तुम्हारा यह असंतोष बिल्कुल उचित है, किन्तु बात मैं ठीक कह रही हूं। तुमने देखा है, भगवती के कपड़े अब क्या से क्या हो गए हैं? अब वह कोट-पतलून पहनता है। सस्ते ही सही, मगर फैशन के दायरे में वह घुस आया है। तुम मेज़ पर बैठकर खा-पी सकती हो, सिनेमा ऊंचे दर्जों में बैठकर देख सकती हो, लेकिन भगवती नहीं देख सकता। वह पढ़ने के लिए आया है, उसे पढ़ने दिया जाए, इससे बढ़कर उसका कल्याण किसी चीज़ में नहीं है। तुम्हें उसकी मदद करनी चाहिए।'

'मैं जानती हूं।'—इन्दिरा ने रोककर कहा—'लेकिन गरीब होने से ही मैं उसका अपमान करूंगी, ऐसा नहीं हो सकता। मैं यह नहीं सोच सकती कि उसका हम लोगों में मेल-जोल उसके नुकसान के लिए है। मैंने भैया से एक बात कही है, जो उन्होंने स्वीकार करके ममी की भी इजाज़त दिला दी है। सिर्फ भगवती से पूछना बाकी है।'

'वह क्या ?' ऊषा ने दो पग बढ़कर कहा—'क्या, ज़रा सुनूं तो?'

इन्दिरा ने मुंह फेरकर कहा—'भगवती को मैं घर पर पढ़ने के लिए मास्टर रखना चाहती हूं।'

'हूं,'—ऊषा ने कहा—'वह विज्ञान का विद्यार्थी है, तुम कला की। वह तुम्हें क्या पढ़ा सकेगा ?'

'अंग्रेज़ी'—इन्दिरा ने उसको कुरेदते हुए उत्तर दिया जो उसकी भीतरी निर्बलता के कारण तार की भांति झनझना रहा था।

ऊषा ने कोई ध्यान नहीं दिया। वह फिर खिड़की के निकट जा खड़ी हुई और कहने लगी—'तुम द्वितीय वर्ष में हो और वह तुमसे सिर्फ एक क्लास अधिक है। इन्दिरा, मां को तुम धोखा दे सकती हो, क्योंकि वह अब बूढ़ी हो चली हैं, लेकिन तुम्हारा कुचक्र मुझसे छिपा नहीं रह सकता।

'तुम नहीं जानतीं'—इन्दिरा ने टोककर कहा—'वह वास्तव में अपनी कक्षा की पढ़ाई में ही सीमित नहीं, वह उससे कहीं अधिक जानता है।'

'प्रेम के पागलपन में जब काली लैला मजनूं को स्वर्ग की अप्सरा दिखने लगी थी, तब उसकी साधारण शिक्षा को विद्वत्ता बताना कोई विशेष बात नहीं है। लेकिन तुम्हारा यह खेल मुझे पसन्द नहीं। तुम सिर्फ उससे मिलने-जुलने का एक पथ ढूंढ़ रही हो। इसीके सहारे तुम उसे अपने जाल में आबद्ध करना चाहती हो।'

इन्दिरा मुस्कराई—उसने कहा—'भूलती हो ऊषा देवी ! यह स्नेह मेरा नहीं, भैया की अपनी सम्पत्ति है। मैं कभी संकोच नहीं करती। मुझे कहने में कभी भी कोई हिचक नहीं है कि आज तक जितने युवक मिले हैं उन सबमें अधिक यदि मुझे किसीने प्रभावित किया है, तो वह भगवती है। संकोच में रहकर मैं तुम्हारी अतृप्त तृष्णा को यह संतोष दूं कि मेरी तुच्छता को समझ लेने में ही तुम्हारा चातुर्य है, तो मैं यह कभी नहीं होने दूंगी। संकोच एक सज्जनता कहा जाता है, किन्तु मैं इसे असज्जनभावनाओं को उत्तेजित करनेवाला सबसे बड़ा कारण कहूंगी। तुम यदि भैया के ममत्व को नहीं समझ सकतीं, तो इसमें मेरा कोई दोष नहीं है। यदि तुम समझती हो कि प्रेम एक इतनी आसान बात है, तो मैं यह समझा देना अपना कर्त्तव्य समझती हूं कि तुमने न कभी प्रेम किया है, न उसकी दुरूह प्रेरणा को समझ सकती हो।'

ऊषा के कन्धों तक एक सिहरन दौड़ गई। उसने व्यंग से कहा—'प्रेम? प्रेम के विषय में मैं जो सोचती हूं, वह वास्तव में तुम्हारी भावना से परे है। मेरे विचारों को पढ़ लेने की जो तुमने अहम्मन्यता दिखाई है, वह कितनी तुच्छ है, यह वही आदमी अनुभव कर सकता है, जिसने पहाड़ पर खड़े होकर नीचे बहती नदी की क्षीण रेखामात्र को सरकते देखा है। प्रेम?'—वह हंसी।—'प्रेम को आसान ही नहीं मैं बहुत आसान मानती हूं। प्रेम पुरुष और स्त्री के मानसिक व्यभिचार का दुष्परिणाम है, क्योंकि प्रेम की असली वेदना है, हमारे समाज का युग-युगांतर का निषेध और जो वस्तु निवृत्ति के झूठे स्वरूप की छाया है, वह कभी भी ग्राह्य नहीं हो सकती। तुम्हारा प्रेम तभी तक है, जब तक भगवती तुम्हारे सामने सिर नहीं झुका देता। जैसे ही पराजित होकर वह हाथ पसारेगा, उस दिन तुम्हें सहसा ही स्मरण होगा कि तुम एक धनी की पुत्री हो और प्रत्येक व्यक्ति को तुमसे प्रेम करने का अधिकार नहीं है। तुम्हारी स्थिति में वर्गों का प्रेम है। क्या तुम भमवती से विवाह करने का साहस रखती हो?'

इन्दिरा कठोर हो गई। उसका मुख कुछ खुल गया था, जैसे प्रतिशोध की ऊष्मा से भीतर तक का सौन्दर्य विकृत हो चला था। उसने कुर्सी पर पीछे की ओर ज़ोर देते हुए कहा—'तो विवाह तुम्हारे प्रेम की चरम अवस्था है? बिना विवाह के प्रेम नहीं हो सकता?'

ऊषा ने कहा—'मेरे विचार से तो नहीं। प्रेम का आनन्द संसर्ग है, निकट रहना है और उसके लिए विवाह के अतिरिक्त और कोई मार्ग नहीं।'

'क्यों?' इन्दिरा ने आंखें तरेरकर कहा—'स्त्री और पुरुष वह बेमतलब की पूजा किए बिना साथ-साथ नहीं रह सकते?'

'उस अवस्था का दूसरा नाम है इन्दिरा देवी! हम उसे रखैल कहते हैं।' —वह उपहास से हंसी, जैसे उसने घृणा के घड़े को फोड़कर सारा गलित पदार्थ बाहर फैला दिया। इन्दिरा थोड़ी देर के लिए चुप हो गई।

उसने कहा—'मन की हार में यदि मनुष्य को तृप्ति का आभास मिलता है, तो क्या तुम उसे अपनी करुणा नहीं दे सकतीं? हमारे द्वन्द्व हमारी अपूर्णता के द्योतक हैं, उन्हें अपनी घृणा के आधार पर ठीक कहकर संचित करना आत्मघात करना है, क्योंकि वह हनन नहीं, वह एक अविश्रांत भिखारी की अनन्त दाह-भरी तड़प है।'

ऊषा ने अब की बार आंख फाड़कर देखा। फिर कहा—'सच कहो इन्दिरा। जिसे तुम प्रेम कहती हो, संसार से छिपाती हो, वह क्या तुम्हारे मन की शक्ति है?'

इन्दिरा ने मुस्कराकर सिर हिलाया। ऊषा ने यह बात ठीक कही थी। उसके विचार में वह एक शक्ति है, तभी तो सारे बन्धनों से मनुष्य ऊब जाता है। यह बन्धनों के प्रति जो घृणा का भाव है वही मुक्ति की परम्परा है। ऊषा ने मानो यह सब समझा। उसने फिर कहा—'यदि तुम इसे शक्ति कहकर चाहो कि वह सर्वसाधारण के लिए शक्ति है, तो यह मेरे लिए स्वीकृत नहीं है। वह शक्ति और कुछ नहीं, आंगिक विलास की अन्तिम अभिलाषा है, आत्मा की परितुष्टि की छलना है, सारे कर्तव्यों को भूलने का बहाना है और उससे बढ़कर अपने स्वार्थों का एकीकरण वास्तव में कहीं और पाना असम्भव है। यह प्रेम जो आगे त्याग का नाटक रचता है, वह व्यक्ति की समाज के आगे पराजय है और उससे बढ़कर झेंप मिटाने का कोई अतिरिक्त साधन भी नहीं है।'

इन्दिरा हंस दी। ऊषा भी। दोनों ने एक-दूसरे को खुली दृष्टि से देखा। कुहासा फट गया, किरणें फूट निकलीं। इन्दिरा ने कहा—'ऊषा ! तुम पागल हो। तुम कुछ नहीं जानती।'

'नहीं जानती। यही अभिमान यदि तुम्हारी साधना का सबसे बड़ा प्रकाशस्तम्भ बन सके तब भी मैं कभी नहीं तड़पूंगी। वह दिन भी दूर नहीं है जब तुम चन्द्रमा को पृथ्वी के चारों ओर घूमनेवाला उपग्रह जानकर भी उसमें आग पाओगी और शय्या पर तड़पा करोगी।'

इन्दिरा ने बात काटकर कहा—'ऐसा कभी नहीं होगा। मैं कभी भी मर्यादा का संतुलन नहीं छोड़ सकूंगी।'

'कैसी मर्यादा?'—ऊषा पूछ बैठी—'शय्या पर कैसी मर्यादा ?'

इन्दिरा उठी और उसने मुड़कर कहा—'यह सब तुम्हें किसने बता दिया ?'

ऊषा ने नाक सिकोड़ी, आखों की भौहें तन गईं और फिर छोड़ दी जैसे तीर छोड़कर प्रत्यंचा ढीली हो जाती है। उसने कहा—'तुम मूर्ख हो।'

इन्दिरा ने अधिक नहीं कहा। वह सिर झुकाकर सोचने लगी। ऊषा ने कहा—'मुझे भय है।'

'किसका ?' विस्फारित नेत्रों से इन्दिरा ने अंकित कर दिया।

ऊषा ने इस प्रश्न को झुककर ऊपर से निकल जाने दिया। इन्दिरा ने हठात् उसके हाथ पकड़कर कहा—'भैया से न कहना।'

ऊषा ने कहा—'केवल भैया ? चाहे किसीका कोई स्वार्थ हो या नहीं। जो सुनेगा उसीको द्वेष होगा। मनुष्य को मूर्खता से भी ईर्ष्या होती है, क्योंकि मूर्खता ही उसकी बुद्धि की सीमा है।'

इन्दिरा ने कृतज्ञता से सिर झुका लिया।

5

लीला ने देखा, लवंग आज स्फूर्ति से व्याकुल हो रही थी। वह चकित-सी देखती रही। लवंग कभी हंसती थी, कभी मुस्कराती थी। लीला ने क्षणभर को सोचा, कहां

है इसमें जीवन की गम्भीरता? क्या यह ठीक है?

बिजली की तरह कौंध हुई। आकाश मेघाछन्न था। ठण्डी-ठण्डी हवा चल रही थी। अभी-अभी वे दोनों प्रोफेसर मिसरा के घर से आई थीं। प्रोफेसर को लड़कियों पर विशेष दृष्टि रखने के कारण कालेज के लड़के काफी बदनाम करते रहते हैं, किन्तु वह किसी की चिन्ता नहीं करता। विद्यार्थियों के जीवन में उसका एक अपना पहलू है। वह अकेला हो, ऐसी बात नहीं। उसके जैसे अन्य प्रोफेसर भी हैं, किन्तु कोई केवल खुशामदी है, कोई केवल कुचक्र रचनेवाला, कोई केवल गुटबन्दी करनेवाला। प्रोफेसर मिसरा में ये सब बातें हैं। वह सबसे अधिक प्रभावशाली है, क्योंकि सबसे अधिक महत्त्व का उसीकी सीमा से उदय होता है। उसकी व्यापकता दूसरों के जीवन का परिणाम है। वह संगीत में दिलचस्पी लेता है, किसी भी विषय पर कुछ न कुछ बोल लेता है। वह अपनी निर्बलता को सम्मान के कवच में रखता है। अपने अज्ञान को वह सरलता से अपनी पदवी के नीचे ढंक देता है। जब नवीन वस्तुओं की बात होती है तब वह प्राचीन को श्रेष्ठ साबित करता है; क्योंकि उसका दायरा उनके बाहर तिल-भर भी नहीं, इसलिए वह अपनी आयु का प्रयोग करता है; और जब आनन्द का प्रश्न आता है तब वह विद्यार्थियों से एक पग आगे ही रहना चाहता है, क्योंकि उसके पास साधनों का आडम्बर है।

लवंग को आज उसने चाय पर बुलाया था। साथ में ही लीला थी। उसने अपना अतिथ्य उसकी ओर भी बढ़ाया था। लवंग ने कहा दिया था—आप निश्चिंत रहिए। मैं इन्हें अपने साथ ही लेती आऊंगी। लीला ने प्रतिरोध करना चाहा था, किन्तु प्रोफेसर ने कृतज्ञ होकर कहा—मुझे विश्वास है।

उससे चले जाने पर लीला ने कहा—'वाह! मुझे क्यों फांस लिया?'

'क्यों, क्या हुआ?' लवंग ने पूछा। जैसे वह सब कुछ समझकर भी अनजान बन रही थी। लीला ने कहा—'तुम्हें बुलाया था, तुम जातीं।'

'बुलाया तो तुम्हें भी है।' लवंग मुस्कराई। लीला को यह अच्छा नहीं लगा।

उसने कहा—'मैं नहीं जाऊंगी।'

'क्यों?'—लवंग ने उसे फिर हंसकर देखा।

'नहीं जाऊंगी, क्योंकि मैंने अपने मुंह से तो आने को कहा नहीं। दूसरे प्रोफेसर है, कालेज का। घर पर जाने का क्या काम? मैं क्या उसकी नौकर हूं?'

'तो आखिर तुम्हें परेशानी क्यों है?'—लवंग ने उसको भावना पर प्रहार करते हुए कहा।

मुझे बह आदमी पसन्द नहीं है। मुझे उसकी सूरत अच्छी नहीं लगती। वह डेडी का दोस्त हो सकता है।'

'मेरी समझ में नहीं आता, आखिर हम लोग बातें क्या करेंगे?' लीला ने पूछा।

'वह अपनी लड़कियों से तुम्हारा परिचय करायेगा।'

'तो इसके लड़कियां भी हैं?' लीला ने उत्सुकता से पूछा।

'हां, दो हैं। तुम अभी इस शहर में नई आई हो न इसी साल? नभी नहीं जानतीं। दोनों इसी कालेज से बी० ए० कर चुकी हैं। बड़ी एम० ए० है शायद। जानती होतीं तो यह न कहतीं।'

'तो मैं उन लड़कियों से जान-पहचान करने जाकर क्या करूंगी? किसीके घर जाना और वह भी इस तरह, मुझे अच्छा नहीं लगता।'

लवंग चुप हो गई। उसने कोई उत्तर नहीं दिया। लीला का रोष वह समझ गई थी।

सांझ की सुहावनी बेला में जब आस्मान में एक तरफ नीली-नीली घटाएं उठने लगी, लीला गाती हुई अपने बंगले में लॉन पर आ गई और आरामकुर्सी पर अधलेटी-सी गुनगुनाने लगी। उसी समय लवंग ने अपनी मोटर को भीतर लाकर खड़ा किया और दो बार अपनी गाड़ी का भोंपू बजाया। लीला उठी और उसके पास गई।

लवंग ने विस्मय के साथ कहा—'अरे! तुम अभी तक तैयार नहीं हुई?'

'क्यों? आखिर बात क्या है?'—लीला ने अधिक विस्मय दिखाते हुए प्रश्न किया।

'चलना नहीं है प्रोफेसर के घर?'

लवंग के प्रश्न से लीला भीतर ही भीतर चिढ़ गई। उसकी बुद्धि पर कुण्ठा की घरघराती आवाज़ गूंज गई। क्यों यह लड़की कुछ आत्मसम्मान नहीं रखती? अधिक से अधिक फेल कर देगा। इससे अधिक तो कुछ नहीं। फिर क्यों उसकी

इतनी खुशामद की जाए? बड़ा आदमी है तो अपने घर का। हम भी तो किसीसे कम नहीं हैं!

लवंग ने उत्तर की प्रतीक्षा किए बिना ही कहा—'चलो न। मेरे कहने से ही एक बार चलो।'

'क्या होगा जाकर?'—लीला ने फिर व्याघात डाला।

'जो होगा वह तुम आंखों से देख लोगी। आंखें नहीं होंगी तो कुछ भी नहीं देख पाओगी। क्योंकि वैसे वहां देखने को कुछ भी न होगा। लेकिन तुम काफी ऐसी बातें जान जाओगी जो आज तक तुमने कभी नहीं सोची होंगी। चलो। कह रही हूं चलो। कुछ बिगड़ जाएगा, एक बार मेरी बात मानने में?'

लीला सोच में पड़ गई। फिर चुपचाप भीतर की ओर चल पड़ी। लवंग ने कहा—'जल्दी आ जाना।'

लीला भीतर जाकर कपड़े बदलने लगी। अनजाने ही उसने शीशे में अपने आपको देखा। देखा कि वह लवंग से कम तो नहीं लग रही है? याद आया। बैठकर जल्दी से अधरों पर लाली लगाई, आंखों पर जल्दी से सुरमे की हल्की रेखाएं सलाई से खींच लीं और फिर चल पड़ी।

लवंग ने दरवाज़ा खोल दिया। लीला बैठ गई। गाड़ी चल पड़ी। दोनों में से कोई भी नहीं बोला। मोटर जब रुकी, लीला ने देखा, प्रोफेसर बाहर खड़े थे और उनका स्वागत करने की प्रतीक्षा कर रहे थे। लवंग ने मुस्कराकर कहा—'देखिए, ज़रा देर हो गई। आपको व्यर्थ प्रतीक्षा करनी पड़ी।'

प्रोफेसर हंसा, मानो कोई बात नहीं। वे लोग जाकर भीतर बैठ गए।

लीला ने देखा, लवंग मुस्करा रही थी। उसने उसकी ओर देखकर पलकें झुका लीं। उसने धीरे से कहा—'लवंग! जब हम प्रोफेसर के घर से लौट रहे थे तब तुम हंसी क्यों थीं?'

'कुछ नहीं, यों ही।'—लवंग की कुटिलता कांपकर गालों पर स्नायविक आलोड़न करने लगी। लीला ने उठकर कहा—'तुम्हें निश्चय ही बताना होगा। प्रोफेसर चालबाज़ है। मैं यह समझ गई हूं, कि उससे ऐंठकर कालेज में नहीं रहा जा सकता। उसकी वे लड़कियां! उफ! तुझे सच कह दूं, इनमें और बाज़ारू

औरतों में कोई भेद नहीं दीख पड़ा।'

लवंग हंसी। उसने कहा—'तुमने अभी उनकी मां को नहीं देखा। प्रोफेसर को गम है तो अपनी बीवी का। जो पद उसे उसकी लड़कियां दिला सकी हैं, वह तो तुम देख ही चुकी हो। लेकिन प्रोफेसर की पत्नी कहीं अधिक सफल होतीं। तब प्रोफेसर कहीं प्रिंसिपल होता। लेकिन कमबख्त दिन-भर पति से लड़ती है कि तुमने दोनों लड़कियों का सत्यानाश कर दिया। अब उनका कहीं विवाह भी नहीं हो सकता, क्योंकि वह जाति ही ऐसी दकियानूसी है, जिसमें स्त्रियों को उच्च शिक्षा वर्जित है।'

'उच्च शिक्षा?'—लीला ने व्यंग्य से कहा—'यही उच्च शिक्षा है? पैसे के लिए जो स्त्री अपने को बेच सकती है, वह वेश्या नहीं है तो है क्या? प्रोफेसर मिसरा ने जिस तरह अपनी लड़कियों की इज़्ज़त देकर यह दर्जा हासिल किया है, शायद वह इसी तरह हम लोगों को भी समझता है? क्यों?'

लवंग इस प्रश्न के लिए नितान्त अनुद्यत थी। उसने अपनी सीमाओं का प्रसार संकुचित करते हुए कहा—'तुम अभी नादान हो लीला! संसार में अभी और भी न जाने क्या-क्या होता है।'

'होता होगा।'—लीला ने उपेक्षा से कहा—'मुझे उस आदमी से नफरत है, नफरत है, क्योंकि वह भला नहीं है। उसका पूरा खान्दान हराम पर पल रहा है। अपना मान बेचकर इस तरह सुबह-शाम आराम से खाना कोई कमाल नहीं है।'

6

समर चुपचाप बैठा हुआ सिगरेट पी रहा था। कामेश्वर और वीरेश्वर नहर की एक छोटी दीवाल पर बैठे, यमुना का नहर में बहकर आता हुआ पानी देख-देखकर मुग्ध हो रहे थे। वीरेश्वर कहने लगा—'उस अशांति, उस भीषणता की अपेक्षा यह निस्तब्धता कितनी अच्छी लगती है! मन चाहता है, आज नीरवता में अपनी सत्ता का लय कर दें, जिससे फिर कभी वे विषमताएं, वह अंधकार हृदय को छू भी न

पाए। कामेश्वर ! मैंने सुना है तुम पी० सी० एस० का इम्तहान देने इलाहाबाद जा रहे हो?'

कामेश्वर कुछ देर चुप रहा। फिर कहने लगा—'ठीक सुना है तुमने।'

'तुम कामेश्वर? स्टूडेंट फेडरेशन के हर एक नेता को इस तरह साम्राज्यवाद के सामने नाक रगड़ते देखकर लोगों के दिल में उनके लिए क्या इज़्ज़त रह जाएगी, सोच सकते हो?'

'मैं जानता हूं, लेकिन मुझे एक बात बता सकते हो? कालेज में कौन सोशलिस्ट, कौन कम्यूनिस्ट नहीं है? इनमें से अट्ठानवें फीसदी ऐसे होंगे जो शायद साम्यवाद की अ आ इ ई भी नहीं समझते होंगे। लड़कियों में नाम पैदा करने के लिए फासिस्टों के बारे में जानना ज़रूरी हो गया है। इस दोगलेपन से मुझे नफरत हो गई है। जब तक हम जैसे लोग इस नौकरशाही को आकर साफ नहीं करेंगे तब तक हिन्दुस्तान का यह ढचरा कभी भी ठीक नहीं हो सकेगा। मुझे दुनिया में बहुत कुछ करना है। असहयोग, अहिंसा से न स्वराज्य मिलेगा, न स्वतन्त्रता। दुनिया गरज रही है और तुम मंत्रों से रौशनी फैला देना चाहते हो।'

'लेकिन साम्राज्यवाद में व्यक्ति कुछ नहीं कर सकता। वहां व्यक्ति एक मशीन का पुर्ज़ा हो जाता है। वहां कोई भी एक काम के लिए ज़िम्मेदार नहीं है। है तो सिर्फ वह तरीका। तुम इन बदमाशों के गिरोह में इकट्ठे हो जाओगे?'

कामेश्वर मुस्करा उठा। वीरेश्वर ने सुना, वह कह रहा था—'हम जिस स्तर के प्राणी हैं, वह मध्य वर्ग है, जो रुपयेवालों में भी है और गरीबों को भी छूता है। मैं अपने मुल्क से पहले अपने घर को संभालना चाहता हूं। जानते हो, मैं अपने घर का वारिस हूं और सबसे ज़्यादा ज़िम्मेदारियां मेरे ऊपर हैं। बोलो, जिन्होंने मुझे पाला है, इतना बड़ा किया है, अब मैं इन कामरेडों की तरह पायजामा पहनकर डोलूं और घरवाले अपनी इज़्ज़त को धूल में मिलाकर फाकाकशी किया करें? वक्त ही ऐसा है। आदमी को हमेशा उसकी परिस्थिति चलाती है और मैं कोई नेपोलियन तो नहीं कि खुद उनपर हकूमत चलाने लगूं।'

'नेपोलियन'—समर ठठाकर हंस पड़ा—'नेपोलियन क्या कोई बहुत बड़ी चीज़ थी? बच्चा था बच्चा।' उसके बात करने के ढंग से दोनों चौंक उठे। मानो चूहा

पहाड़ के सामने जाकर चिल्ला उठा था—'मैं छोटा हूं' और पहाड़ से वही प्रतिध्वनि सुनकर हंस उठा था कि, 'मैं उससे छोटा हूं, तो क्या? वह भी तो किसीसे छोटा है।'

चश्मे के पीछे से उसकी आंखें चमक उठीं। वीरेश्वर गौर से देखता रहा और उसके मुंह से अचानक निकल गया—'आज चाय के प्याले में यह तूफान कैसे आ गया?'

कामेश्वर ठठाकर हंस पड़ा, किन्तु समर के गाम्भीर्य ने उसकी हंसी को टुकड़े-टुकड़े कर दिया। वह देख रहा था मानो वे दोनों आरपार थे और उसकी दृष्टि में उनकी उपस्थिति कोई अड़चन नहीं डाल रही थी। कामेश्वर ने एक सिगरेट जलाकर धुएं को ऊपर की तरफ छोड़ा। तीनों चुप हो गए। धूप जा चुकी थी। अंधियाले की धूमिल पलकों का झुकना प्रारम्भ हो गया था।

वीरेश्वर ने मौन तोड़ दिया। उसने कहा—'क्या कहूं कामेश्वर ! फिर वही चुनावों का ज़ोर है ! सज्जाद, कमल और नरसिंह प्रेसीडेंटशिप के लिए खड़े हुए हैं। मैं नरसिंह को समझा चुका हूं कि वह बैठ जाए। मगर वह राज़ी नहीं होता। हरी दोनों तरफ का खेल खेल रहा है। रानी रैनोल्ड के पीछे मैक्सुअल उससे खार खाए बैठा है।'

समर ऐसे मुस्कराया जैसे कमरे में दूध का बर्तन खुला देखकर किसीको पास न पा, बिल्ली होंठों पर जीभ फेरती है। 'वीरेश्वर'—समर कहने लगा—'ज़िन्दों का भी ब्याह होता है, गुड़ियों का भी; हर्ज ही क्या है? तुम कम्यूनिस्ट हो, अब हिन्दू-मुसलमान करके चुनावों में अपना पासा आज़मा रहे हो? कला भी तो क्या ही लड़की है।'

'हां'—कामेश्वर पूछ उठा—'तुम्हारी कला के क्या हाल हैं?'

वीरेश्वर गम्भीर हो गया। उसने दोनों को जलती हुई आंखों से देखा—'हां'—उसने कहा—'कला से दोस्ती करके मुझे शर्माने की कोई ज़रूरत नहीं है और चुनावों के बारे में मैं जानता हूं कि वह ज़िन्दगी में कुछ नहीं, लेकिन तुम भी तो अपना वक्त काटने के लिए सिगरेट पीते हो।'

समर मुस्करा उठा। वह बोला—जैसे शब्द उसके मुख से फिसल गये—'खा-पीकर जब नवाब बैठते हैं, तो उनके लिए वक्त काटना दुश्वार हो जाता है?'

बात कुछ कड़ी थी। विषमता का उदय हो सकता था। कामेश्वर ने बात बदल दी।

'हरी तुम्हारा पुराना दोस्त है, वीरेश्वर ! क्या वह तुम्हारे समझाने से नहीं मान सकता ?'

मगर समर के दिमाग का कीड़ा उछलने लगा था। वह कहने लगा—'एक ओर मुहम्मद गौरी बैठता है, दूसरी तरफ पृथ्वीराज। काश, मैकाले से मुलाकात होती तो आज वह कितना खुश नज़र आता। ज़िम्मेदारियों का कितना लाजवाब फायदा उठाया जाता है। यहां से रोशनी फैल रही है, यहां इंग्लैंड की डिमोक्रेसी की पूरी झलक है। कोयला एक दिन केतली से कह रहा था, बड़ी काली है तू ! हरी क्या ? काम रुकने पर खुदा को भी टाल दिया जाता है। यह मकड़ी का जाला जहर से भिगोया जा चुका है, कोई इसमें से बाहर नहीं जा सकती, कैसी भी मक्खी क्यों न हो!'

कामेश्वर चुपचाप सिगरेट पीता रहा। समर उठकर टहलने लगा। उसके विचित्र स्वरूप को देखकर वीरेश्वर का क्रोध क्षण-भर में ही विलीन हो गया। जब दोनों ने मुड़कर देखा, कामेश्वर यमुना के पानी को चुल्लू में भर-भरकर पी रहा था। इन्हें अपनी ओर देखते देखकर वह हंसा और फिर पानी में हाथ हिलाकर मुंह पोंछता हुआ लौट आया।

'चला जाए, क्यों ?'—उसने पूछा।

'हां, अंधेरा तो हो चला है।'

तीनों लौट चले। खेतों के बीच में कोई बैठा कुछ गा रहा था। उस गीत से तीनों आकर्षित हो चले। स्वर एक स्त्री का था और वह कण्ठ एक परिष्कृत कंठ था। कामेश्वर चुपचाप उस ओर फिसलता-सा बढ़कर एक झाड़ी के पीछे छिप गया। उसके पीछे ही वे दोनों भी थे।

उन्होंने देखा, प्रो० मिसरा अपने हाथों पर सिर धरकर उदास बैठा है। लवंग बैठी-बैठी मिट्टी में कुछ रेखाएं बना रही है और लीला गा रही है। वह गीत फूलों से लदे सुरभित वृक्ष की कोकिला के लिए करुण पुकार थी। जब वह गीत समाप्त हो गया, प्रोफेसर ने सर उठाया। लवंग के होंठों पर एक कुटिल मुस्कराहट छा गई।

'खूब गाती हैं आप !'—प्रोफेसर ने गम्भीर नयनों से देखते हुए कहा, मानो अपने गुबार को उसने दबा लिया था। लीला समझती थी, मगर अल्हड़पन

उसके जोड़ों में अठखेलियां कर रहा था। आग बुझने को आई थी, मगर राख की गर्मी अब भी बाकी थी।

लवंग मुस्करा उठी। उसने कहा—'गाती कहां है लीला, जाने कितने दिलों पर अंगारों का नर्तन देखती है।'

और वे सब हंसे। प्रोफेसर ने चुप होकर कहा—'आप पढ़ाई में भी तेज हैं, गाने में भी...'

लीला लाज से लाल हो उठी। वह समझती थी। यह एक इशारा था कि यूनिवर्सिटी की कितनी बड़ी हस्ती से वह बात करने का गौरव प्राप्त कर रही है। जो सिनेटर है, जो उस पार्टी का है, जिसने तमाम विश्वविद्यालय को काबू में कर रखा है, जो चाहे जिसे नौकरी दिला सकता है, जो चाहे जिसका जीवन शिक्षाविभाग में नष्ट कर सकता है और जो ओहदे और रुपये के बल पर चाहता है लड़कियों को तितली बनाकर खिलाए, मगर जिसकी उम्र साथ नहीं देती...

लीला ने सिर उठाकर देखा और आज भी वह इसी सिलसिले की शुरूआत के रूप में इन दो लड़कियों को लाया था। यह वह धनुष था जो बाण छोड़कर एक बार टंकार से अपनी विजय घोषित करता था।

लवंग को कभी सन्नाटा पसन्द नहीं आता। वह नहीं चाहती, लोग आंखों में बातें किया करें कि कोई उन्हें समझे ही नहीं। वह कुछ कहना ही चाहती थी, मगर पास में कोई पगध्वनि सुनकर वह चुप हो गई और उन्होंने बड़े विस्मय से देखा, कामेश्वर, वीरेश्वर और समर ऐसे चले आ रहे हैं जैसे उन्होंने इन्हें देखा ही नहीं था।

प्रोफेसर मिसरा उन्हें देखकर एक बार तड़प उठा, मगर वह फौरन ही पुकार उठा—'अरे ! उधर कहां जा रहे हैं आप लोग ? आइए, आइए !'

तीनों ने बड़े आश्चर्य से मुड़कर देखा और उधर ही मुड़ गए।

प्रोफेसर हंसा। उसने कहा—'मुझे उम्मीद थी कि कालेज में अब भी कुछ कवि-हृदय होंगे। बहुत दिनों पहले, जब मैं पढ़ता था, आक्सफोर्ड में लोग मुझे घूमने का इतना शौकीन देखकर शैली कहा करते थे।'

वीरेश्वर ने उसी लहजे से कहा—'साहब, मैंने आपसे कुछ भी नहीं कहा।

मेरे मामाजी जब कैम्ब्रिज में थे तब उनको भी यही शौक था, लेकिन उन्हें लोग डोनक्विगजोट कहा करते थे।'

न इन लोगों ने ही कुछ पूछा, न उन्होंने ही कुछ कहा। मिलन एक रहस्य बनकर हृदय को कचोट उठता था। प्रोफेसर चाहता था, बात साफ हो जाए और फिर सोचता था, ये लड़के हैं ही क्या चीज़?

अंधकार का आंचल फहराने लगा था। हवा और ठण्डी हो गई थी। लवंग उठकर खड़ी हो गई। सब लोग लौट चले। कोई दो-ढाई सौ गज़ की दूरी पर एक कार खड़ी थी। लीला स्टीयरिंग व्हील पर जाकर बैठ गई। लवंग बिना पूछे ही उसकी बगल में जा बैठी। लीला ने कहा—'आप लोग आइए न?'

तीनों ने एक दूसरे की ओर देखा। समर निर्विकार-सा देखता रहा। कामेश्वर के भीतर उत्सुकता सुहाग का घूंघट खोल चुकी थी। वीरेश्वर मुस्करा उठा। रात आ चली थी। सुदूर शहर की बिजली की बत्तियां चमक रही थीं। आसमान में तारे बिखरे हुए थे। कामेश्वर सोच रहा था कि उन लोगों ने बुलाया, हमने नमस्ते तक नहीं किया और उसके बाद समझ में ही नहीं पाता, जो हुआ, वह क्या था? किन्तु वह हो चुका था और लवंग जो इस तरह लीला के बगल में जा बैठी है, क्या इसमें प्रोफेसर का मूक अपमान नहीं है। फिर भी प्रोफेसर बैठ चुका था। जो धारा अखण्ड वेग से पहाड़ी पर से लुढ़क चली थी, वही अचानक एकदम ही ऐसी टुकड़े-टुकड़े होकर बहने लगी!

वीरेश्वर बेबस-सा सिर झुकाए था। सहसा वह बोल उठा—'आप लोगों को तकलीफ होगी!'

लवंग ने आश्वासन दिया—'पाइए न, तकल्लुफ क्यों आखिर?''

'जगह भी तो नहीं होगी' और उसने शंकित नयनों से प्रोफेसर की ओर देखा। प्रोफेसर गम्भीर था। गम्भीर...जैसा कोई बर्फीला पहाड़ होता है। उसने परिस्थिति को समझ लिया। ये लड़के पीछे से कुछ की कुछ अफवाह उड़ा सकते हैं और इन लड़कियों से भी इनकी अभी कोई खास जान-पहचान नहीं मालूम देती। वह बोला—'जगह तो करने ही से होगी।'

वीरेश्वर आगे बढ़कर प्रोफेसर की बगल में जा बैठा। लाचार, बाकी दोनों भी किसी तरह जगह करके बैठ गए। गाड़ी चल दी।

ऊंची पहाड़ी पर दिन-भर सैर करके जब लौटते वक्त ढाल पर मोटर लुढ़कती है तब यौवन एक शान्ति और तृप्ति से भरने लगता है, एक अनबूझ शिथिलता छाने लगती है। वही इनके हृदयों में खेल रही थी।

लीला एक धनी की लड़की थी, लवंग उससे भी अधिक। लीला में धन का उतना मद न था जितना लवंग में। लवंग जीवन को समझकर अपने-आप मानो नई उलझनें पैदा कर रही थी और उसे दुरूह चक्करों में घूमना अच्छा लगता था। वह बन्धन नहीं चाहती थी, किन्तु उसकी स्वतन्त्रता में गुलामी और आज़ादी का कोई फ़र्क ही न था। इस समय जो ये पीछे बैठे हैं, इनमें कामेश्वर सबसे सुन्दर है। वह साफ भी है और यौवन के पौरुष की उसमें एक प्रकार की गन्ध है, जो स्त्री चाह सकती है। वह मुड़कर बैठ गई। कामेश्वर की ओर देखकर उसने कहा—'उस दिन इन्दिरा ने जो आपसे परिचय कराया उसके बाद फिर आप कभी मिले ही नहीं।'

कामेश्वर सोते से जाग उठा। वह जवाब देने की कोशिश में एक बार लवंग की ओर दृष्टि उठाते ही सिहर उठा। यह दृष्टि नहीं थी, अंगारों का इतिहास था। प्रोफेसर अधमुंदी आंखों से ऊंघता हुआ सिगरेट पी रहा था। हवा का झोंका आया और सिगरेट का धुंआ उसकी आंखों में चला गया। उसकी आंखें सहसा ही मिच गईं और देखने की इच्छा रखते हुए भी वह देख न सका। वीरेश्वर ने घड़ी देखी और अपने हाथ को कामेश्वर की जांघ पर रखकर हल्के-से एक चिकोटी काटी। कामेश्वर कहने लगा—'इस साल एक तो वक्त नहीं मिलता; फिर कुछ कालेज में आने की तबियत भी नहीं करती। बस, वक्त पर आना और वक्त पर चले जाना। कभी-कभी पुराने दोस्तों से मुलाकात हो जाती है।'

मोटर रुकने की धीमी घरघराहट से सबमें एक उद्यत उत्सुकता फिर छा गई। कामेश्वर और समर तो क्या, प्रोफेसर और लवंग तक तय नहीं कर सके कि मोटर सहसा ही चौराहे पर क्यों रुक गई ! लवंग ने झुककर देखा, सिपाही ने कोई हाथ नहीं दिया था। किसी बंगले में से रजनीगंधा की मादक सुरभि इठलाती हुई हवा को गुदगुदा रही थी। चौराहे का प्रकाश हल्का-सा इन तक पहुंच रहा था। क्षण-भर के लिए वीरेश्वर ने समझा कि शायद पैट्रोल समाप्त हो गया है, या फिर कोई

खराबी हो गई है। किन्तु जब लीला ने बड़ी निश्चिन्त खुमारी से एक मरोड़-भरी अंगड़ाई ली तब सबने उत्कण्ठा से उसकी ओर देखा।

प्रोफेसर ने धीरे से कहा—'क्या हुआ लीला?'

'हां, रोक क्यों दी तुमने?'—लवंग पूछ बैठी।

लीला ने उत्तर दिया, मानो कहीं दूर से किसी भूले हुए शिकारी ने आह ली थी—'यहां से प्रोफेसर साहब को दाहिनी तरफ जाना होगा आप लोगों को बाईं तरफ, तुम्हें उस तरफ और मुझे सामने। चारों को थोड़ा-बहुत करके एक ही सा रास्ता तय करना है। इसीसे मैंने गाड़ी को रोक दिया है और अगर कोई और हुक्म हो तो वह सुनाओ।'

वीरेश्वर मुस्कराया। प्रोफेसर ने उसे देख लिया, किन्तु कामेश्वर तब तक उतर चुका था और उसके पीछे ही समर था। वह भी उतर पड़ा और तीनों ने हाथों को उठाकर कहा—'आपने जो तकलीफ की उसके लिए बहुत-बहुत धन्यवाद, बाई बाई......'

लीला का हृदय भीतर ही भीतर चीत्कार कर उठा। अपना उज्ज्वल चरित्र इन लड़कों को दिखाने को जो उसने वृद्धप्राय प्रोफेसर की इस प्रकार उपेक्षा-सी की थी उसका मतलब ही उल्टा साबित हो गया। वह चाहती थी, प्रोफेसर उतर जाए और बाद में वह कामेश्वर से कुछ पूछ सके, किन्तु लड़कों की समझ में इतना भी नहीं पाया। उल्टा यही समझा गया है कि वह प्रोफेसर को जो घर छोड़ने जाना चाहती है उसके लिए इन लोगों का उतर जाना ही ठीक है।

लीला के हृदय में इन लोगों के प्रति कुछ विशेष ममत्व नहीं था। था जो कुछ वह यह है कि प्रोफेसर वृद्ध है और यौवन यौवन है, दोनों का कोई मुकाबिला नहीं है। लीला को ऐसा महसूस हुआ जैसे अपनी हार बचाने के लिए कोई साथी को फुटबाल पास कर दे और साथी अनजाने ही अपनी ही पार्टी पर गोल करवा दे।

प्रोफेसर ने दरवाज़े को बन्द कर दिया और चलते हुए इंजिन की घड़घड़ाहट में वह 'बैंग' का शब्द ऐसे सूनाई दिया मानो आज उसपर सब अट्टहास कर उठे थे कि हां जी, उसके पास पैसा है, अधिकार है और तुम लड़कियों को इससे ज़्यादा चाहिए भी क्या?

'मिस्टर कामेश्वर!'—लीला पुकार उठी।

कामेश्वर को विश्वास नहीं हुआ। फिर भी उसने कहा—'जी।'

'आप कहां जा रहे हैं?'

'जी, घर की ओर।'

'आप तो शायद पार्क के आगे ही रहते हैं?'

'जी हां।'

'आइए आप, मैं भी तो उधर ही जाऊंगी।'

प्रोफेसर चुप था। उसने तब से अब तक कुछ नहीं कहा था और अब भी उसने कुछ नहीं कहा, मानो यह मौन उसकी उस घोर अस्वीकृति और घृणा का एक क्षीण परिचायक था।

'बात यह है'—लीला ने कहा—'मैं प्रोफेसर साहब को उनके घर छोड़ दूंगी और आप दोनों का होस्टल पास ही है। लवंग मेरे साथ मेरे घर जाएगी और उधर ही से मैं आपको छोड़ दूंगी।'

कामेश्वर मोटर की ओर बढ़ा—'आप इतना तकल्लुफ क्यों कर रही हैं! मैं तो यहीं से घर चला जाऊंगा, पैदल ही।'

किन्तु वह मोटर में बैठ चुका था। वीरेश्वर और समर ने कहा—'नमस्ते!'

लीला और लवंग ने हाथ जोड़ दिए। उनके जाते ही लवंग कह उठी—'अच्छा लीला, प्रोफेसर साहब को छोड़कर मुझे भी मेरे बंगले पर छोड़ती चलो। मुझे अचानक ही याद आ गया है, आज मेरे घर कुछ लोग आए होंगे।'

'अच्छा।'

यह एक ऐसा उत्तर था जिसने तीनों को चौंका दिया, मानो यही तो लीला चाहती थी।

अंधकार प्रगाढ़ हो चला था। गंधित नारियों की भुक्ता वायु कामेश्वर में एक अपूर्व विलास भर रही थी। वह एक अधिकारमत्त के पास बैठा था, किन्तु वह युवक था और जैसे यह एक बहुत बड़ी दलील थी जो नीचे दबे प्रोफेसर में अधिकाधिक क्रोध भर रही थी। मानो ब्रिटिश साम्राज्यवाद सेंट हेलना के बंदी नेपोलियन के गर्जन को सुनकर केवल मुस्करा उठा था।

लवंग फिर मुड़कर बैठ गई और प्रोफेसर से बोली—'आपको कुछ

तकलीफ तो नहीं हुई ?'

प्रोफेसर तैयार नहीं था। वह चौंककर बोल उठा—'कोई बात नहीं। वैसे चहल-पहल, नई उम्र का शोर है, सब ऐसे ही होता है।'

जो प्रोफेसर नहीं चाहता था वही हो गया। उसका घर आ गया और उतरना उसके लिए आवश्यक हो गया।

तीनों ने कहा—'नमस्ते !'

'नमस्ते'—कहकर जब प्रोफेसर मुड़ा, उसने सुना, लीला कह रही थी—'क्षमा कीजिएगा, यदि कोई कष्ट हुआ हो।'

'जी नहीं, कष्ट कैसा ?'

लवंग ने कहा—'मिस्टर कामेश्वर, क्या कालेज में अब आपका कोई दोस्त नहीं रहा ?'

'नहीं'—कामेश्वर ने कहा—'हैं कुछ, मगर जाने क्यों अब मन नहीं लगता किसी बात में। चाहता हूं कि अब इन सब बातों को भूल जाऊं, फिर भी कुछ ही दिन तो हैं। होता है, हो रहा है, और होता ही रहेगा।'

उसने एक ओह भरी। लवंग फिर मुस्कराई। उसने एकदम पूछा —'तो आप शादी क्यों नहीं कर लेते ?'

कामेश्वर बिलकुल नहीं चौका। वह साफ बात थी। उसका जवाब भी उतना ही साफ हो सकता था, किन्तु रहस्य-भरी बातों से वह कांप उठता था।

'आप अगर मैं ठीक बता दूंगा तो बुरा मान जाएंगी।'

'जी नहीं, बताइए आप'—लवंग ने हठ-सी की।

कामेश्वर ने धीमे शब्दों में कहा—'मैं बंधना नहीं चाहता; चाहता हूं, आज़ाद रहूं। नारी एक विलास है, किन्तु उसकी परवशता उसका सबसे बड़ा अधिकार है। मैं किसीके अधिकार में नहीं रहना चाहता।'

लवंग ने उसे विस्मित नयनों से देखा कि मानो यही तो वह सुनने की आशा नहीं करती थी। किन्तु हृदय की बात आंखों तक नहीं पहुंची थी। मन कहता था, यह कोई नया उत्तर नहीं है। अपनी निर्बलता को छिपाकर धोखा दे लेना क्या ऐसा सहज है ? यह एक प्रकार से नारी के अनजाने सोए अभिमान को ठोकर

मारकर जगा देने का प्रयत्न था कि जाग और मुझे ऐसा डस कि तेरे ज़हर की लहरों में आजन्म-आमरण तड़पा करूं। उसने कामेश्वर की ओर ऐसे देखा, मानो तुम महान हो, किन्तु भीतर से वह जानती थी कि इसे हराना बहुत ही सहज है, यह एक जली हुई रस्सी की दयनीय ऐंठ है।

किन्तु उसने कहा—'नारी को यदि बन्धन ही मानते हैं, तो आप का स्वातन्त्र्य उसके बिना टिक भी तो नहीं सकता।'

'क्यों नहीं,' कामेश्वर सतर्क हो गया, 'युगान्तर से पुरुष ने नारी की पूजा की है, मैं इसे ही उसकी सबसे बड़ी भूल मानता हूं। स्त्री में कोई विशेषता नहीं होती...'

कहने के साथ ही कामेश्वर झेंप गया। लवंग उसकी ओर अपने मांसल कन्धे पर अपने चिबुक को धरे ऐसी मादक नशीली आंखों से धूमिल अगरुधूम-सी झूलती अलकों के बीच से देख रही थी कि यह बात तुम क्या सचमुच दिल से कह रहे हो? और कामेश्वर सकपका गया कि झूठ पकड़ी गई थी।

उसने फिर कहा—'लोग कहते हैं, नारी रहस्य है। रहस्य है, मैं इसे नहीं मानता। हां, इतना मानता हूं कि अपनी क्षुद्र बुद्धि के कारण वह उलझन से होती है, जिसे पुरुष यदि सुलझाने की मेहनत न करके कैची से, कठोर होकर काट दिया करे तो वह बहुत अधिक निश्चित हो जाए।'

लवंग हर्ष से पुलकित हो गई। अब वह करारा जवाब देगी, किन्तु तभी लीला ने एकदम गाड़ी रोक दी और लवंग का घर आ गया था। मन ही मन में वह लीला पर कुढ़ गई। जब शिकार अपनी सीमा में था तभी किसीने खुटका करके उसे दौड़ा दिया और शिकारी कन्धे पर भरी बन्दूक धरे तड़प उठा। वह उतर पड़ी, किन्तु उसका क्रोध शान्त नहीं हुआ।

'अच्छा लीला, अच्छा मिस्टर कामेश्वर, गुड नाइट !'

दोनों ने उसे जवाब दिया। लवंग दो पग चली और फिर मुड़कर बलात् कह उठी—'मैं चाहती हूं, कि रात अच्छी कटे।'

वह चली गई। लीला और कामेश्वर, अंधेरा और नीरवता, अपमान और व्यंग्य, सब क्षण-भर के लिए विक्षुब्ध हो उठे। लीला ने कहा :

'आइए, आप आगे आ जाइए।'

जब मोटर तेजी पर आ गई, कामेश्वर लीला की बगल में बैठा एक अजीब उलझन में पड़ गया था। यौवन था, इसको काट देना—कहना सरल था, वैसे कितना कठिन था !

'प्रोफेसर ने बुरा तो न माना होगा?' कामेश्वर ने कहा—'हम लोग बिना बुलाए मेहमान आ गए थे।'

'क्यों, बुरा क्यों माना होगा? मेरे खयाल से ऐसी तो कोई बात नहीं हुई।'

'नहीं, हम लोग आ गए और आप लोगों के एकान्त में बाधा पड़ गई।'

लीला ने कामेश्वर की ओर कठोर होकर देखा। कामेश्वर के नयन मानो कह रहे थे—'मुझे माफ करो।' लीला ने कठोर उत्तर दिया—'मेरा एकान्त ऐसा घृणित नहीं होता। आप लोगों ने आकर न मेरी बुराई की, न उपकार। आप यह न समझिए कि मैं आप लोगों को मसीहा समझकर संग में लाई हूं।'

'आप नाराज़ हो गईं?'

'जी नहीं'—वह लजा उठी। 'ऐसा न सोचिए आप।'

दोनों फिर एक-दूसरे के पास आ गए। कुछ देर तक बात बन्द रही। दोनों दो बड़े पेड़ थे। हवा से झुक-झुक जाते थे, मगर मिल नहीं पाते थे, लहरें क्षितिज को छूने का प्रयत्न करती थीं, किन्तु आपस में टकराकर छितरा जाती थीं। लीला ने ही बात शुरू की :

'आप ऊषा को जानते हैं?'

'ऊषा?'—कामेश्वर ने पूछा, जैसे बात क्या है?

'हां, हां, वही, मिस्टर भगवती को तो जानते होंगे आप। उन्हींकी क्लासफेलो हैं।'

'जी हां, भगवती को तो जानता हूं।'

'जानते हैं आप उन्हें? बहुत पढ़ते हैं वे, आपको मालूम है? आखिर क्यों?'

कामेश्वर ने उसे पुरानी आंखों से पढ़ा। 'मैंने सुना है'—उसने कहा—'वह बहुत गम्भीर है, जीवन की विषमताओं ने उसे सुखों से उदासीन कर दिया है। मैंने एक बार स्वयं उससे पूछा था, किन्तु उसकी आंखों में मुझे दो भीषण अंगारों के सिवाय कुछ भी नहीं दीखा। शायद उसे कुछ दुःख है, जो धीरे-धीरे उसे खाये जा रहा है।'

लीला ने क्षण-भर को स्टीयरिंग व्हील पर से हाथ हटाकर कहा—'क्या दुःख है ऐसा उन्हें?'

कामेश्वर ने कुछ उत्तर नहीं दिया। लीला क्षण-भर चुप रही और उसके मुख से कोई बोल उठा—'बड़े सीधे हैं वह।'

गाड़ी रुक गई। कामेश्वर का घर आ गया था। लीला के शब्दों का झटका मोटर के रुकने की त्वरा में विलीन हो गया। दोनों ने एक-दूसरे को देखा।

'गुड नाइट!'

'गुड नाइट! इस तकलीफ के लिए आपको बहुत-बहुत धन्यवाद!'

'ओह, कोई बात नहीं।'

भगवती के प्रति इस स्नेह का पता पाकर वह मुग्ध हो गया था। लीला चली गई थी। ईर्ष्या कौतूहल करने लगी। एकबारगी वह ज़ोर से हंस उठा। उसका हृदय ज़ोर से धधक रहा था और लीला!

7

तृष्णा जीवन का पहला हाहाकार है। केन्द्रों में विभाजित महत्त्व वास्तव में कभी सत्य नहीं होता। एक पल का उन्माद जीवन की क्षणिक चमक नहीं, उसकी स्मृति ही अन्धकार का पोषण है, जिसका कोई अंत नहीं, कोई आदि नहीं।

रानी, एक लड़की, जिसको देखकर सुन्दर नहीं कहा जा सकता किन्तु वह भरी हुई है, उसमें उबाल है, ठीक जैसे सोडे की बोतल। उसमें उफान आता है, झाग निगलते हैं, किन्तु उसकी मादकता की समाप्ति नहीं होती। वह ईसाई जाति की बालिका जीवन को कभी-कभी मुश्किल से सोच पाती है। कपड़े पहनने और खाने-पीने का लोभ संवरण जीवन की बड़ी से बड़ी स्वतन्त्रता होकर भी शक्तिहीन के लिए अधिक से अधिक दासता का रूप भी धारण कर सकती है। उसके माथे पर बालों के छल्ले खेलते रहते हैं, उसका लचीला शरीर कभी-कभी खिलाड़ी लड़के की चंचलता धारण कर लेता है। उसकी आंखें बड़ी-बड़ी हैं। उनमें एक रहस्य नहीं, प्यास है। वह किसी भी सिनेमा में द्वितीय श्रेणी की पात्री होने के योग्य है, क्योंकि

वह बोलने में थरथराती है, मुस्कराने में कांटा मारने का प्रयत्न करती है।

हरी की आंखों में एक सूनापन है, जो प्रेम के कारण लहलहा उठा है। सूनेपन का यह आधिक्य उसकी दृष्टि में रस का प्रथम उद्रेक है। वह अच्छे से अच्छे कपड़े पहनता है। उसका मुख अच्छे-बुरे के दायरे से बाहर है, उसे सिर्फ ठीक कहा जा सकता है। उसके बालों का जो गुच्छा बार-बार उसके माथे पर खिसक आता है, वह उसकी अपनी निर्माणशक्ति का चिह्न है। प्रारम्भ में मुख के सामने हाथ उठाकर वह आड़ करके लड़कियों को निःसंकोच होकर देख लिया करता था। उन दिनों हरी एक आवारा था, अब उसमें गंभीरता थी, क्योंकि रानी से उसका प्रेम हो गया था।

पिछले साल एक दिन जब वह कालेज आया, उसकी दृष्टि अचानक इस लड़की पर पड़ी। विचार पाया कि इस लड़की से प्रेम करना चाहिए। स्त्री के किस गुण से मन सहसा आकर्षित हो जाता है, इस विषय में कोई कुछ नहीं कह सकता।

कल ही जिस लड़की ने कॉलेज में पैर रखा, आज उसने देखा कि वह कितनी शक्तिशाली थी। हरी ने वीरेश्वर से जाकर कहा। वीरेश्वर ने सुना, मुस्कराया, किन्तु हरी को वास्तव में शाम होते-होते प्रेम हो गया। वीरेश्वर ने स्वीकार कर लिया और कुछ दिन बाद हरी को सलाह देने लगा। उधर रानी जैसे तैयार बैठी थी। यह अन्य लड़कियों पर एक जीत थी। सबसे पहले जो अपना प्रेमी चुन सकी वही सबसे अधिक भाग्यशालिनी है। अतः मानव-समाज के क्रमिक विकास के अनुसार ही उनके प्रेम का व्यापार चल पड़ा। पहले मूक और आंखों-आंखों का प्रेम, फिर साक्षरता समारोह, उसके बाद गीत, नाटक आदि-आदि। गत वर्ष जीवन स्वर्ग था। दोनों के हृदय में अपराजित गर्व था। रात के अन्धकार में जब रानी अपने घर लौटकर जा रही थी, गर्मी की छुट्टियों का लम्बा समय हरी के हृदय पर अनन्त दुःख बनकर छा गया। उसने रानी का हाथ पकड़कर उच्छ्वसित स्वर से कहा—'रानी ! तुम जा रही हो ?'

रेल में सामान रखा जा चुका था, स्वयं हरी टिकट खरीदकर लाया था। उस समय ऐसा प्रश्न अनुपयुक्त था किन्तु उस समय वे अन्धे थे। यह प्रश्न बहुत अच्छा लगा था। रानी की आंखों में आंसू आ गए। उसने देखा और उस दृष्टि ने हरी का समस्त साहस शीशे की तरह चकनाचूर कर दिया।

किन्तु प्रत्येक सुख को देखकर न देवताओं को संतोष होता है, न समाज की तृप्ति। अतः शैतान बीच में अड़ंगा डालने का प्रयत्न करता है। वही मैक्सुअल था। एक हिन्दुस्तानी रंग का ईसाई, जो अंग्रेज़ों से भी अधिक अंग्रेज़ी कपड़े पहनता था और जिसके कुरूप मुख पर सदा क्रीम की तह चढ़ी रहती थी। इससे उसकी त्वचा की चमक दूर हो गई थी। उसके पिता किसी ईसाई स्कूल में मास्टर थे। वह मिशन से रुपया पाता था। बड़े गिरजे के अंग्रेज़ पादरी उसपर बड़े मेहरबान थे और उन्हींका प्रभाव था कि मैक्सुअल के घर में अब भी लड़कियां साया पहनती थीं और गले में ओढ़नी डाल लेती थीं। मैक्सुअल के दुश्मन उसे पहले का अछूत बताते थे, किन्तु अब वह सब कुछ नहीं था। अब वह साहब था और अंग्रेज़ों का विनम्र भक्त। उसकी एक राय अंग्रेज़ों से मिलती थी कि भारतीय अपने आप अपना राजकाज नहीं चला सकते, क्योंकि बड़े पादरी साहब ने अपनी मेज़ पर बिठाकर उससे ऐसा ही कहा था।

मैक्सुअल की दृष्टि रानी पर केवल इसलिए पड़ी कि उसने अपनी एक बहिन को दूसरी जातिवाले के साथ में पड़ते देखा। अतः उसने अपने पाल खो दिए और लहरों की ठोकरों की परवाह न करते हुए चल पड़ा। साम, दाम, दण्ड, भेद, चारों का प्रयोग करके भी वह रानी को अपनी ओर आकर्षित नहीं कर सका, क्योंकि हरी उसकी तुलना में सुन्दर था और बातें भी अच्छी करता था।

स्टेशन के धुंधले प्रकाश में उन्होंने पहली बार एक-दूसरे का चुंबन किया था। मैक्सुअल की धमकियां धूलि में बिखर गई। धर्म का बंधन तोड़ दिया गया, जैसे जूते में से गांठ पड़े फीते को तोड़कर फेंक दिया जाता हैं। स्टेशन की वह धुंधली ज्योति प्राणों पर अनन्त वासना बनकर फैल गई। वह उन्मुक्त चुम्बन भीतर उतर गया। उसकी उतरती धार को दोनों ने अनुभव किया, उसमें एक झटके का-सा वेग था, छल-छल-छल करने वाला उत्साह, गर्म और ऐसा लज़ीज़ जैसा ताज़ा कबाब होता है। दो मांसल शरीरों में एक-दूसरे की बिजली समा गई। दो तरह के ठंडे और गर्म तारों के मिलते ही एक फक् करता उजाला हो गया। दो बूंदें तो गिरी, किन्तु उनसे दाह कम न हुआ। प्यास बढ़

गई। यही तो था वह अन्त जिसके लिए इतना उन्माद था। यदि यही प्राकृतिक स्वच्छन्दता नहीं मिल सकती, तो जीने से क्या लाभ?

रानी ने कहा—'हरी डियर ! मैक्सुअल कितना विरोध कर रहा है ! वह इतना कमीना हो सकता है, यह मैं स्वप्न में भी नहीं सोच सकती।'

हरी ने उत्तर दिया—'डार्लिंग ! यदि तुम्हारा मन साफ है, तो तुम्हें भय करने का कोई कारण नहीं। मैं तो किसीसे नहीं डरता। तुम्हारे लिए मैं सब कुछ कर सकता हूं।'

रात का अन्धकार मानो हंस पड़ा। उसने जैसे इस चिनगी को देखकर उपहास से सिर हिलाया। उसे निश्चय था कि कोई भी उसके विशाल रूप को ध्वस्त नहीं कर सकता। उसकी गरिमा उसका प्रसार है, प्रसार की सघनता है, वह सघनता जो स्तर पर स्तर नहीं, बीज में कोंपल की भांति समाई हुई है।

हरी ने रानी का हाथ पकड़कर कहा— 'मैं समाज ने नहीं डरता, संसार से नहीं डरता। चलो रानी ! हम-तुम कहीं दूर चलकर खो जाएं। वहां, जहां अपना कोई न हो, कोई न मित्र हो, न शत्रु; जहां हमीं अपने मित्र हों, हमीं अपने आदि और अन्त हों। तुम हो, मैं हूं। फिर हमें और क्या चाहिए? युगों तक हम एक-दूसरे की आंखों में झांकते रहें, देखते रहें। तुम्हारे नयन की झील में मेरे मछली-से नयन सदा के लिए डूब जाएं। यह शिकारी संसार उन्हें कभी भी बाहर न निकाल सके। तुम्हारे हृदय का वह उज्ज्वल मोती मेरा हो जाए रानी! चलो ! मैं सबको छोड़ चलूंगा। कौन है मेरा? मां-बाप? सबका प्रेम झूठा है। यदि वे हमारे सुख में अपना सुख नहीं मान सकते, तो हमारे शुभचिन्तक बने रहने का दंभ नही कर सकते। यदि वे हमें अपना खिलौना समझते हैं, तो क्या हम भी अपने-आपको उनका दास समझें? हम प्रेम करते हैं, पाप नहीं...'

हरी ने फिर रानी का मुख चूम लिया। इस बार रानी की आखें बन्द नहीं हुई थीं और न वह सिहरन से कांपी ही थीं। एक लाज की रेखा दायें-बायें गालों पर तड़पी और उसका शरीर पुलकित हो गया। स्त्री वही है जिसको देखकर उसका प्रेमी विवश हो जाए, पुरुष वही है जिसके स्पर्श से स्त्री सिहर उठे। बातों से मस्तिष्क का सम्बन्ध है, प्रेम का हृदय से।

वह पत्थर है, मनुष्य नहीं है, जो प्रेम नहीं करता, वह कीचड़ की तरह गंदा है जो प्रेमी को अपवित्र कहता है। प्रेम शरीर से प्रारम्भ नहीं होता। वह हृदय से प्रारम्भ होता है। जिसके हृदय में प्रेम है वह किसीसे नहीं डरता।

अज्ञानी गार्ड ने सीटी दी। वह रुपयों के लिए काम करने वाला नौकर, क्या जाने कि प्रेम की गम्भीरता में कितना वेग है ! उसका जीवन एक मशीन है। उसकी आत्मा आर्थिक परवशता में कुचली जा चुकी है। वह नहीं जानता, चांदनी रात में किस अवसाद का लय है, बर्फीले पहाड़ों में कौन-सी उन्नत गरिमा है। दिन हो, रात हो, वह जीवन की अरमानों से भरी गाड़ी को चला रहा है, केवल पैसे के लिए टुकड़ों के लिए।

रेल सरक उठी। रानी शीघ्रता से बैठ गई। ज़नाना डिब्बा था, सेकंड क्लास। उस समय उसमें रानी के अतिरिक्त और कोई न था। हरी के हाथ में रानी का हाथ था और ऊष्मा का यह सम्बन्ध वैसा ही खिंच आया जैसे गाढ़े गोंद का चिपकना तार खिंच पाता है जो झूलता है, किन्तु टूटता नहीं। हरी भी अनजाने ही गाड़ी में चढ़ गया। बाहर उस दिन चांदनी फैली हुई थी। हरी ने भीतर जाकर बत्ती बन्द कर दी।

घरघराहट की ध्वनि, तेज हवा के झोंके, चांदनी की कांपती सुधा, सुनसान राह से रेल भाग चली। हरी ने रानी को अपनी भुजाओं में भर लिया। वह कहते लगा—'रानी ! घर जाकर क्या करोगी ? चलो, हम-तुम कहीं भाग चलें।'

'रानी उस समय गर्म आलिंगन में थी, इसलिए उसे भी संसार में अन्य किसी वस्तु से प्रेम न था।'

"हठात् एक झटका लगा था। दोनों अलग हो गए थे। गाड़ी स्टेशन पर खड़ी थी। चारों ओर प्रकाश फैल रहा था। हरी ने झांककर बाहर देखा और यही बात आफत हो गई। टी० टी० आई० ने ज़नाने डिब्बे में पुरुष को देखकर धड़धड़ाते हुए प्रवेश फिया और बत्ती जला दी। वह कानून के खिलाफ ज़नाने डिब्बे में घुसा था, किन्तु कानून उस समय ताक में धरा था। भीतर का दृश्य देखकर वह समझ गया। भला कौन नहीं समझ लेता। फूंस और फूंस के पास

आग ! यह तो वह संसर्ग है जो समस्त संसार को भस्म कर दे। बेचारी रेल तो एक निर्जीव पदार्थ है।

किन्तु संसारी व्यक्ति कल्पनाओं के आदर्श को नहीं समझ सकता। वह अपनी कलुषित सीमाओं के पार नहीं जा सकता। उसकी चिन्तन-शक्ति इतनी दूषित है कि वह प्रेम की पवित्रता को स्वप्न में भी नहीं सोच सकता।

उसने अदब से टिकट मांगा। रानी ने तुरन्त टिकट दिखा दिया। टी० टी० आई० सन्तुष्ट नहीं हुआ। उसने संदिग्ध दृष्टि से हरी की ओर देखा।

हरी अचानक ही कुछ भी नहीं कह सका। टी० टी० आई० ने कठोरता से कहा—'बाबू साहब, आपका टिकट ?'

हरी के पास टिकट नहीं था। वह यात्रा करने आया था, किन्तु उसकी यात्रा प्रेम की यात्रा थी। प्रेमी किसीके अधीन नहीं है। टी० टी० आई० मूर्ख। वह इस बात को स्वीकार करने को तैयार न था। प्रेमी के पास यात्रा करने को स्वयं अपना साधन है। वह यात्रा करे कल्पना के घोड़े पर। उसे सरकारी रेल में अपना राज्य स्थापित करने का कोई अधिकार नहीं। जो एक स्त्री से प्रेम करने के लिए सारे संसार से घृणा करके अलग दुनिया बसाने चला हो, उसे यह साधारण व्यक्ति कैसे सहन करता।

उसने दोनों को सन्देह से देखा। रानी ने उसकी दृष्टि में अपमान की जलती चिनगारी देखी। उसने अनुभव किया कि वह उसे दुश्चरित्र समझ रहा था। उसने कहा था—'यह मेरे भाई हैं, स्टेशन पहुंचाने आए थे, इतने में गाड़ी चल दी। इसीसे बैठे रह गए। अब लौट जाएंगे।' मुड़कर हरी से कहा—'अब उतर जाओ। ममी से कह देना......'

टी० टी० आई० ने बात काटकर कहा—'तो गोया ज़नाने डिब्बे में बैठने का ही जुर्म हो, यह काफी नहीं। बाबू साहब के पास टिकट भी नहीं है ! चार्ज देना होगा। जंकशन से जंकशन तक का।'

हरी के पास प्रम था, पैसा नहीं था, रानी के पास प्रेम का प्रत्युत्तर था, टी० टी० आई० के प्रस्ताव का नहीं। दोनों ने एक-दूसरे की ओर देखा। विपत्ति के जिस धर्म के कारण हरी को रानी ने पति से भाई बना दिया, वह बात हरी के

मस्तिष्क में बालू की तड़पती वायु की भांति सनसना उठी।

वह उतर गया। रेल चल दी। टी० टी० आई० ने दया करके उसे छोड़ दिया और वह दो रुपये की अपनी सारी पूंजी समाप्त करके घर लौट आया।

वर्ष-भर जो नाटक चला था उसका अन्तिम अंक इस प्रकार समाप्त हुआ। मैक्सुअल को यद्यपि यह बात ज्ञात नहीं हुई, किन्तु इस वर्ष के प्रारम्भ में उसने दोनों के बीच का दुराव समझा और जो कपड़े में सीवन टूटी थी, उसमें उंगली डालकर उसे और फाड़ देने का प्रयत्न करने लगा।

हरी ने रानी को कायर समझा, रानी ने हरी को मूर्ख।

इस वर्ष जब दोनों मिले तब एक-दूसरे को दोष देते रहे और अंत में सुलह हो गई, क्योंकि लहरें अलग रहकर भी साथ रहती हैं, अंजलि में दोनों का पानी एक-सा होता है। दोनों अब भी एक-दूसरे से प्रेम करते हैं, जैसे अब इस बन्धन में उतना आकर्षण नहीं रहा, उतना उद्वेग नहीं रहा, जितना पहले था, क्योंकि उफान का दूध फैल चुका था, आग जल चुका था और उससे एक बार वायु में दुर्गन्ध फैल चुकी थी, जैसे चर्बी जलने पर...मेदा जलने पर...

8

ज्वार आया, सब पानी से ढंक गया। भाटा पाया, पानी उतरने लगा। हर एक चीज़ भीगी-भीगी-सी गंदी नज़र आने लगी। जिस हलचल ने रहस्यों की गंदगी को एक कर दिया था वह धीरे-धीरे समाप्त होने लगी। और नाविक जिसे तब केवल अपने प्राणों की पड़ी थी, अपने लुटे घर की याद करके रोने लगा। कॉलेज का सदर होस्टल खास इमारत से दूर न था। हरी और वीरेश्वर सीढ़ियों पर बैठे थे। खिड़की से वे सड़क देख सकते थे, किन्तु लटकती बेलों के कारण से उन्हें देख सकना आसान न था। दोनों कुछ देर बिल्कुल चुप बैठे रहे। वीरेश्वर चपचाप अपनी सिगरेट पी रहा था। वह उस समय एक प्रश्न था। जो कुछ वह सुनना चाहता था, जानता था। उससे भूल

हो गई थी। किन्तू हरी सिगरेट के धुएं में धूमिल एक चिन्ता में दबा जा रहा था। दोनों चुप थे।

बीरेश्वर ने मौन तोड़कर कहा—'हरी! तुमने अपनी हार को बहुत अपना लिया है।'

'नहीं,' वह एक सूखी हंसी हंसा। 'मैंने अपनी हार को अपने से बहुत दूर हटा दिया है। सज्जाद की पूरी पार्टी जीत गई है। मैंने, बतायो तुम लोगों के लिए क्या-क्या न किया? शुरू से आखीर तक तुम्हारे साथ रहा, मगर तुम माने ही नहीं। हार गए न?' वह हंसा। उसकी हंसी से वीरेश्वर छिप गया। हरी फिर कहने लगा—'मुझे अपने हारने का बिल्कुल अफसोस नहीं है। अफसोस है तुम्हारी हार का।'

वीरेश्वर ने आंखें नीची कर लीं। वह यह नहीं देख सका कि हरी के होंठों पर विद्रूप की कुटिल हंसी निःशब्द संतरण कर रही थी।

हरी ने कहा—'तुम साफ-साफ क्यों नहीं कहते?'

'कहने को अब रहा ही क्या है? लेकिन फिर भी मुझे यह नहीं मालूम था, कि तुम भी सुझे दगा दोगे। तुमने मुझसे वायदा किया था कि तुम सदा मेरे साथ रहोगे। तुमने अपने आपको धोखा दिया। जिधर कला ने तुम्हारी नकेल पकड़कर तुम्हें मोड़ दिया, तुम उधर ही चले गए।'

'बिल्कुल नहीं। मैं यह सब सुनना नहीं चाहता। मैं सदा से ही विचारों की आज़ादी का हामी रहा हूँ और तुम मुझे जानकर भी इस तरह मेरे ऊपर ज़ोर डालते रहे। तब बताओ मैं क्या करता?'

तो क्या तुम मुझसे साफ-साफ नहीं कह सकते थे कि तुम मुझे वोट नहीं दोगे?'

वीरेश्वर चुप हो गया। हरी कहता गया—'कालेज में आकर हम मिलते हैं, एका करने के लिए, आज़ाद होने के लिए। मगर होता क्या है? हम बंटते चले जाते हैं और हमारी रग-रग में गुलामी भर जाती है। रानी से मैंने पूछा था कि यह सब उसे कैसा लगा? उसने कहा कि वह सब सपने का-सा था, आता था और चला जाता था। उसने कहा था कि जीवन में इन सबका कोई महत्त्व नहीं। तुम कहो न? अपने विषय में तुम इतना सोचते हो, कला के बारे में भी कुछ कहो न?'

वीरेश्वर चौंककर कह उठा—'तुम मुझे जानते हो, फिर भी ऐसी बातें कर रहे हो? कालेज की लड़कियां कालेज में ही सुन्दर लगती हैं, बाहर नहीं। इसलिए मैं स्वतन्त्रता का हामी हुआ। सिर्फ स्त्री-पुरुष के बन्धन तोड़ने के लिए मैंने कला से दोस्ती की है। मैं एक बार दिखा देना चाहता हूं कि सेक्स लड़के और लड़की की दोस्ती में नहीं भी आ पा सकता। मैं तुम्हारा दोस्त हूं, मगर तुम्हारी बहुत-सी बातें मुझमें नहीं हैं। मैं एक खास दिमागी सतह तैयार कर लेना चाहता हूं। और तुम? तुमने सचमुच कालेज की सारी नियामती की नुमाइश की है। पढ़ने आए और फैशन सीखा और समझे सिर्फ इश्क करना। क्या मैं कुछ गलत कह रहा हूं?'

दोनों फिर चुप हो रहे। सीढ़ी के बगल के कमरे से आवाज़ पा रही थी—'बीरसिंह, तुम्हें यह नहीं भूलना चाहिए कि आज सारा हिन्दुस्तान गुलाम है। फैशन, मुहब्बत वगैरह हमारी जड़ों को काटते चले जा रहे हैं। सोचो एक बार, मां को खाने को नहीं है, बच्चे दूध के लिए तरस रहे हैं। रईसों के तो सब कुछ है, केवल एक गुलामी उन्हें कभी-कभी कुरेद उठती है। तब मध्य वर्ग में विद्रोह लाकर क्या होगा? हमें जगाना होगा गरीबों को; उन अंधों की आंखें खोलनी हैं, जिन्हें यह भी नहीं मालूम कि उसमें भी पुतली है, जिसकी तारात्रों में सारे संसार का प्रकाश भरा पड़ा है। बोलो बीरसिंह, कालेज के चुनाव बन्द करवाने का प्रयत्न करके क्या फायदा होगा? हम-तुम पकड़े जाएंगे और आज की हालत में कोई चूं भी नहीं करेगा।'

'और करने को हमीं क्या कर लेंगे?' एक और आवाज़ ने कहा।

'ठीक कहा है सुंदरम ने। बिल्कुल यही होगा।'—पहली आवाज़ ने निश्चय से कहा।

'कामरेड रहमान! एक बार ठंडे होकर सोचो। तुम दो बार जेल हो आए हो। जेल से तुम्हें डरना नहीं चाहिए। एक देशी रियासत में तुम बगावत करके विद्यार्थियों को कितना जगा चुके हो! यह तुम स्वयं नहीं जान सकते।'

'लेकिन दो साल बिगाड़ दिए मैंने। आज मैं भूखों मर रहा हूं। सारे कामरेड ज़बानी बात करते हैं और बाल संवारकर लड़कियों के पीछे घूमा करते हैं।'

'वे गद्दार हैं। तुम्हारी कुर्बानी पर मार्क्स आंसू बहाएगा। काकेशस के पार का वह कामरेड, वह पामीर के उस तरफ का मसीहा, वह आदमियत का एकमात्र बचानेवाला स्तालिन तुम्हारे गोशे-गोशे के लिए...'

'नानसेंस बीरसिंह ! तुम अभी भी इस बुरज़ुमा दकियानूसी को नहीं छोड़ सके। मैं आसमान की हवाई सल्तनत के लिए रोज़े नहीं रखना चाहता। उसके दरवाजे खुलें या बन्द रहें, मुझे इससे कोई मतलब नहीं। और तुम्हारा प्रस्ताव, कि तीन-तीन महीने के लिए हिन्द्र मसलमान और ईसाई प्रेसीडेण्ट हों, उसमें भी काफी अड़चनें हैं। ऐसी हालत में सब वही समय मांगेंगे जब सबसे ज़्यादा काम और नाम हो।'

'मगर वह तो हल हो सकता है।'

'बिल्कुल ठीक है।'—सुंदरम बोला।

'बीरसिंह ! फिर भी यह इतना सहज नहीं है।'

'कामरेड रहमान, तुमको यह नहीं भूलना चाहिए कि विद्यार्थी-संघ कम्युनिज्म को लेकर नहीं बनाया गया है। भेड़ें मुश्किल से कब्जे में आई हैं। निकल न जाएं हाथ से। अब कामेश्वर पाए तो मुमकिन है कुछ काम चले।'

'उससे क्या काम चलेगा? डिप्टी कलक्ट्री करेगा या जेल जाएगा ?'

'मगर वह हमसे हमदर्दी रखता है।'

'तो क्या हम भीख मांगते हैं ?'

'ऑर्डर, ऑर्डर,' सुंदरम चीख उठा। 'वह गद्दार है। हमें उससे कुछ नहीं करना है। वह आ जाएगा कम्पटीशन में तो जानते हो क्या कहेगा ? कहेगा, बैठते बहुत हैं, आते हैं मगर कम। और वह हमें मैटरनिख की तरह नफरत से बेकार करार देगा। हमें उससे कोई मतलब नहीं है। बोलो रहमान, यह अपना भय है। हमें उससे कोई सम्बन्ध रखना है, या नहीं ?'

'नहीं'—हथौड़ा हंसिए के पीछे बज उठा।

इसके बाद एक गम्भीर आवाज़ सुनाई दी—'बराबरी, आज़ादी और अमन के लिए मरनेवाले सदा शहीद हैं। हमें लाल खून देखना है, लाल शीशे का चश्मा नहीं लगाना है।'

फिर दरवाज़ा खुलकर बन्द होने की आवाज़ आई। फिर एक भयानक उबादेने वाला सन्नाटा छा गया। बेल हवा में हिल पड़ी। हरी दूसरी सिगरेट जला रहा था। कुछ लड़के-लड़कियां काम से या बेकाम सड़क पर चल रहे थे। वे दोनों चुपचाप बैठे रहे। हरी ने मुस्कराकर कहा—'वीरेश्वर, क्या कामेश्वर सचमुच गद्दार है? क्या वाकई ऐसे आदमी को गद्दार कहा जा सकता है?'

वीरेश्वर को मन में ग्लानि हुई। रानी रेनोल्ड के पीछे ही हुआ है यह सब। मैक्सुअल की सांप्रदायिकता के कारण सब ईसाई इसके विरुद्ध हो गए। स्त्रियों के पीछे झगड़ा होना आवश्यक ही था। कोई कर भी क्या सकता था। मगर भीतर से उसी समय जाने कौन वीरेश्वर से बोल उठा—'तुम धोखा दे रहे हो। तुमने कमल के लिए जो चाल खेली थी उसमें हरी का दोगला करार दिया जाना ज़रूरी था और चंकि साम्राज्य की पनाह नहीं थी, वह मारा गया।

कोई भी व्यक्ति सहज ही अपनी गलती मानकर आत्मसमर्पण करने के लिए तैयार नहीं होता। कोई न कोई बात ऐसी होनी चाहिए जिसके सहारे वह पूरी तरह नहीं, तो कुछ हद तक ठीक रह सके। वीरेश्वर का कीड़ा कुरेदकर पंजे गड़ा उठा। उफ! उसने मन ही मन दुहराया—आखिर मैक्सुअल भी तो था। रानी रेनोल्ड—कामचलाऊ ठीक। मगर यह हरी का प्रेम अभी तक तो कुछ समझ में नहीं आया।

'वीरेश्वर!'—हरी ने कहा—'तुमने दो साल से मेरे साथ एक नाव को खेया है, इसीलिए तुमसे दूर होने की हिम्मत मुझमें नहीं रही है। रानी के प्रेम के वे प्रारम्भिक दिन! जब हमें कट्टर ईसाइयों ने बदनाम किया था, उस वक्त तुम विचारों की स्वतन्त्रता के बल पर मुझे कितनी शक्ति देते रहे थे। रानी तुमपर विश्वास रखती थी, मगर आज वह तुमसे नफरत करती है।'

वीरेश्वर हंसा। हंसा कि नफरत की उसे कुछ परवाह नहीं है। वह स्वयं कब चाहता है कि कोई उससे प्रेम करे, या घृणा ही। वह सर उठाकर बोला—'मैं जानता हूं कि मुझसे गलती हुई है। मगर कुसूरबार मैं सिर्फ तुम्हारे सामने हूं और किसीसे मुझे कोई मतलब नहीं। कोई मेरे बारे में कुछ भी सोचे!'

'कला की भी नहीं?'

विद्रूप! उपहास की उच्छृंखल तृष्णा!

'नहीं, कला की भी नहीं, अपनी भी नहीं, तम्हारी भी नहीं... किंतु तुम मेरे दोस्त हो...'

हरी हंस पड़ा। उसने कांपती हुई आवाज़ में कहा—'वीरेश्वर !'

वीरेश्वर चौंक उठा। उसने उद्विग्न होकर कहा—'यह क्या कह गए तुम? मुझे अपना दोस्त भी नहीं समझते? क्या तुम्हें नफरत हो गई है?'

'नहीं !'—हरी का सर झुका हुआ था। वीरेश्वर ने देखा, उसकी आंखों में आंसू छा रहे थे, डबडबा पाए थे। वीरेश्वर कांप उठा। यह क्या हुआ? अविश्वास की परम्परा एक व्यक्ति से जाति में भर सकती है। वह अंधकार की प्रथम हुंकार है।

9

भगवती ने सोफे पर बैठते हए कहा—'आपने मुझे याद फर्माया था?'

इन्दिरा सकपका गई। उसने पूछा—'आप कैसी बातें कर रहे हैं? मैंने तो भैया से कहा था। उन्होंने कुछ नहीं कहा?'

'जी नहीं'—भगवती ने संक्षिप्त उत्तर दिया।

'आप बीच में कहीं चले गए थे?'—इन्दिरा ने फिर पूछा।

'जी हां, गांव गया था, मां से मिलने।'

'आपका गांव कैसा है? एक बार हम भी गांव देखना चाहती हैं। आज तक गांव ही नहीं देखा।' इंदिरा ने उत्तर दिया। कहते हैं गांव में प्रकृति का ही राज चल रहा है अभी तक।'

'अब की छुट्टियों में चलिएगा? लेकिन आप ठहरेंगी कहां?'—भगवती ने चिंतित होते हुए कहा।

'क्यों, आपके घर? खाना भी नहीं देंगे आप? यह भी क्या आपकी मर्जी है?'—इन्दिरा ने अधिकार जताते हुए कहा।

'लेकिन, आप मेरे घर में नहीं रह सकेंगी? मेरा घर आपके नौकरों के घर से भी ख़राब है, छत पर फूंस है, दीवालें मिट्टी की हैं, कच्ची। ज़मीन पर गोबर लिपा होगा। न आपको फर्नीचर मिलेगा, न खानेपीने को टोस्ट और चाय। वही

सूखी रोटियां खानी पड़ेंगी? तैयार हैं?'—भगवती ने हंसते हुए कहा।

'बिलकुल।' इन्दिरा ने कहा—'यह तो एक नया अनुभव होगा। इन परिस्थितियों से आप यदि जीवन-भर संघर्ष कर सकते हैं, तो क्या हम दो-चार दिन भी नहीं रह सकते? आपका मेरे बारे में विचार बिलकुल गलत है। मैं धन पर कोई अधिक ध्यान नहीं देती। आप?'

'मैं तो धन को ही एकमात्र शक्ति समझता हूं। जो पढ़ा है वह धन के कारण, जो पहनता हूं वह धन के कारण। फिर धन के लिए ही तो यह सारा संघर्ष हैं, मिस इन्दिरा! इसे मैं कैसे झुठला सकता है?'

इन्दिरा ने देखा, वह निस्संकोच अपनी दरिद्रता को उसके सामने खोल गया। यह कहने में भी उसे कोई हिचक नहीं हुई कि वह उसके नौकरों से भी गया-बीता था। इन्दिरा उसके साहस पर प्रसन्न हुई। यदि यह मनुष्य धन को ठीक समझता है, तो वह स्वार्थी कहां रहा? ठीक ही तो है!

'तो आप गांव क्यों गए थे?'—इन्दिरा ने उत्सुकता से पूछा।

'सच कह सकता हूं यदि आप उसे अपने आप तक सीमित रखने का वचन दे सकें।'

'आप कहिए। मैं प्रतिज्ञा करती हूं।'

भगवती ने कहा—'आप जानती हैं, मेरे गांव के ज़मींदार नाम के न सही, वैसे एक छोटे-मोटे राजा हैं। उनके यहां गवर्नर और कभी-कभी वायसराय भी शिकार करने जाते हैं। उनका एक लड़का है। उसका नाम है राजेन्द्रसिंह। हाल में ही इंग्लैड से लौटा है। अब की गर्मियों में मसूरी गया था। वहां मिस लवंगसे उसकी मुलाकात हुई और फिर वह उससे प्रभावित हो गया।'

'सच?' इन्दिरा ने चौंककर पूछा—'आपसे कहा उसने?'

'जी, मैं तो उनकी प्रजा हूं,' भगवती ने हंसकर कहा—'मुझे उनके बाप मानते हैं, बेटा भी बाप की तरह ही स्नेह से रखता है। वह भी कभी मुझे गरीब कहकर दुतकारता नहीं। मैं पढ़ा-लिखा हूं इसपर गर्व करना शायद मेरी मां को इतना नहीं आता, जितना उन दोनों को आता है। राजेन्द्रसिंह ने ही बताया। मसूरी में लवंग के साथ उन्होंने कई दिन, कई रातें काटी?'

'अच्छा?'—इन्दिरा ने विस्मित होकर कहा। उसे इस कथा में प्रानन्द प्राया।

भगवती ने फिर कहा—'राजेन्द्र सिंह ने अपने पिता से यह बात मेरे द्वारा कहलवाई। पिता ने सुना और मुझसे लवंग के बारे में पूछा —मैंने कह दिया...'

इन्दिरा झुककर बैठ गई। वह गौर से सुनना चाहती थी। भगवती कहता गया—'लड़की सुन्दर है। कुंवर साहब को पसंद है।' तब ज़मींदार ने पूछा—'चाल-चलन कैसा है लड़की का?' मैंने कह दिया—'अच्छा है।' उन्होंने पूछा—'घमंड तो नहीं करती? देशी ढंग से रह सकेगी?' मैंने उत्तर दिया—'इतना तो मैं नहीं जानता। हां, कुंवर साहब चाहेंगे, तो सब ठीक ही होगा।'

दोनों ठठाकर हंस पड़े। इन्दिरा ने कहा—कमाल कर दिया आपने। तब तो हम आपके गांव में किसी तरह भी जाएंगे ही। क्यों, शादी तो वहीं होगी?'

'नहीं, जाना तो पड़ेगा ही। ज़मींदार साहब बूढ़े हैं। गठिया का ज़ोर है। चल-फिर नहीं सकते। वह गांव में ही विवाह करने देंगे। अगर विवाह करना हो तो लड़कीवालों को वहीं जाना होगा, क्योंकि वह कभी और कोई बात स्वीकार नहीं करेंगे। उनका यह विचार है, कि वह एक पत्थर है, जिसके नीचे रियासत एक कागज़ों की गड्डी की तरह दबी पड़ी है और उनके हटते ही सब कागज़ इधर-उधर उड़ जाएंगे।'

इन्दिरा सुनकर हंस पड़ी। उसने कहा—'देखिए न! आप बहुत अच्छी बातें करते हैं। आप बहुत अच्छी बातें करते हैं।'

भगवती झेंप गया। उसने सिर झुकाकर कहा—'यह तो आपकी महानता है वरना मैं किस योग्य हूं!'

इन्दिरा ने कुछ देर चुप रहकर कहा—'नहीं, ऐसा नहीं हो सकता। लवंग के भाई कभी भी लड़केवालों के घर जाना पसन्द नहीं करेंगे। पैसे की इन्हें भी तो कोई कमी नहीं। ज़मींदार साहब को लड़के के विवाह में आना ही पड़ेगा। ऐसे मौके बार-बार तो आते नहीं। जमींदार साहब का क्या? दो डाक्टर साथ में आ जाएंगे। क्यों, मैंने ठीक कहा न?'

'हो सकता है'—भगवती ने सोचते हुए कहा—'मैं लड़केवालों को जानता हूं, आप लड़कीवालों को ज्यादा जानती हैं। फिर मैं लवंग के बारे में कुछ कैसे कह सकता हूं?'

'तब तो लवंग का विवाह यहीं होगा।' इन्दिरा ने हंसते हुए कहा—'यह भी इस साल की एक ही रौनक रहेगी। तुम चलोगे न? राजेन्द्र के साथ आना। ठीक है?'

भगवती ने कहा—'मैं आप लोगों में कहां...'

इन्दिरा ने कहने नहीं दिया। वह बोली—'बस, यही तो मुझे अच्छा नहीं लगता। बात-बात में आप अड़चन डालते हैं। आप इतनी inferiority complex (हीनत्व की भावना) से क्यों suffer (दुःख प्राप्त) करते हैं?'

भगवती कुछ उत्तर नहीं दे सका। उसने अपने हृदय के स्वच्छ पानी में एक कंकड़ के गिरने की आवाज़ को सुना और फिर किनारों को छूने के लिए लहरों के छल्ले गोल-गोल चक्कर काटकर फैलने लगे। इन्दिरा कुछ देर उसकी ओर निस्संकोच दष्टि से अपलक देखती रही। भगवती ने भी देखा और उसमें कोई सिहरन नहीं हुई, क्योंकि उस दृष्टि में लाज नहीं, घृणा नहीं, केवल स्नेह था, ममता थी। एक निर्दोष उज्ज्वलता, जो प्रतिबिंबित होकर शुभ्र प्रकाश के समान भगवती के अन्तस्तल में उतर गई थी।

इन्दिरा ने कहा—'आपको याद है, मैंने आपको आज बुलाया था?'

भगवती गंभीर हो गया। उसने अपनी ढाल फिर उठा ली।

इन्दिरा ने कहा—'अब मैं अपनी बात कहूंगी। आपको कुछ अवकाश है?'

'जी हां, कहिए'—भगवती ने कहा। वह समझ नहीं सका।

'कहना यही है कि अवकाश में आप मुझे अंग्रेजी पढ़ा दिया करिए।' —इन्दिरा ने कहा और लजा गई, जैसे वह कोई विवाह का प्रस्ताव था।

'पढ़ा दूंगा।' भगवती ने उपेक्षा से कहा—'लेकिन पढ़ा सकंगा या नहीं यह तो...खैर किताब खुलने पर इसकी भी जांच हो जाएगी। वैसे तो जो मेरी पढ़ी हुई पुस्तकें होंगी पढ़ा ही दूंगा। इसके लिए इतना संकोच! कामेश्वर से कह दिया होता। वही कह देता।'

'आपका समय नष्ट तो न होगा?'

'जी नहीं, शाम को ही पा सकूंगा। लगभग छः बजे से सात तक। जब तक कोई खास काम नहीं पड़ेगा, निस्संदेह पाऊंगा। शाम को कोई विशेष कार्य नहीं रहता। अकेले ही घूमने जाने का दोष है। कितने दिन पढ़ेंगी?'

'यही साल-भर तक,'—इन्दिरा ने उत्तर दिया।

'साल-भर?' भगवती ने प्रश्नवाचक मुद्रा से देखा।

'आपने कभी शायद अभी तक कोई ट्यूशन नहीं की?'—इंदिरा पूछ बैठी।

ट्यूशन! शब्द ऐसे चुभा जैसे घोड़े की नाल में कील ठुकती है कि लोहा सदा के लिए चुभा रह जाए। वह सिहर उठा। इन्दिरा ने फिर पूछा—'आप क्या ठीक समझेंगे? मैं वही देने का प्रयत्न करूंगी।'

भगवती का मुख एकदम काला हो गया, जैसे उसका अपमान सीमा पार कर गया था। उसने कठोरता से कहा—'मैं आपसे कुछ भी नहीं लूंगा। यदि स्वीकार हो तो पढ़िए।'

इन्दिरा भौंचक्की-सी रह गई। पूछा—'क्यों?'

भगवती नें कहा—'मिस इन्दिरा! आप लोगों में धन ही सबकी माप है? मित्रता कुछ नहीं?'

इन्दिरा संभल गई। उसने कहा—'आप बुरा मान गए। लेकिन आपने ही तो कहा था कि धन को आप बहुत महत्त्व देते हैं।'

भगवती को दूसरा चांटा लगा। तब यह लड़की उसकी गरीबी को दूर करना चाहती है? उसे लोलुप समझती है? भगवती का मुख घृणा से विकृत हो गया। उसने संयम त्यागकर कहा—'यदि आपको अपने धन का इतना अभिमान है, तो राह पर आपको अनेक भिखारी मिलेंगे। क्या आपको अपमान करने के लिए और कोई नहीं मिला? मैं नहीं जानता था कि धन का संसर्ग मनुष्य से उसकी वास्तविकता को सदा के लिए छीन लेता है। यदि आप समझती हों कि मुझसे मिलकर आप मुझपर कोई कृपा कर रही हैं तो आप इस बोलचाल को तोड़कर ही मुझपर अधिक कृपा कर सकेंगी। मुझे क्या मालूम था कि कामेश्वर भी आपके इस कार्य में सहायक है, अन्यथा मैं यहां कभी भी न आता। आप मुझे रुपया

देकर साबित करना चाहती हैं कि आप न होती तो मैं कभी भी नहीं पढ़ पाता। यह आपकी भूल है मिस इन्दिरा, एकदम भूल है।'

इन्दिरा सूनती रही। भगवती क्रोध में अधिक अच्छा लगता था। इसीसे मन ने कहा—तनिक और देख। जब वह फूत्कार करके चुप हो गया तो इन्दिरा ने अप्रभावित रूप से कहा—'तो आप मुफ्त पढ़ाएंगे, पढ़ाइए। मुझे इसमें भी कोई बाधा नहीं। लेकिन इस कृपा का क्या परिणाम होगा, जानते हैं? लोग मुझे बदनाम करेंगे। ममी को तो मैं समझा लूंगी, लेकिन आम लोगों का मुंह आप रोक सकेंगे? कहा तो आपने बहुत कुछ। मैं आपका अपमान कर रही हूं, मैंने भैया को मिलाकर षड़यन्त्र रचा है और भी न जाने क्या-क्या? एक बात और कहूं?'

भगवती ने सिर झुका लिया, जैसे वह लज्जित था। इन्दिरा ने कहा—'समर के साथ कोई भी लड़की रहे, कोई संदेह नहीं कर सकता, लेकिन आप तो वैसे नहीं! आपमें कुछ है, जो स्त्रियों को सहज ही अच्छा लग सकता है।'

इन्दिरा मुस्करा रही थी। उसने फिर कहा—'नाराज हो गए?'

भगवती उसके पास आ गया। उसने कहा—'मुझे क्षमा करो। मुझसे भूल हो गई।'

'कैसी भूल?' इन्दिरा ने हठात् पूछा। 'गुबार तो भूल नहीं होता। कहो कि तुमने अपने ही विचारों में पड़े रहने के कारण मुझे गलत समझा। अब तो कोई द्वेष नहीं? क्या तुम ऐसा सोच सकते हो कि भैया और मैं कभी भी तुम्हारा अपमान कर सकते हैं?'

भगवती ने बालक की भांति कहा—'नहीं। मैंने गलत सोचा।'

इन्दिरा ने उसका हाथ पकड़कर कहा—'भैया तुमसे स्नेह करते हैं। मैं जानती हूं, वह अपना जीवन Candle (मोमबत्ती) की तरह जला रहे हैं। मोम को पिघलने के बाद फिर ढालते हैं, फिर जलाते हैं। किंतु सबमें केवल आग ही नहीं, एक पिघलनेवाली वस्तु भी होती है। क्या तुम उसीका इतना तिरस्कार कर सकोगे? माना कि तुम धनी नहीं हो, भैया के पास काफी धन है, किन्तु क्या इसीसे मनुष्यता का जो क्षेत्र है उसमें वह किसी और को घुसने नहीं देंगे? क्या तुम उनके धनी होने के अपराध के कारण उन्हें कभी भी मनुष्य के अपने जैसे मनुष्य के रूप में स्वीकार नहीं कर सकोग?'

इन्दिरा 'तुम' पर आ गई थी। दूसरा बन्धन टूट गया था। भगवती ने सोचा। फिर भी दिमाग में एक बात आई कि वह और कामेश्वर कभी एक धरातल पर नहीं चल सकते। संसार की दृष्टि में कामेश्वर का स्नेह दया है, भगवती का. स्नेह खुशामद। उसने फिर भी इन्दिरा से उस समय यह कहना उचित न समझा। वह उसी के सोफे पर बैठ गया। इन्दिरा खिसकी नहीं। दोनों निर्विकार-से बैठे रहे। भगवती ने कहा—'लेकिन एक बात कहूंगा। बुरा तो न मानोगी?'

'नहीं।' इन्दिरा का स्पष्ट स्वर गूंज उठा—'बुरा मानूंगी तो क्या वह मेरा अधिकार नहीं होगा?'

'भगवती ने उत्तर दिया—'मैं तुम्हें पढ़ाने नहीं पाऊंगा।'

इन्दिरा चौंक उठी। उसने उत्तेजित स्वर से कहा—'क्यों? क्यों नहीं पाओगे?'

भगवती के निरपेक्ष शब्द उसके कानों में उतर गए—'यदि मैं तुमसे रुपया लूंगा, तो मैं तुमसे समानता का व्यवहार करने की परिस्थिति में नहीं रहूंगा। तुम कहोगी, यह मेरी मूर्खता है। किन्तु मैं जानता हूं, फिर संसार मुझे तुम्हारा नौकर कहेगा और कुछ दिन बाद तुम भी अपने आपको उस प्रलोभन में गिरफ्तार पोगी।'

'तुम ऐसा अनुभव करते हो?'—इन्दिरा ने अनियमित उत्कंठा से पूछा।

'मैं गलत हो सकता हूं, किन्तु ऐसी मेरी भावना है। मैं नहीं चाहता, तुम मुझे ऐसी बात करने पर बाध्य करो जिससे मुझमें हीनता का आभास हो, चाहे स्नेह के ही नाते सही।'

भगवती चुप हो गया। इन्दिरा का हृदय क्रोध से भीतर ही भीतर जल उठा। ऊषा क्या कहेगी? उसने भगवती का हाथ पकड़कर कहा—'तुम मेरा अपमान कर रहे हो।'

भगवती ने शुन्य दृष्टि से छत की ओर देखते हुए कहा—'भगवती स्नेह का प्रतिदान न दे सके, भले ही ऐसा हो, क्योंकि वह असमर्थ है, किन्तु स्नेह का अपमान करने की स्पर्धा करेगा, ऐसा वह पशु नहीं है। यदि तुम्हारे मन की बात न मानने में मेरा आनन्द है, तो क्या तुम वह भीख मुझे नहीं दे सकती? दो, यदि तुम अपने भैया की भांति मुझसे स्नेह करती हो, तो दो ! यह मेरी-तुम्हारी बात

है। इसमें क्या मुझे कुछ मांगने का कोई अधिकार नहीं है?"

इन्दिरा लाचार हो गई। उसने भगवती का हाथ छोड़ दिया। भगवती ने फिर पूछा—'नाराज़ हो?'

इन्दिरा ने कहा—'नहीं।' एक बार नीचे का होंठ फड़का जैसे वह रो देगी और फिर वह हंस दी। भगवती ने निरवधि उपेक्षा से देखा।

10

चांदनी रात में बिखरती बिखर उठी थी। लीला ने बाहर आकर अपनी मोटर को स्टार्ट किया। आज वह उदास थी। ज्वार आने के पहले जैसे महासागर शांत हो जाता है। उसने देखा, रानी रेनोल्ड से हरी कुछ बातें कर रहा था। मैक्सुअल खड़ा-खड़ा घुन्ना रहा था। उसे हंसी आई, किन्तु फिर मन भारी हो गया। वह अकेली थी।

उसने मोटर की गति बढ़ा दी। सर्र करके हवा को मोटर ने काटना शुरू किया और हवा अधिक वेग से उसके मुंह पर बज उठी। इसके बाद एक मोड़ था। यहां पेड़ों के कारण गहरा अंधेरा था। रास्ता इतना संकरा था कि मोटर मुश्किल से निकल सकती थी। उसने 'गियर' बदला और मोटर को मोड़ दिया। अचानक ही लीला सर से पांव तक सिहर उठी। बल लगाकर ब्रेक को उसने पूरा ऊपर खींच लिया। गाड़ी एकदम रुक गई। प्रकाश में एक व्यक्ति खड़ा था। उसकी आंखें चकाचौंध हो उठी थीं। लीला ने बत्तियां बुझा दी और तब अन्धकार में वह कोमल कण्ठ से कह उठी—'मिस्टर भगवती!'

व्यक्ति रुक गया। वह आगे बढ़ा। मोटर के आगे की खिड़की पर उसने कोहनी टेककर भीतर झांका। क्षण-भर को दोनों की प्रांखें मिल गई। भगवती की गर्म श्वास लीला के खुले कंधों पर कांप उठी।

'मिस लीला, आप यहां?'

'घर जा रही थी। आप भी अचानक ही मिल गए। कहां जा रहे हैं?'

'होस्टल।'

'घूमकर लौट रहे हैं क्या?'

‘जी हां, ज़रा सोचा घूम आऊं।’

लीला का गला भर-भर आ रहा था। भगवती का गला सूख रहा था। दोनों घबराए हुए थे।

लीला ने फिर कहा—‘पाप घूमने जाते हैं? मैं तो समझती थी कि दुनिया में अगर कोई चीज़ है तो सिर्फ केमिस्ट्री, लेकिन प्रकृति से भी आपको प्रेम है, इसका मुझे बिलकुल ध्यान न था। देखिए, कितना मीठा और सुहावना चांद है जिसने उंडेल-उंडेलकर सुधा बहा दी है।’

पेड़ के अन्धकार में लीला के शब्द मूर्ख की कहानी-से मंडरा उठे।

‘कहां? यहां तो कोई चांदनी नहीं है!’

‘देखिए तो, हाय रे! आप भी बड़े वह हैं। यहां उसे पेडों ने ढंक रखा है। आइए, बैठिए न मेरे साथ, मैं आपको चांदनी में ले चलूं।’

भगवती कुछ सोचता रहा। लीला ने फिर कहा और अब की वह लीला बनकर बोली तो सारे तकल्लुफ अपने आप बह गए—’बहुत दिनों से तुमसे मिलना चाहती थी, मगर कैसे मिल सकती थी। आज अचानक ही ईश्वर ने कैसा मिला दिया। चलोगे? अभी आध घंटे तक मुझे आज़ादी है। देर न होगी तुम्हें, चलो।’

भगवती इस ‘आप’ से ‘तुम’ तक की यात्रा पर ही गौर कर रहा था।

‘माफ कीजिए’—उसने खाकी कोट के रोल्ड कालर पर हाथ रख दिया। लीला इतना ही देख पाई कि वह कोई काला-काला निशान था। उसे कुछ याद आ गया। ‘आप पार्टी में क्यों नहीं पाए?’

भगवती ने उसे अधमुंदी आंखों से देखते हुए कहा—’इस चांदनी रात के मुकाबिले में कुछ अच्छा नहीं लगता था। मिस लीला, आपको मेरी तरह कोल्हू का बैल बनकर पढ़ाई में जुतना नहीं होता। आपके लिए पढ़ाई कविता है, मेरे लिए रोटी। तब आज जब मैं उस अन्धकार से छटा, तो मेरा जी उस कैदखाने में जाने को न हुआ। दीवालों पर फारमूला, प्रिपरेशन, प्रोपर्टीज़ और टेस्ट्स लिखते-लिखते आंखें सींग की हो गई हैं। मिस लीला, ज़िन्दगी एक नीरस तन्मयता होकर नहीं चल सकती। रस-भरा गन्ना रेगिस्तान में नहीं पनप सकता। कालेज के युवक-युवतियां जीवन का प्याला भर-भरकर पीते हैं, मैं

उपेक्षा दिखाता हूं। लेकिन क्या वह रस पाने को मेरे होंठ कभी-कभी व्याकुल नहीं हो उठते? इस यज्ञ की बलि बनने का दंभ और गर्व मैं कभी स्वीकार नहीं कर सकता। गरीबी में उन्मुक्त होकर इम्तहान के बाद, इस लंबे जीवन ने केवल एक ही क्षण बस, मैंने चांद को देखा और देखी उस धुले हुए आसमान में चांदनी की लहरें। मैं चाहता हूं कि यह चांदनी मेरे मन में ऐसी भर जाए कि अगले तीन महीने तक जब मैं शीतभरी लैब में कारबन, सिलीकन और बौरौन बका करूं, तब एक टीस-सी कविता इस मरुहृदय में कुछ ठण्डक दिया करे।'

'आप इतनी मेहनत क्यों करते हैं?'

'क्यों करता हूं? आपके सामने मुझे यह कहते संकोच नहीं होता कि कल आराम से रोटी पाने के लिए।'

'लेकिन मिस्टर भगवती, नौकरी आजकल मिलती कहां है?

आप फर्स्ट क्लास फर्स्ट आएं, तो भी कोई गारण्टी नहीं है कि आपको कोई अच्छी जगह मिल ही जाए।'

'इस पूंजीवादी समाज ने मुझे विधवा बना दिया है। इसीलिए मैं सुहागिन का ढोंग नहीं रच सकता। तो क्या आप चाहती हैं कि मैं वेश्या बन जाऊं? यों तो मैं भी तरकीबें जानता हूं। ब्रिज और टेनिस सीखकर ही दो जोड़े नये अच्छे सूट बनवाकर रईसों की चाकरी करके मैं उनका दोस्त हो सकता हं, उन्हें ठग सकता हूं, मगर जाने क्यों उस झूठे उन्माद से यह सूखी जलन अच्छी लगती है। न मैं रहमान की तरह कम्यूनिस्ट ही हूं, क्योंकि बुरज़ुना समाज की घृणित व्यवस्था न मुझे डरा सकी है, न दहला सकी है। मैं जानता हूं, मैं एकदम व्यक्तिवादी हं और इसीलिए मैं विद्रोह नहीं जानता। घृणा करना जानता हूं, और जानता हूं कि मेरी घृणा एक प्रबल विद्रोह है। वह खेल मेरे लिए आहुति हो जाएगा। आप नहीं सोच सकतीं कि लैब से लौटकर एक रोज़ पानी पीकर न केवल प्यास बुझानी पड़ती है, बल्कि भूख भी। दिलचस्पी न होते हुए भी गुलाम तबियत के गन्दे मज़ाकों को हां में हां मिलाकर सराहना पड़ता है।'

लीला चुप थी। वह अजीब परेशानी में फस गई थी। खैर, अब तो जैसे भी हो निभाना ही पड़ेगा। किन्तु वह जब बात करता है, तो कितना अच्छा लगता है। बच्चों

की तरह समझता है कि वह बहुत बड़ी बात कह रहा है। और ऐसे बोल रहा है जैसे शेक्सपियर के पात्र लम्बी-लम्बी बातें करते थे, कवित्व-भरी। शेक्सपियर जानता था कि वह बेवकूफ था और यह अभी इसे नहीं समझ पाया कि हम सब बेवकूफ हैं:

A tale told by an idiot,
full of sound and fury
signifying nothing.

उसने मुड़कर अधमंदी आंखों से देखा और जैसे अनजान में उसके हाथ ने शीशे पर धरे भगवती के हाथ को ढंक लिया। हवा सीरी-सीरी बह रही थी, उनकी सत्ता की घोर उपेक्षा उसमें गूंज उठती थी। भगवती चुप खड़ा रहा। तब लीला कहने लगी—'भगवती, जीवन वास्तव में आजकल बहुत ही घृणित है। मैं करोड़ों को भूखा देखती हूं और देखती हूं, ये मुट्ठी-भर लोग ज़ो जीवन को यातना दे रहे हैं, अमीरों का अधिकार उनकी बेबसी है। लेकिन ईश्वर की जब मर्जी है, तब आदमी पंख फड़फड़ाकर क्या कर सकता है? तुम कुछ भी मानो, लेकिन विश्वास करने से क्या होता है? जितना खोते हैं, उसके सामने यह प्राप्ति है ही क्या?

'तुम अपने सुखों को छोड़ने के लिए तैयार नहीं हो। इसीलिए तुम ईश्वर से इतना डरती हो।'

'और तुम'—लीला ने कोमल स्वर में कहा—'ईश्वर को ठोकर मारकर भी अपने सुखों के लिए कुछ छोड़ना नहीं चाहते।'

वह हंस उठी जैसे न मानना। 'मैं तो तुम्हें नाराज़ देखना चाहती हूं, तब शायद तुम और भी अच्छे लगो।' कुछ देर दोनों चुप रहे। तब भगवती ने कहा—'अच्छा अब मैं चलं?'

लीला कुछ देर बोली नहीं। उसके मुंह से एक ठण्डी सांस निकली। भगवती ने उसे सुन लिया। वह बोली—'आज अचानक इस गुलाम जीवन में एक आज़ादी का पल कैसे मिल गया। आज तक सब धोखा था। वे किसान मज़दूर कितने सुखी हैं।'

भगवती ठठाकर हंस पड़ा। लीला चौंक पड़ी। आज वह पहली बार इतना खुलकर हंसा था। लीला अपलक देखती रही, जैसे यह तो अब तक मालूम ही नहीं था। वह कहने लगा—'मुझे खुशी नहीं हो रही है। आप कहेंगी ये,

मगरमच्छ, कुत्ते आज़ाद हैं। पिंजड़े का बन्दी अच्छा होता है या बेदिमाग झंड की झंड भेड़ें, जिनकी इच्छा के बिना अपने परमात्मा के लिए उनकी कुर्बानी दी जाती है ! और शायद आप उसे निभा भी जाएं, क्योंकि आपकी चेतना इस बात से सदा हावी है कि आपके पीछे त्याग का यश है।' \

'मिस्टर भगवती'—लीला चीख उठी। यह चीखना रंगीन होकर भी क्या पत्थर ही है ! ध्वनि भगवती के हृदय में विक्षोभ बनकर उतर गई और साथ ही पुरुष का वह अभिमान जाग उठा, जो उसे नारी के अन्तस्तम पर चोट करके उसे तिलमिलाया देखकर पैदा होता है।

'आप जा रहे हैं क्या? आइए आपको पहुंचा दूं।'

'नहीं, माफ कीजिए'—वह फुंकार उठा।

'भगवती'—लीला की पराजय पुकार उठी।

'लीला'—भगवती लुट गया था।

दोनों एक-दूसरे को बहुत देर तक देखते रहे। लीला का हाथ भगवती के हाथ पर गर्म हो गया था।

जेल के घण्टे ने टन-टन करके नौ बजा दिए। दोनों उस नींद से जाग उठे। लीला की आंखों में एक तरलता खेल उठी। उसने अपना हाथ उसके हाथ पर से हटा लिया। भगवती फिर भी वहां से न हटा। लीला ने कहा—'चलो।'

'नहीं,' भगवती ने क्षमा मांगते हुए कहा। उसने देखा, लीला का रूमाल नारी की दो आंखों को चुपचाप सोख उठा। लीला चाहती थी कि या तो वह साथ आकर बैठ जाए या चला जाए।

सहसा उसने कहा— 'छुट्टियों में आप कहीं जाएंगे तो नहीं ?'

'जी नहीं, डा० कुमार ने मुझे छुट्टियों में भी लैब में काम करने की इजाज़त दे दी है। अच्छा.. नमस्ते !'

'नमस्ते,'—चिड़िया ने पंख खोल दिए थे—'मिलते ही रहिएगा न?'

'कहां ? आपसे मुलाकात कैसे होगी ?'

'ईश्वर कराएगा, आपने किसी बात का बुरा माना हो, तो माफ कर दीजिए।'

'मोह, वह हंस पड़ा—'मैने ही आपसे कुछ कठोर बातें कही हैं।'

वह चलने लगा। लीला ने गाड़ी स्टार्ट कर दी। चांदनी ने ज़मीन-आसमान एक कर दिया था। हवा के झोंके भगवती के बालों को अस्त-व्यस्त करने लगे। छाया बार-बार रूप बदलती थी।

कालेज निस्तब्ध खड़ा था, अकबर का मकबरा ! दिन में, सांझ में कितनी चहल-पहल थी। घास ओस से भीग रही थी। चौकीदार की लालटेन उस विशाल कालेज में धीमे-धीमे धुंधली-सी टिमटिमा रही थी, अंधकार में प्रकाश की एक किरण, मानव के गतिरोध की एकमात्र आशा...

रात को भगवती सोते समय अनजाने ही, पहली बार तकिया सीने से लगाकर सो गया।

लीला जागती रही। उसके हृदय में रह-रहकर एक शूल-सा चभता था। भगवती ने उसका अपमान किया था। क्यों वह इन्दिरा से स्नेह रख सकता है? इन्दिरा के प्रति लीला को मन ही मन जलन हुई। लवंग ठीक है, जो कभी झुकना नहीं जानती और झुकती है, तब उसे स्वयं ही अनुभव नहीं करती। फिर याद आया। कला की तरह वह शब्दों का जाल भी नहीं बना सकती। कारण? लीला नहीं समझ सकी। वह व्याकुल हो उठी और अपनी असमर्थता पर अपने आप रो उठी। किन्तु भगवती का चित्र उसके सामने एक विराट पहाड़ की तरह खड़ा रहा और वह देखकर भी कुछ नहीं सोच सकी।

11

रानी ने हरी को घूरकर देखा और कहा—'तो तुम्हारा मतलब? यदि तुम मुझे इतने पत्र लिखना चाहते हो और लिखते नहीं, तो इसमें मेरा क्या दोष है?' वह मुस्कराई। हरी ने देखा वह उसे गम्भीरता से नहीं ले रही है। जो कुछ वह कहता है उसे हंसी-हंसी में टाल देना चाहती है।

रानी ने ही फिर कहा—'तुम्हें अपने ऊपर शायद विश्वास नहीं रहा है। मैं तो देखती हूं, तुम्हें आजकल सभी बना रहे हैं। मालूम है तुम्हें, मैक्सुअल तुम्हारे विरुद्ध क्या कर रहा है?'

'नहीं तो'—हरी ने कोट का कालर उठाते हुए कहा—'मैं तो कुछ भी नहीं जानता।'

'अद्भुत !'—रानी ने विस्मय से कहा—'वीरेश्वर ने कुछ भी नहीं कहा?'

'नहीं' तो, उसने रटे हुए शब्दों का-सा उत्तर दोहरा दिया जिसको सुनकर रानी हंस पड़ी।

उसने कहा—'वीरेश्वर ने कला से कहा है, कला ने इन्दिरा से, इन्दिरा ने मुझसे। बहुत मुमकिन है कामेश्वर भी जानता हो, यानी कालेज में हर कोई जानता हो, लेकिन तुम नहीं जानते।'

हरी ने किंकर्तव्यविमूढ़ होकर प्रांखें उठाईं। वह घबरा गया था। क्या कहना चाहती है यह लड़की? ऐसा कौन-सा गंभीर रहस्य इसके सामने खुला पड़ा है जिसका केन्द्र मैं हूं और मुझे कुछ भी नहीं मालूम? उसने आतुर होकर कहा—'तो कहती क्यों नहीं?'

'कहूं क्या?' रानी ने चिढ़ाते हुए कहा—'एक बार चुनाव में तो तुम्हारी इतनी अच्छी जीत हुई कि मैं गर्व से फूली न समाई। तुम तो सबसे कहते फिरते थे कि मैं लिटरेरी सेक्रेटरी हो गया, हो गया। वीरेश्वर मेरे साथ है, वह मेरा दोस्त है। ऐसे ही होते हैं दोस्त? कमल ने क्या तुम्हें कम उल्लू बनाया? और अब फिर वे तुम्हारे विरुद्ध षड्यन्त्र रच रहे हैं।'

'रानी !'—भय से हरी चीख उठा। 'क्या कह रही हो तुम? अब वे आखिर क्या करना चाहते हैं? क्या वे मुझे कालेज में भी नहीं रहने देंगे? वीरेश्वर ! मैं नहीं जानता ये सब लोग मेरे इतने विरुद्ध क्यों हैं?'

'इसलिए कि तुम सीधे हो, तुम्हें बहका देने में किसीको देर नहीं लगती। कमल सज्जाद के खिलाफ जो अपनी नीच दलबन्दी कर रहा है, उसमें कोई भी भला आदमी साथ नहीं देगा। वीरेश्वर भी अलग हो चुका है। वह तुम्हें सज्जाद के पक्ष में खींचना चाहता है। इसीलिए दोनों अपने-अपने दांव लगा रहे हैं और तुम चूंकि कालेज में प्रसिद्ध होना चाहते हो, इन छोटी-छोटी बातों में अवश्य फंस जाओगे और दोगले करार दिए जानोगे। क्या मैं गलत कह रही हूं? तुमने कभी जीवन की गम्भीरता को नहीं परखा। तुम्हारी वेदना तुम्हारी मानसिक निर्बलता ही रही है।'

हरी अप्रतिभ हो गया। उसने क्रोध से कहा—'न मैं वीरेश्वर की बातों में आऊंगा, न कमल के चक्करों में फंस सकूंगा। मुझे तुमसे मतलब था। लेकिन तुमने जो इतनी सरलता से मुझे दूध की मक्खी की तरह निकाल फेंका, वह मेरे लिए एक महान शिक्षा है। और मुझे उल्लू बनानेवाली से मैं यदि कहूंगा कि वह और कुछ नहीं, और ईसाइनों की तरह चालबाज़ है, तो वह क्रोध करेगी और प्रेम तुरन्त घृणा के रूप में बदल जाएगा।'

'लेकिन यह गलत है'—रानी ने बात काटकर कहा—'मैं तुम्हें अब भी प्यार करती हूं।'

हरी ठठाकर हंस पड़ा। उसकी इस हंसी में उसके हृदय का कितना भारी हाहाकार छिपा था, रानी ने उसे बहुत थोड़ा अनुभव किया। उसके इस अविश्वास से वह सिहर उठी। उसने कहा— 'मैं जानती हूं, तुम विक्षुब्ध हो, तभी इस प्रकार हंस उठे हो। किन्तु एक बात पूछती हूं, उत्तर दोगे?'

हरी ने सिर उठाकर उसकी ओर प्रश्न-भरी प्रांखों से देखा।

'क्या तुम्हारा प्रेम अपने आपमें पूर्ण है, समाज से स्वतन्त्र है?'— रानी पूछकर उसको निर्निमेष दृष्टि से देखती रही। जिससे हरी की बुभुक्षित आकांक्षा कुण्ठित हो गई। उसने उसी भाव से उत्तर दिया—'मेरा प्रेम यदि केवल तृष्णा है, केवल आनन्द की धारणा है, तो भी तम्हें उसका अपमान करने का कोई कारण नहीं। क्या वह तुम्हारे लिए भी तृष्णा और आंगिक सुख की भावना मात्र नहीं है? क्या तुम समझती हो, मैं कुछ अधिक प्राप्त कर सकूंगा और तुम नुकसान में रह जानोगी? यदि तुम्हारा विचार इतना जघन्य है, तो तुम वास्तव में अपने स्वत्वों को वेश्या का अधिकार मात्र समझती रही हो।'

'हरी!' रानी चिल्ला उठी—'तुम शायद होश में नहीं हो। उचित-अनुचित का तुम्हें तनिक भी ध्यान नहीं रहा है। मैं तुम्हें क्षमा करती हूं।'

हरी, जो यह जानकर प्रसन्न हुना था कि रानी तिलमिला गई है, इस विचार से पुनः अवरुद्ध हो गया कि वह अपने-आपको उसकी तुलना में इतना उच्च समझती है कि उसमें क्षमा करने की महत्त्वाकांक्षा होना अनिवार्य है। रानी ने कहा—'हरी!' उसके स्वर में कोमलता थी, दृढ़ता थी और निरासक्ति

का एक ऐसा गहन जाल था जो हरी शीघ्र ही समझ नहीं सका। उसने आंखें उठाकर कहा—'तुम समझदार हो, मुझे तुमपर विश्वास है, मैं जानती हूं तुम मेरी हानि करना नहीं चाहते, क्योंकि तुम स्वयं समझदार हो। किन्तु क्या यह सब ठीक हो गया। जो है सो तो है ही। फिर वह होंठ भींच गई जैसे उसने बलात् कुछ भीतर ही रोक लिया जो शायद तनिक-सी असावधानी से बाहर निकल आता। स्त्री वही कहना चाहती है जिसमें उसकी बात अद्भुत लगे, जैसे बाजीगर 'अब्बां' करके मुंह से बड़े-बड़े लोहे के गोले निकाल देता है। किन्तु वास्तव में स्त्री इतनी बेसमझी की बात करती है कि वह उसे स्वयं नहीं समझ पाती। उसे जो यह विश्वास व्यर्थ ही हो जाता है कि वह जो कर रही है, सब ठीक है, क्योंकि उसका मान बहुत उच्च है, वह पवित्र है, यही सब मूर्खताओं का मूल है। वह बहती है, डूबने लगती है, इसीसे बचानेवाले की गर्दन पकड़कर उसे भी तैरने से असमर्थ कर देती है। उसके बन्धन ही उसकी समस्त अधूरी तृष्णा के मानसिक व्यभिचार हैं।

रानी कहती गई—'लेकिन...लेकिन तुम्हीं बताओ हरी, तुम स्वयं समझदार हो। यह गलत है, मैं इतना ही जानती हूं। यह जो है वह तो है ही, उसको तो बदला नहीं जा सकता।'

हरी का क्रोध दुःख में बदल गया। उसने देखा कि यह स्त्री जो अपने आपको बहुत बढ़ा-चढ़ाकर ज़बर्दस्ती अपनी ही समझ में इतना महत्त्वपूर्ण बना रही है, वास्तव में वह और कुछ नहीं, इसकी दयनीय अवस्था है। यह कुछ नहीं, केवल एक गाय के समान है। ईसाई होने की जो स्वतन्त्रता की भावना इसको नये तौर से रटाई गई है, वह वास्तव में एक छलना है। यह उतनी ही पर्देदार है जितनी मुसलमान औरत और उतनी ही रूढ़ है जितनी हिन्दू औरत। उस अंधकार में इसे एक विलायती तृष्णा मिल गई है, जिसके कारण यह न घर की रही है न बाहर की।'

हरी ने हंसकर उससे एक कठोर बात कही—'तुम मेरी राय में मैक्सुअल से शादी कर लो।'

रानी क्रोध से कांप उठी। उसने कहा—'तुम मेरा अपमान कर रहे हो?'

हरी ने कहा—'आप मेरी बड़ी इज़्ज़त कर रही थीं।'

रानी की आंखें तमतमाई-सी लाल हो गई। उसने भर्राई आवाज़ से कहा—'घृणा, हरी, घृणा। इस संसार में घृणा के अतिरिक्त और कुछ नहीं है। तुम मेरी परवशता को जानकर मुझे मुक्ति की छलना में नहीं रहने देना चाहते?'

हरी ने कहा—'मुझे क्षमा करो।' किन्तु बात ने जैसे कोई प्रभाव नहीं डाला।

रानी ने कहा— 'मैं मैक्सुअल से घृणा करती हूं और अंतःकरण से घृणा करती हूं। उसने मेरा सुख-स्वप्न चकनाचूर कर दिया है। उसने मुझे बदनाम किया है। उसने मेरे पिता को गुमनाम चिट्ठियां लिखी हैं। लेकिन मैं इससे नहीं चिढ़ी, मैं विक्षुब्ध हूं उसकी विजय की अनुभूति पर। वह जो यह समझता है कि इन सबसे उसने मुझे कुचलकर अपने को हावी कर दिया है, यही मैं नहीं सह सकती। उसने ईसाइयों को इकट्ठा करके उन्हें बताया है कि वे लोग घृणित हैं और ईसाइयों ने जो उसके घृणा के प्रचार को, साम्प्रदायिकता के दायरे में, स्वीकार किया है, अपनी रक्षा का एकमात्र न्याय समझकर मैं उसीपर कुठाराघात करना चाहती हूं। इसके लिए मुझे अपना सुख त्याग देना होगा। मुझे तुमसे सम्बन्ध तोड़ देना होगा, तभी मैं अपने कार्य में सफल हो सकूंगी।'

हरी ने व्यंग्य से पूछा—तो महारानी क्या करेंगी?'

रानी ने कहा—'जो करूंगी वह तो तुम भी देखोगे। जो तुम पुरुष होकर नहीं कर पाए वही मैं स्त्री होकर कर दिखाऊंगी। स्त्री की शक्ति क्या है, यह तुम भी देख लेना।' हरी का मन नहीं भरा। उसकी अजीब हालत हो गई। उसने ऐसे देखा जैसे यह लड़की अपने-आपको आखिर समझती क्या है? रानी उसकी इस अवस्था को देखकर मन ही मन हर्षित हुई। उसने कहा—'मैक्सुअल ने जो मेरी ज़िन्दगी हराम कर दी है, इसका बदला मैं उसकी ज़िन्दगी हराम करके लूंगी। जो तीर उसने मुझपर चलाए हैं, मैं उन्हींको उनके विरुद्ध कर दूंगी। जो कुत्ते उसने मुझपर छोड़े हैं, वे उसे ही काटने को दौड़ पड़ेंगे और इसके लिए मैंने अपने दिमाग में एक नक्शा बना लिया है। जिस तरह क्रान्ति करने के लिए षड्यन्त्र होता है, उसी तरह मैं भी एक कुचक्र रचनेवाली हैं। मैंने अपने काम के लिए

एक आदमी चुना है और वह ऐसा है जो यदि मेरे बस में आ गया, तो बाज़ी इधर की उधर कर देगा।

हरी ने कहा—'वह कौन है जिसपर तुम इतनी दृष्टि लगाए बैठी हो? और वह तुम्हारे वश में आएगा ही क्यों?

रानी हंस पड़ी। उसने आंखें नचाकर कहा—'मैं उससे प्रेम जो करूंगी। तुमने मुझे सिखा जो दिया है।'

हरी ने उद्विग्न होकर पूछा—'वह है कौन?'

'वह? विनोद को जानते हो?' रानी ने पूछा—'वह इन चक्करों में नहीं पड़ता। लेकिन मुझे आशा है, उसे मैं पागल बना दूंगी। तब जो मैं आशा करती हूं वही पूर्ण होगी।'

'और यदि वह तुमसे सचमुच प्रेम करने लगे तो?' हरी ने आंखें विस्फारित करके देखा।

"तो उसे आध्यात्मिक बनाने का प्रयत्न करूंगी। आंगिक प्रेम नश्वर होता है न? जैसा हमारा-तुम्हारा। आध्यात्मिक होने से प्रेम चलता है।' वह हंसी। उसके धुंघराले बाल कांप उठे। हरी ने देखा, उसके सामने एक रहस्य खड़ा था। जो प्रतिशोध के लिए कितना पागल है, संसार को झूठ बोलकर बनाने के लिए कितना व्यग्रन है; उच्छृंखलता की सीमा को पार करना चाहता है।

रानी ने कहा—'जिस दिन विनोद मुझपर हावी होने लगेगा, मैं उससे सम्बन्ध तोड़ दूंगी।'

हरी ने उस भय की आशंका से विचलित होकर कहा—'तो विनोद का क्या हाल होगा?'

रानी ने मुस्कराकर कहा—'होगा क्या? कुछ नहीं। मैं तो बदनाम हूं ही और बदनाम हो जाऊंगी। मुझे किसीसे क्या लेना? लेकिन विनोद को जो ठेस पहुंचेगी वह मेरा सबसे बड़ा संतोष होगा। वे सब मेरे अपमान से प्रसन्न हुए हैं। उनके अभिमान के चूर होने पर क्या मुझे प्रसन्न होने का अधिकार नहीं है? इसमें मैक्सुअल तो कहीं का न रहेगा!' उसने निश्चय से सिर हिलाया—'वह तो बिल्कुल निरीह, घृणित साबित हो जाएगा। उसकी इतनी हिम्मत कि उसने मेरी ओर उंगली

उठाई? विनोद का दिल टूटेगा, मैं हंसूंगी। ईसाइयों पर चोट होगी, मेरे लिए यही एक तृप्ति का कारण होगा।' फिर चुप रहकर पूछा—'राजमोहन को जानते हो?'

हरी ने कहा—'जानता तो हूं।'

'उसकी विनोद से मित्रता है। वह अपने सिद्धान्तों पर अटल है। वह प्रेम भी नहीं करता, क्योंकि उसके पास समय नहीं है। वह भी ईसाइयों से घृणा करता है।'

हरी ने पूछा—'क्यों?'

रानी ने हंसकर कहा—'क्योंकि पहले वह जिस लड़की को चाहता था, वह मैक्सुअल की बहिन थी। इसी मैक्सुअल के कारण सब समाप्त हो गया। वह भी काम देगा।'

वह हंस पड़ी। हरी ने देखा, वह बीभत्स थी। क्या सोच रही है वह यह सब। अपनी ही जड़ों पर आघात करके यह कहां गिरेगी, इसका इसे कोई ज्ञान नहीं है। विनोद के विरोध की गुरुता इसकी समझ में नहीं आई है।

रानी ने आकाश की ओर देखते हुए कहा—'मैं घृणा के सहारे जिऊंगी, क्योंकि मुझे यही सिखाया गया है। मेरे पिता धर्म के लिए नहीं, पादरी के सिखावे में आकर धन के लिए ईसाई हुए थे। उसके बाद भी अंग्रेज़ पादरी ने उन्हें कभी बराबरी का दर्जा नहीं दिया। यह ईसा का उपदेश नहीं है।

रानी ने सांस लेकर फिर कहा—'दु:ख कायर करते हैं। अभी तुम्हारे सामने समस्त जीवन पड़ा है। उसे बरवाद क्यों करते हो? जीवन में यदि कभी तुम्हें मेरे स्नेह की आवश्यकता पड़े, तो मुझे याद करना। मैं सदा तुम्हें मदद दूंगी, या कहो, तुम्हारी सेवा के लिए तत्पर रहूंगी। क्रोध से तुम मेरा क्या, अपना भी कोई लाभ नहीं कर सकते।'

हरी ने सुना। उसका हृदय भीतर ही भीतर जलकर भस्म हो गया, जिसके भीतर हड्डियों की तरह स्मृतियों का एक ढांचा पड़ा था। एक दिन वे स्मृतियां सजीव थीं, उस दिन जीवन स्वर्ग था, और आज? उसने बायें हाथ से अपनी आंखों को ढंक लिया और उसके मुंह से निकला—'बर्बर!'

रानी ने सुना और उसकी प्रांखों से दो बूंदें टपक पड़ीं। हरी ने देखा और विस्मय से प्रांखें फाड़े देखता रहा।

12

बड़े-बड़े पादरी, लड़के-लड़कियां और प्रोफेसर दो-दो की कतार में चैपिल में होकर बड़े हाल में घुसने लगे और अपनी-अपनी औकात से बैठने लगे। घण्टा बजने लगा। जब प्रतिध्वनि भी मौन हो गई, एक अंग्रेज़ पादरी उठा और अंग्रेज़ी में कहने लगा—'आज हमारा कैंप चौथी बार लगा है। सन्त पार्नल्ड स्वर्ग में भी हमारे छोटे प्रयत्न और विराट् आयोजन को देखकर कितने सुखी होंगे। भगवान् की कृपा से हमारा साहस अक्षुण्ण है। हमें गर्व है कि हम उसके मतानुयायी हैं जिसने मानबता के त्राण के लिए अपने हाथों से अपनी सूली उठाई थी, जिसने सूली पर भी भूले हुए मानव को क्षमा किया था।'

तालियां पिट उठीं। लड़कियों और लड़कों में एक चंचलता उकस उठी। उनकी आंखों ने पर खोल दिये।

पादरी कहने लगा—'संत आर्नल्ड ने अपने जीवन का सुख हिन्दुस्तान के लिए बलिदान कर दिया था और उसीके परिणाम स्वरूप आज मैं देख रहा हूं कि आप लोग साम्य, स्वतन्त्रता और शान्ति का पूर्ण उपभोग कर रहे हैं। हमने यहां आकर पांच साल में अभी तक साढ़े चार हज़ार ईसाई बना लिए हैं। वे गरीब पहले हिन्दुओं में भंगी और चमार माने जाते थे। हमने उनकी मर्ज़ी से ही, बिना लालच दिए, ईसा का पाक नाम सुनाकर उन्हें अन्धकार में प्रकाश दिखाया है, उन्हें बराबरी का संदेश सुनाया है। आज वे ब्रिटिश साम्राज्य में अफसर बनने के योग्य हो गए हैं। परसों ही एक व्यक्ति का सबइंसपेक्टर के लिए चुनाव हो गया है। आज उनकी आंखों की पट्टी खुल गई है।'

फिर तालियां बजीं और निगाहों ने अटकने को अपने-अपने केन्द्र ढूंढ़ लिए। पादरी बोलता गया—

'कल हमने गरीब लड़कों के खेल कराकर इन्हें इनाम बांटे थे। आज उनमें से चार ईसा के कदमों पर आ गए हैं। वे अब बुतपरस्ती में विश्वास नहीं रखते। उन्हें मालूम हो गया है कि रक्त और रंग के फर्क से इन्सान जानवर नहीं हो जाता, अंग्रेज़ों ने इसे साबित कर दिया है। आज उनकी आंखों के सामने से बादल फट गए हैं...'

तालियां बजीं और लड़के-लड़कियों में इशारेबाज़ियां शुरू हो गईं।

आंखों के तीर दिलों पर चलने लगे। काले चेहरों पर स्नेह ने एक चमक-सी पैदा कर दी थी और रंग-बिरंगी लड़कियां अपने वक्ष को टेढ़ी नजर से देखकर मुस्करा रही थीं।

पादरी बहुत खुश हो गया। वह बोलता गया—'अब हमारा हस्पताल बड़े मज़े में चल रहा है। जब से लड़कियों ने सहायता दी है, काम बहुत तेज़ी से चलने लगा है। सच तो यह है कि ईसाई लड़कियों में अंग्रेज़ लड़कियों की-सी तहज़ीब और अक्ल आ जाती है। फर्क सिर्फ होता है पूर्व और पश्चिम का। ईसाई लड़की लजीली भी होती हैं। हिन्दुस्तान की बाकी औरतें कण्ठा थापना और बुर्का प्रोढ़ना जानती हैं। वे आज़ादी क्या जानें?'

लड़कियां उल्लसित। जैसे चिड़ियां अब उड़ने ही वाली हैं।

'ये लड़कियां वहां 'मदर' के नाम से पुकारी जाती हैं। हाल ही में एक आदमी पर ईसू की कृपा-दृष्टि हुई। उसे लाटरी से बहुत रुपया मिला। तब सच्चे ईसाई के रूप में एक 'मदर' ने उससे विवाह करके उसे ईसाई बना लिया। हम खुदा से इस जोड़ी की बड़ी उम्र चाहते हैं। हमारा कैंप इस साल भी बड़ा सफल रहा है।'

तालियां तुमुल-ध्वनि कर उठीं। कहीं-कहीं से "हियर-हियर' की आवाज़ भी मच उठी। पादरी रुककर बोला—'अब हम अपना आज का काम शुरू करते हैं। कुछ लड़कियां आपको ईसा का सन्देश सुनाएंगी।'

लड़कियां सामने आकर खड़ी हो गईं और अंग्रेज़ी लय-तान पर एक उर्दू गाना गाने लगीं। जब होस्टल में उन्हें हिन्दुस्तानी गानों की मनाही हो गई थी तो उन्होंने हिन्दुस्तानी फिल्मी गानों को अंग्रेज़ी लय पर सेट कर लिया था। धार्मिक गीतों की साधारण रूप से शब्दहीन गूंज मंडराकर लौट गई, उस दिमागी खुदा के पास ही जिसकी वे उपज समझी जाती थीं।

विनोदसिंह ने बगल में बैठे राजमोहन से कहा—'राजा, दो वोट से क्या होगा?'

राजमोहन धीरे से बोला—'घबराने से भी क्या होगा, विनोद ! कम से कम मुझे उम्मीद है, रानी तो तुम्हारा साथ देगी ही।'

विनोद ने मुस्कराकर पूछा—'क्यों?'

राजमोहन ने कहा—'इसका जवाब मैं नहीं दे सकता। तुम, तुम जो बोलोगे।

जल्दी तैयार हो जाओ।'

'मैं तो तैयार ही हूं।'

कुछ देर हाल में सन्नाटा रहा। अंग्रेज़ पादरी उठकर बोला— 'अब मिस्टर विनोदसिंह आपके सामने एक अपना प्रस्ताव उपस्थित करेंगे। उन्होंने उसे अभी प्रकट नहीं किया है। इसलिए मैं प्रार्थना करूंगा कि वह खड़े होकर सब बातें जो वह ज़रूरी समझें कह जाएं।'

विनोद खड़ा हो गया। इधर-उधर देखकर वह कहने लगा—'भाइयो ! और बहनो ! आज मैं ईसा के बच्चों के सामने कुछ अर्ज़ करने के लिए खड़ा हुआ हूं। मुझे ऐसा लगता है कि अजीदी भी शैतान से इतना परेशान न होता जितना मैं अब हूं। भेड़ों का चरवाहा केवल अपनी बुद्धि पर विश्वास रखने के लिए लाचार होता है। मैं नहीं जानता, आप मेरी बात पसंद करेंगे या नहीं ?'

जन-समाज क्रुद्ध-सा फुसफुसा उठा और कुछ खुश नज़र आने लगे।

विनोद कहता गया—'हम आज अंग्रेज़ पादरियों का दामन पकड़े खड़े हैं। हम नहीं जानते कि हमारी सांस्कृतिक राह क्या है? हम ईसा-मसीह के असली बच्चे होने का गर्व कर सकते हैं, क्योंकि हम सिर्फ भेड़ें हैं। संसार बढ़ रहा है, किन्तु हम अभी तक चुप बैठे हैं। हममें से कितने हैं जो ईसा को समझने का दावा रखते हैं? हम ईसाई हैं, अंग्रेज़ नहीं। संसार मेरी आंखों के आगे घूम रहा है। एक दिन ईसाई रोमन अत्याचार से पीड़ित होकर भारत आए थे। उस दिन इन्हीं लोगों ने हमें शरण दी थी, जिनपर आज हम नाक सिकोड़ते हैं। हम गरीब हैं, इसीसे हमारी कोई ज़रूरत भी महसूस नहीं करता, जैसे कम होकर भी पारसियों की सब पूछ करते हैं। साम्यवाद और धर्म का ढोंग करके पूंजीवादी अपना मतलब सिद्ध कर रहे हैं। पश्चिम में भयंकर विनाश छाया हुआ है। वहां भी ईसाईयों का शांति-सन्देश है। नफरत करनेवाले का एक अन्त है—सब उससे नफरत करते हैं। हमारे जीवन की सबसे बड़ी विडम्बना है, पादरी। लम्बे-लम्बे चोगे पहने, शक्तिशाली 'शब्दों' के हथियार लिए, ढोंग के कवच प्रोढ़कर वे अंग्रेज़ हमें सांस्कृतिक और राजनीतिक पराजय दे रहे हैं। आज भेड़ों में भी लड़ाई हो रही है। हम एक साम्राज्य के गुलाम हैं जो विदेशी है। मिशन बूढ़े अंग्रेज़ पादरियों की हिटलरशाही है और यूरोप की गन्दी औरतें हमारे देश में धर्म

की प्रचारिणी बनकर आती हैं। जीवन-भर उनकी कामतृष्णा का हनन होता है और भारत में आकर वे खाना पाती हैं।'

हाल में एकाएक ज़ोर से तालियां पिट उठीं। पादरी स्तब्ध बैठे रहे। क्रोध से वह पागल हो उठे थे। किन्तु लड़कियों में रानी के सिवाय सब असन्तोष से भर उठीं।

'उनके स्वदेशीय जीवन की तुलना में यह जीवन एक स्वर्ग होता है और रात को? कभी-कभी मैं सोचता हूं, क्या नारी कभी इतनी विकृत हो सकती है? पुरुष भी तो बड़े त्यागी होते हैं! उन पादरियों के पाराम में क्या कमी है? वायसराय की भी तो तनख्वाह पूरी नहीं पड़ती और अंग्रेज़ पादरियों की जगह सिर्फ अंग्रेज़ पादरी ही ले सकता है। वे तो कहते हैं कि वे राजनीति और देश के छोटे बन्धनों से परे हैं। फिर? लेकिन हिन्दुस्तानी पादरी कभी इसका विरोध नहीं करते। आखिर फिर वे खाएंगे क्या? धर्म की आड़ में हमारे नाम बदले जाते हैं, किन्तु वह भी पूरी तरह से नहीं। ताकि हम कहीं साहब लोगों में घुलमिल न जाएं, हम न इधर के हैं, न उधर के।'

'अंग्रेज़ पादरियों ने धर्म की प्रोट में हिन्दुस्तान में ठाट करने की दृढ़ दीवार बनाई हुई है। वे यह जानते हैं कि पददलित को कैसे अधकचरा अण्डा बनाया जा सकता है। लोगों का मत दल और फरेब से बदलवाना ही श्रद्धा की माप है? वे जिन्हें न हिन्दूपन से लाभ था, न ईसाईपन से लाभ हो सकता है—पैसे के कारण नाचते हैं। ये पादरी धार्मिक नहीं, सामाजिक और राजनैतिक मतपरिवर्तन करा रहे हैं। ये बेवकूफों को लूट रहे हैं।'

ईसाइयत की पहली बात है आज़ादी—आज़ादी चाहिए हमें। क्योंकि हिन्दुस्तान आज़ाद नहीं होना चाहिए? क्योंकि गांधी के बहकावे में हमें नहीं आना चाहिए? राजनीति में भाग लेनेवाले ईसाई समाज से बहिष्कृत कर दिए जाते हैं। हम निर्जीव प्राणी बना दिए गए हैं। जीवन हमारे लिए एक अभिशाप बन गया है। आज मैं धर्म के दावेदार, सत्य के हकदार, ईसाइयत के बाने में छिपे फरसीज से पूछता हूं कि हमारे कल के हिन्दुस्तान में क्या हालत होगी?

साथियो! अब मैं प्रस्ताव पेश करता हूं।

विनोद कागज़ उठाकर पढ़ने लगा—

"हम ईसाई जो राजनीति में हिस्सा लेने से रोके जाते हैं, जिन्हें समाज से मसीह

की मुखालफत करने का फतवा मिलता है, हम भी राजनीति में सहयोग दे सकें। हमें रोकने का भावी परिणाम यही होगा कि हम यूरोप के यहूदी बन जाएंगे।"

'अब मैं आपसे,' उसने सांस लेकर कहा—'अपने दिमाग से सोचने की प्रार्थना करूंगा। आप सब बन्धनों से परे, सब भयों को छोड़कर, इसे विचारिए। मुझे आशा है कि जो कुछ मैंने आपसे कहा है, वह ऊसर का बीज साबित नहीं होगा, धन्यवाद !'

विनोद बैठ गया। भयंकर कोलाहल मच उठा। दो-चार स्टूआर्ट्स इधर-उधर चुपचाप घूमते रहे। कोलाहल रुकने में प्रायः पांच मिनट लग गए। पादरियों के मुंह पर विष तमतमा रहा था। आज काले मुंह के लंगूरों ने लाल मुंह के बन्दरों पर जैसे अपनी शक्ति का दण्ड तोल दिया था। अंग्रेज़ पादरी क्षण-भर ठिठककर बोला—'आपने अभी मिस्टर विनोदसिंह का प्रस्ताव सुना। इसके बारे में मुझे अधिकार है कि मैं इसके रखे जाने की स्वीकृति दूं या इसे रद्द कर दूं...'

उसने क्षण-भर रुककर इधर-उधर देखा और देखा कि सभा में इस पर कुछ क्रोध है। वह एकदम बोल उठा—

'लेकिन मैं हाथ धोकर इसके पेश किए जाने की अनुमति देता हूं। जो पक्ष में हैं वे दायें बैठ जाएं, जो विपक्ष में हों वे बायें।'

लोग उठ-उठकर अपनी जगहें बदलने लगे। हर्ष से पागल राजमोहन विनोद के पास आ गया।

'विनोद तीन वोट से अब कितने वोट हो गया ? न बोलता तो क्या यह सब होता?'

विनोद ने कहा—पादरी तो सब उस तरफ बैठे हैं।'

'हां, उनके साथ ही वह भी हैं जो अंग्रेज़ों को जाते देखकर कहेंगे, हमें भी इंग्लैंड ले चलो।'

दोनों हंस दिये।

इतने में पादरी बोल उठा—'अब मैं दोनों स्काच पादरियों से प्रार्थना करता हूं कि वे वोट गिन लें। आशा है आप शान्ति रखेंगे।'

हाल में सन्नाटा छा गया। राजमोहन ने धीरे से कहा—'मैंने गिन लिए हैं, हम दो वोट से जीत गए।'

तीनों पादरियों ने गिन-गिनकर वोट लिखकर बड़े पादरी को दे दिए। उसने कहा—'समय कम है, काम अधिक है,' और उसके मुख पर मुस्कान खेल गई, 'मैं आपको परिणाम सुनाता हूं। प्रस्ताव के समर्थक हैं—६३'।

विनोद—'बिलकुल गलत...'

राजमोहन—'सुनो, चुप...'

पादरी—'और प्रस्ताव का विरोध करनेवाले हैं—६४। अब मैं आज की सभा का विसर्जन करता हूं।'

तमुल कोलाहल मच उठा। सब उठकर चले गए। हाल सूना-सा रह गया। एक क्षण खड़ा रहकर विनोद धीरे से मुस्करा उठा। यह सलीब के सामने हुआ था, यह मसीह के बच्चों का न्याय था, यह विश्वशान्ति के विराट महल की नींव थी।

बाहर रानी विनोदसिंह की प्रतीक्षा में खड़ी थी। उसने गर्व से विनोद की ओर मुस्कराकर देखा, जैसे जो कुछ हुआ, बहुत अच्छा हुआ। ईसाइयों के अन्धविश्वास पर प्रहार करके उसे हार्दिक प्रसन्नता हो रही थी। मन में भाव उठा। किन्तु वह तो अब दूर हो चुका है। ये मुर्ग तो सिर्फ तमाशे के लिए लड़ाए जा रहे हैं। काश वह भी हिन्दू होती, तो इन्दिरा की तरह स्वतन्त्र होती, लीला की तरह मुक्त होती और वह क्षण-भर को ठिठक गई। याद आया। ये लड़कियां धर्म के कारण नहीं, धन के कारण स्वतन्त्र हैं।

रानी की स्वतन्त्रता का अपना विचार सांप की तरह कुण्डली मार-कर, फन उठाकर उसीकी ओर देख उठा। यह कांप गई।

13

इन्दिरा ने हंसकर कहा—'सच?'

'नहीं तो क्या, मैं तुमसे हंसी कर रही हूं। बिल्कुल सच समझो। अब तो दिन भी ज़्यादा नही रहे।'

शाबाश! और सारी बातें चुपके-चुपके कर लीं कि किसीको पता तक नहीं चला! हुआ कैसे?'

'मसूरी में मुलाकात हुई थी, लाइब्रेरी के पास। मैं एक बेंच पर बैठी थी। प्रास्मान खुला हुआ था। हवा बड़ी मतवाली थी। उस दिन मैं आस्मानी साड़ी पहने थी और उसी समय हमने एक-दूसरे को देखा। वह एक रिक्शे में से उतरकर एक दूकान के भीतर गए। और फिर...'

लवंग को रुकते देखकर, शरारत-भरी आंखों से देखते हुए इन्दिरा ने कहा—'क्यों, रुक क्यों गई? फिर बताओ न क्या हया?'

'फिर राजेन ने कहा कि डैडी को उज्र नहीं होगा।'

'राजेन तो इंग्लैंड से हाल में ही लौटा है न?'

'हां, बिल्कुल गर्मियों में ही। बार एट-ला होना चाहता है। बड़ा अच्छा आदमी है। I love him.'

'यानी कि मैं उसे प्यार करती हूं। खूब! तो यह दिल्लगी मसूरी में शुरू हुई?'

लवंग ने कहा—'शैतान! हमारा प्रेम तुम्हें सिर्फ एक मज़ाक मालूम देता है? अब शादी के बाद हम इंग्लैंड जाएंगे।'

'नामुमकिन'—इन्दिरा ने टोककर कहा—'नामुमकिन! लड़ाई के दौरान में शायद ही इजाज़त मिले।'

लवंग ने चेतकर कहा—'इस कमबख्त हिटलर को लड़ाई छेड़ने का कोई और मौका नहीं मिला?'

इन्दिरा ने सिर हिलाकर कहा—'तो गोया आपकी शादी की साइत लड़ाई छिड़ने से पहले तलाश की जाती और उसकी बुनियाद पर लड़ाई छेड़ी जाती।'

'चुप रहो बेवकूफ!' लवंग ने मुस्कराकर डांटा! —'लेकिन तुम ही बताओ कि इंग्लैंड से बढ़कर 'हनीमून' मनाने के लिए और कौनसी जगह थी? राजेन सुनेगा तो उसे कितना दुःख होगा!'

'हां तो फिर क्या हुआ?'

'उसके बाद वे डा० सिन्हा के घर ही आकर टिक गए। उसके बाद Life was a real pleasure, सच ज़िन्दगी बिल्कुल, बिल्कुल... क्या कहना चाहिए...'

इन्दिरा ने धीरे से कहा—'स्वर्ग हो गई।'

'बिल्कुल ठीक। Exactly! इन्दिरा! ज़िन्दगी बिल्कुल स्वर्ग हो गई। मेरे

पास शब्द नहीं हैं, वर्ना मैं उसको तुम्हें बताती। उफ ! काश ऐसा होता ! मगर मैं कवि नहीं हूं।'

'तुम्हें तो ज़रूरत भी नहीं है। पोयट तो राजेन को बनना होगा। है कैसा ?'

'Oh ! Handsome; Broad shoulders, deep chest, Wonderful eyes ! (सुन्दर विशाल स्कन्ध, प्रशस्त वक्ष, अद्भुत नयन।)

इन्दिरा कुछ प्रभावित हुई। काश वह भी एक ऐसा ही व्यक्ति पाती ! लेकिन लवंग का भाग्य अच्छा है। उसकी-सी किस्मत सबकी नहीं है। लवंग का आर्थिक पहलू सुरक्षित है और यहां सब ऊपर ही का ऊपर का ढांचा रह गया है। दोनों में बराबरी कैसे हो सकती है ?

लवंग ने फिर कहा—'मैंने एक रोज़ राजेन से बात करते समय पूछा था—तुम ज़मींदार आदमी हो। ज़मींदारों के यहां ज़मींदार खान्दानों की लड़कियां जाती हैं, जो मुंह पर घूंघट काढ़ती हैं और कहिए न कि एकदम अठारहवीं सदी की चिड़ियां होती हैं। उनमें ऐश करने की हविस बहुत होती है। हुकूमत का घमण्ड भी बहुत होता है। फिर ऐसी जगह.तुम मुझे ले जाआगे तो बन सकेगी? मैं तो पर्दा नहीं करूंगी। मैंने कालेज की शिक्षा पाई है। Equality—बराबरी दे सकोगे ? उसने कहा—तुम समझती हो इंग्लैण्ड में मैंने सिर्फ किताबें ही पढ़ी हैं ? नहीं डारलिंग, तुम बिल्कुल आज़ाद रहोगी। तुम डैडी को नहीं जानतीं। वह भी इंग्लैण्ड से लौटे हुए हैं। उनके ज़्यादातर दोस्त रिटायर्ड आई० सी० एस० और बड़े-बड़े असफर ही हैं। लेकिन वे भारतीय हैं। भारत की सभ्यता पर उन्हें बड़ा गर्व है। तुम देखोगी कि उनकी आलमारियां ऐसी ही किताबों से भरी पड़ी हैं। अक्सर जो अंग्रेज़ लोग उनके यहां आया करते हैं वे इस वजह से उनकी बहुत तारीफ करते हैं। वे बहुत आगे बढ़े हुए हैं।'

लवंग चुप हो गई। वह जैसे किसी चिन्ता में पड़ गई। इन्दिरा भी चुप होकर कुछ सोचने लगी। उसे उसके भाग्य पर ईर्ष्या भी हुई। इसी समय किसी की पदध्वनि सुनाई दी। सिर उठाकर देखा, उदास भगवती द्वार के बीच में खड़ा होकर नमस्ते कर रहा था। इन्दिरा ने कहा—'आइए ! मिस्टर भगवती ! आइए ! परसों आपको क्या हो गया था ?'

भगवती आकर एक कुर्सी पर बैठ गया। लवंग के मुख पर अपनी वही चिन्ता

खेल रही थी। भगवती उसे देखकर दिल ही दिल सकपका रहा था। उसे न जाने क्यों यह लड़की कुछ भयानक-सी लगती थी। फिर भी कुछ समझ नहीं पाता, कह नहीं पाता। उसने अन्दाज़ से देखा कि यह वातावरण भारतीय इतिहास की अपनी एक विशेषता रह चुका है। टैगोर के बचपन में इन्हीं जैसे लोग हिन्दुस्तान को आगे ठेलकर ले गए थे, लेकिन आज इन्होंने अपने विद्रोहात्मक अंश को बिल्कुल छोड़ दिया था, या यों कहा जाए कि इससे अधिक विद्रोह इनका वर्ग कभी भी नहीं कर सकता था। वह इनकी सीमा के बाहर था।

इन्दिरा ने मुस्कराकर कहा—'आपने मेरी बात का कुछ जवाब नहीं दिया।'

'जी, मैं तो ठीक ही था। कुछ तबियत ज़रूर खराब थी।'

इन्दिरा सुनकर मुस्कराई। उसने कहा—'भगवती! तुम तो चंदौसी के पास के रहनेवाले हो न?'

'हां, क्यों?'

'तो वहां कहां रहते हो?'

'एक गांव है।'

'कौन-सा गांव है आखिर? बताने की बात बताओ। यह तो तुम पहले भी बता चुके हो कि एक गांव में रहते हो।'

'खिरावटी!'

लवंग ने एकदम चौंककर पूछा—'क्या कहा? खिरावटी? आपने खिरावटी ही कहा न?'

'जी हां'—भगवती एकाएक सकपका गया।

'तब तो आप राजेन को जानते होंगे?' लवंग ने पहली बार उसमें दिलचस्पी लेते हुए पूछा।

'जी, वह मेरे गांव के जमींदार हैं। उन्हें कौन नहीं जानता? परन्तु मैं उनका दोस्त नहीं हूं।'

'वह कैसे हो सकते हैं आप!' लवंग ने उपेक्षा से कहा—'आखिर उन्हें अपने रुतबे का भी तो खयाल रखना पड़ता होगा।'

भगवती ने आहत होकर इन्दिरा की ओर देखा। इन्दिरा ने सिर झुका लिया। फिर बात बदलने के लिए, नज़र न मिलाते हुए कहा—

'इनकी उन्हीं राजेन से शादी हो रही है। राजेन के पिता ने कहा था कि शादी खिरावटी में ही होगी, किन्तु लवंग के भैया तैयार नहीं हुए। अब अगले महीने जाड़ों में यहीं होना निश्चय हुआ है। राजेन के पिता ने पहले तो कहा था, वह भारतीय ढंग की लड़की पसन्द करेंगे, किन्तु फिर राजेन ने उन्हें मना लिया। उन्होंने कहा—मुझे कितने दिन जीना है। जो कुछ है वह तुम्हीं लोगों के लिए है। तुम जिस में खुश रह सको, वही करो।'

लवंग भगवती को कुछ देर से घूर रही थी। वह देखती ही रही। कल्पना के किसी अज्ञात स्तर पर उसे लगा कि राजेन और भगवती की मुखाकृति में, बनावट में बहुत कुछ साम्य था। किन्तु यह बात व्यर्थ थी। संसार में मनुष्यों का कुछ ठीक नहीं। बम्बई में ढूंढ़ने पर एक न एक आदमी ऐसा अवश्य ही मिल जाएगा जिसकी कामेश्वर से कुछ-कुछ शक्ल मिलती होगी।

भगवती ने सुना। सुनकर उपेक्षा दिखलाई। यही लवंग थी जिसके विवाह को उसने इतना सरल बना दिया था और आज यही इतना अभिमान दिखला रही है। अब यदि इसे वह सब कुछ बताए तो भी यह विश्वास नहीं करेगी। फिर भी हर हालत में यही तो कहना पड़ेगा कि राजेन उसपर बहुत मेहरबान है और यह वह अपने मुंह से किस प्रकार कह सकेगा? भगवती यही सब सोचकर चुप रह गया। उसने इन्दिरा की ओर देखा। साफ-साफ लिखी थी एक अर्द्ध घृणा-सी उन होंठों पर, मानों वह कुछ ही देर में बिल्कुल विक्षिप्त होकर फूट पड़ेगी। किन्तु वह यह निश्चित नहीं कर सका कि उसका यह भाव था किसके प्रति? क्या वह उसीके प्रति तो नहीं था? क्या वह उसकी दयनीयता पर ही तो इतने गर्व की मादकता से कुछ ही क्षण में अपनी उच्छृंखलता का विस्फोट कर देना चाहती है?'

भगवती अप्रसन्न-सा उठ खड़ा हुआ। यदि उसका बस चलता तो वह यह विवाह अब कभी भी नहीं होने देता। किन्त बात हाथ से निकल चुकी थी।

14

उस बड़े बंगले में एक अद्भुत वैभव छा गया। राजेन्द्र के ठहरने के साथ ही साथ ज़मींदार सर वृन्दावनसिंह के आ जाने से चारों तरफ लहराती हुई संगीत-ध्वनि फूट पड़ी। इधर-उधर दूर-दूर तक खेमे गड़ गए थे। सामने ही लवंग का बंगला था। जगह-जगह रंग-बिरंगे कागज़ों की डोरियां बांधी गई थीं। द्वारों पर बड़े-बड़े केले के पेड़ बांधे गए। सामने के बड़े दरवाज़ों पर 'स्वागत' बिजली के लट्टुओं से बनाया गया। नफीरी और नौबत दिन-रात बजने लगीं। एक तूफान आ गया था। बस नौकर ही नौकर दिखाई देते थे। सफेद वर्दियों में साफे और कमरबन्धों पर जरी बांधे नौकर इधर से उधर घूमते थे। हर खेमे में अलग रेडियो बजता सुनाई देता था। सैकड़ों लोगों की बरात थी। लड़की-वालों ने भी कुछ कोर-कसर नहीं छोड़ी। टक्कर का मामला था। बच्चे अच्छे-अच्छे कपड़े पहने इधर-उधर उत्सुकता से खेला करते। वैभव की सबसे ठोस निशानी—भिखारियों की पांत दरवाज़ों पर सदा इकट्ठी रहती। रात को जब अन्धकार छा जाता तो उस समय बत्तियां जगमगाने लगतीं। पेड़ों पर बल्ब अनेक-अनेक रंगों में जलने लगते, चार बड़े-बड़े गोलों में से दूध की-सी सफेद रोशनी चांदनी की तरह सबको जगा देती और लाउडस्पीकर से गीतों की उमड़ सुनने के लिए सैकड़ों आदमियों की भीड़ राह चलते-चलते रुक जाती। ऐसा लगता था जैसे एक अच्छी-खासी नुमाइश आकर ठहर गई हो। बारात में ही चार 'सर' थे। तीन लड़केवालों के, एक लड़कीवालों की ओर से। काली-काली ऊनी अचकनें, चूड़ीदार पायजामे, सिर पर रेशमी साफे, या काली टोपी; दूसरा सेट-सूट, टिप-टाप। सब औरतों के बदन से, कपड़ों से निकली खुशबू से घर तो क्या, सड़क तक महक उठती थी। वे अधिकांश में गोरी थीं, उनका बदन गुदगुदा था और उस अंग्रेज़ियत में भारतीयता के दो-तीन लक्षण उनमें ये थे—अंग्रेज़ी और हिन्दी की खिचड़ी बोलना, हाथों में सोने के गहने पहनना, माथे पर लाल बिंदी लगाना और साड़ी पहनना। समस्त समाज में दो उत्तरी वर्ग थे, एक प्राचीन भारतीय, दूसरा नवीन यूरोपीय। बाकी सब दक्षिणवर्ग गलामों का ढेर था।

ज़मींदार साहब अकेले नहीं आए थे। उसके साथ गांव के अनेक संभ्रान्त

व्यक्ति थे। मास्टर साहब, पण्डितजी, पेंशन-याफता तहसीलदार, डाक्टर साहब आदि-आदि तथा उनके खान्दान के गांव के लोग। उनका अलग इन्तज़ाम था। इज़्ज़त में उनकी कोई कमी नहीं थी। इसके अतिरिक्त बाहर के प्रायः बड़े-बड़े कहे जानेवाले लोग आमन्त्रित थे।

लवंग के बंगले के एक बड़े कमरे में एक दूसरा ही प्रबन्ध है। कल शाम से शुरू हुआ-हुआ रात तक अंग्रेज़ी नाच होता रहा। उसमें बड़ा लुत्फ आया था। बीच में दो कुर्सियां पड़ी थीं। एक पर वर, दूसरी पर वधू विराजमान थे और उन्हें घेरकर युवक-युवती। युवक-युवती ने नृत्य किया था जैसे कभी प्राचीनकाल में अथवा पौराणिक काल में राधाकृष्ण ने राधाकृष्ण नृत्य किया था। वर-वधू का वेश देखने योग्य था। लवंग उस दिन देवयानी जैसी दीख रही थी और ऊनी शाल प्रोढ़े राजेन का गौर शरीर दमक उठा था। वास्तव में बहुत सुन्दर था। उसके गालों पर यौवन ऊधम मचा रहा था। जब वह विलायत से लौटकर आया था तब गांव की लड़कियां उसे देखने को बहाने करके उसीके अहाते में बने कुएं पर पानी खींचने आती थीं और एक लड़की तो इतनी पागल हो गई थी कि उसने एक रोज़ एकान्त पाकर उच्छ्वसित-सी, नशीली आंखों से देखते हुए उसका हाथ पकड़ लिया था। राजेन सदा का हंसमुख था। उसने उसे निराश नहीं किया और शायद वह लड़की ज़िन्दगी-भर उस दिन को याद करेगी जब वह रेशम और मखमल के गद्दे तकियों पर आराम से लेटी थी कि उठने को जी नहीं चाहता था। उसने एक धृष्टता भी की थी। बिरादरी की ही थी। कहा था, 'कुंवर साब ! मुझसे ब्याह करलो।' तब राजेन ने उसके शरीर पर लेवेण्डर की पूरी शीशी उंडेल दी थी और मुस्करा उठा था।

इस वैभव के उन्माद को देखकर भगवती मन ही मन विक्षुब्ध हो गया था। उसको किसी ओर से भी नहीं बुलाया गया था। किन्तु लीला ने इस बात को देखकर इन्दिरा को भगवती को निमन्त्रण-पत्र भेजने को मजबूर किया।

अनन्तर सन्नाटा। बाहर अंधेरा छा गया था। इन्दिरा ने जल्दी से चलते-चलते गालों पर पाउडर फेरा और होंठों पर लाल रंग लगाकर जल्दी से जूतों में पैर डाले और हाथ पर ओवरकोट रखकर खट-खट करती हुई बाहर दौड़ गई।

लीला ने मोटर का दरवाज़ा खोलकर कहा—'बैठो।'

इन्दिरा बैठ गई। एक बार लीला ने उसकी ओर देखा और फिर दूसरी ओर की खिड़की से बाईं तरफ बाहर देखकर मानो अंधकार से पूछा—'तुम्हारे भैया गए? उन्हें चलना हो तो बुलाओ।'

'अभी तो—' कहकर इन्दिरा दौड़कर फिर भीतर गई और अंदर से भगवती और कामेश्वर को बातों में मशगूल लेकर लौट आई। लीला ने कहा—'बैठिये ! आप लोगों को पीछे बैठने में एतराज़ तो नहीं होगा?'

कामेश्वर ने कहा—'जी शुक्रिया ! क्या यही आपकी मेहरबानी नहीं है कि आप मुझे वहां उतार देंगी?'

लीला ने भगवती की ओर देखा। कहा कुछ नहीं। जब दरवाज़े बन्द हो गए तो भगवती ने हंसते हुए नमस्ते किया। इन्दिरा ने ज़ोर से कहा—'नमस्ते ! कल प्रायोगे?'

'फुर्सत मिली तो,'—भगवती ते छोटा-सा उत्तर दिया।

इन्दिरा को बुरा नहीं लगा। उसने कहा—'ख्याल रखना।'

लीला ने मन ही मन कहा—'रखेंगे और खूब रखेंगे।' मुंह से ध्यक्त स्वरूप में जान-बूझकर भाई-बहिन को सुनाने के लिए कहा...'फुर्सत !' और हंस दी।

जब गाड़ी लवंग के यहां पहुंची तो गीतध्वनि से अम्बर गूंज रहा था। एक हंगामा-सा मच रहा था। बाहर शामियाने के नीचे दो 'सर' आ गए थे और पैंतरेबाज़ी हो रही थी। रिटायर्ड आई० सी० एस० रमेशचन्द्रदत्त के ऋग्वेद के अंग्रेज़ी अनुवाद पर बहस कर रहे थे। समाज-सुधारकों का एक और मत था कि शादी रजिस्ट्रेशन से होनी चाहिए। हिन्दुस्तान के आज़ाद होने की यही एक तरकीब है। कांग्रेस अगर उसे अपने कार्यक्रम में लिखा लेती तो कभी की आज़ादी मिल गई होती। देखिये न ! रूस के बोल्शेविकों ने यही किया और आज़ाद हो गए। एक जनाब की उस दूसरी कुर्सी पर बैठे बुज़ुर्ग से ईश्वर की सत्ता पर बहस हो रही थी। वह पाइथागोरस को बार-बार उद्धत कर रहा था। उसका कहना था कि हिन्दुस्तान के पुराने लोग भी ढूंढ़ने पर ऐसे ज़रूर मिल जाएंगे जो यही बात कहते थे।

लेकिन जब दो और व्यक्ति वहां आ गए, दर्शन पर विवाद समाप्त हो गया और वे ब्रिज खेलने लगे। उनमें बातें भी होती जाती थीं—'आपने क्या फर्माया ?'

'मैंने ? मैंने कहा टू स्पेड्स।'

'अमा ! ज़रा कम बोला करो।'

'क्लब, डायमंड कुछ नहीं, सरपट स्पेड !'

'जी नहीं, मिस्टर खान ने मजबूर किया है...'

और फिर यह बहस होने लगी कि अंग्रेज़ों का तो ज़आ भी एक ही तमीज़दार चीज़ है। और हमारे यहां क्या ? सट्टा !

ठठाकर हंसने की आवाज़ आई। डिप्टी कलक्टर मिस्टर आलेहुसैन का ठहाका उनके भारी शरीर को बिल्कुल डावांडोल कर गया।

इसी समय लवंग के भाई ने आगे बढ़कर कहा—'वेलकम !'

ज़मींदार साहब आ रहे थे। उनके साथ दोनों डाक्टर, गांव का पूरा स्टाफ अपनी पूर्णतया देशी पोशाक में और इधर-उधर के सम्बन्धी, सभी मौजूद थे। उन्होंने हंसते हुए हाथ मिलाया, फिर लवंग के बड़े भाई से गले मिले। विवाह हो गया था। दावत का प्रारम्भ होने वाला था। भंडई के लिए इन्तज़ाम पहले से हो गए थे। भीतर के कमरे में शराब की चुस्कियां उड़ रही थीं।

लीला एकदम भीतर चली गई। शाम के पांच बजे से शुरू करके भी लवंग आज अभी तक अपना शृंगार पूरा नहीं कर पाई थी। उस समय वह अपने हाथ में लेकर तय कर रही थी कि गोल इयरिंग पहने जाएं या तिकोने ? लीला जाकर सामने बैठ गई। उसका यह वैभव देखकर एक बार लीला भी भीतर ही भीतर दबक गई।

कुछ इधर-उधर की बातें होने के बाद लवंग ने पूछा—'तो बतायो न, कौन-सा पहनूं ?'

लीला ने कहा—'तुम्हारे चेहरे पर तिकोना ही अच्छा रहेगा। कटीली आंखें हैं, सभी चीज़ कटीली होनी चाहिए, नहीं तो काम कैसे चलेगा !'

लवंग हंस पड़ी। उसने वही पहन लिए। लीला ने ही बात छेड़ी, 'तुम्हारा ब्याह क्या हो रहा है, इसी दिन के साथ आजकल तो बहुतों के ब्याह हो रहे हैं।'

लवंग ने कहा—'और किसका? मुझे तो नहीं मालूम।'—उसको चुप देखकर कहा—'बताओ न!'

लीला ने कहा—'न बाबा! तुम मेरा नाम बता दोगी। किसीकी छिपी बातें कहकर अपने सिर पर बला क्यों लूं?'

'मैं किससे कहूंगी? बता न! कोई मज़े की बात है क्या?'

'बिल्कुल ऐसी, जिसका किसीको गुमान भी न हो।'

'ओह! सुनूं तो!'

'आज मैंने एक बात देखी।' कान के पास मुंह ले जाकर धीरे से फुसफुसाकर कहा—'आज मैंने इन्दिरा को भगवती की गोद में बैठे देखा।'

लवंग को जैसे बिजली का तार छू गया। वह छिटककर दूर जा खड़ी हुई और घोर विस्मय से बोली—'सच?'

'तो मैं क्या झूठ कहती हूं?'—लीला ने कहा।

'लेकिन मुझे विश्वास नहीं होता।'

'बात ही ऐसी है। कहां राजा भोज कहां गंगवा तेली? मगर जो सच है वह सच है, उसे हम-तुम नहीं मिटा सकते और मुझे लगता है, काफी बढ़ी हुई हालत है। अजी अब तो वह कामेश्वर के सामने उसे अकेले में बुलाती है और कामेश्वर कुछ नहीं कहता।'

'तो क्या तुम्हारा मतलब है कि कामेश्वर को सब मालूम है?"

'यह मैं कैसे कहूं?'

'शायद! आजकल उनकी हालत ठीक नहीं है। इसीसे शायद इन्दिरा अभी से अपने लिए पहले ही से कुछ ठीक-ठाक कर लेना चाहती है।'

'मगर ठीक-ठाक तो ठीक आदमी से होता है। उसके पास तो कुछ भी नहीं है। वह किसके क्या काम आ सकेगा?'

लवंग ने हंसकर कहा—'इश्क तो अन्धा होता है लीला! उसके लिए कोई क्या कर सकता है? रजिया बेगम सुल्ताना थी, मगर गुलाम के प्रेम में फंस गई और वह भी हब्शी के। भगवती शक्ल-सूरत का बुरा नहीं है। गेहुंआ रंग है, अच्छा ही है। इन्दिरा से उसका जोड़ अच्छा रहेगा।'

लीला विक्षुब्ध हो गई। उसने कहा—'मैं नहीं जानती वह इतना घमंड किस बात पर करता है !'

'क्या ? घमण्ड कैसा ?'

'तुम्हारे विवाह में वह आया ?'

लवंग हंसी। कहा—'उसे मैंने तो बुलाया ही नहीं, फिर वह कैसे आता ?'

'लेकिन वह राजेन के गांव का है। उसका फ़र्ज़ था कि वह आता। फिर इन्दिरा को जो तुमने दोस्तों को बुलाने के लिए कार्ड दिए थे, उनमें भगवती का भी नाम उसने अपने हाथ से मेरे सामने लिखा था। फिर उसके न आने का कारण ?'

लवंग कुछ सोच नहीं सकी। उसने कहा—'मैं नहीं जानती वह क्यों नहीं आया; किन्तु यदि उसे गर्व है, तो एक दिन में उसे चूर कर सकती हूं। वह मेरे गांव की रिमाया है। उसकी-मेरी कोई बराबरी नहीं।'

लीला हंसी। उसने कहा—'तुम क्या कर सकती हो उसका ?'

लवंग चुप हो रही। उसने चुप रह जाना ही सबसे अच्छा समझा। घूरकर एक बार दर्पण में अपना मुख देखा और अपने आप बाई भौं तनिक चढ़ गई। लीला ने यह नहीं देखा। उसने कहा—'एक बार कामेश्वर से पूछूं ? मज़ा रहेगा।'

लवंग ने गम्भीरता से कहा—'व्यर्थ होगा। कामेश्वर इतनी शक्ति का आदमी नहीं कि यदि उनमें कोई बात वास्तव में हो भी तो उसे दाब सके। वह एक काम कर सकता है। बेकार का तूफान उठाना। उससे कुछ न कहना।'

और फिर सोचकर कहा— 'बात ही ऐसी कौन-सी बहुत बड़ी है। नया जोश है, आप ही ठंडा हो जाएगा।'

लीला ने चेतकर कहा—'हिन्दू औरतें ऐसी नहीं होतीं, न होनी ही चाहिएं।'

'हिन्द ! क्यों, उनके दिल नहीं होता?' और वह ठठाकर हंसी।

बाहर पदचाप सुनाई दी। देखा, बहुत-सी औरतें भीतर घुस आई और उन्होंने एक शोर मचा दिया। लवंग लजा गई। वह वधू थी। सर नानकचन्द की बीवीजी ने अपने मोटे हाथों से उसकी सुडौल ठोडी छुई और बलैयां लीं और गीत शुरू हो गए। लखनऊवाली चन्दा कहीं से ढोल पीटने बैठ गई और वे कुछ

सिनेमा के गाने गाने लगीं। बीच-बीच में स्त्रियां नाचने लगती थी। उस समय वहां पुरुषों को जाने की मनाही थी।

इन्दिरा भीड़ में घुसकर खड़ी हो गई। जब उसके नाचने का वक्त आया तो उसने पैर में दर्द होने का बहाना करके मना कर दिया। लवंग को यह अच्छा नहीं लगा। लीला ने लवंग की ओर ताना मारतीसी रहस्यपूर्ण दृष्टि से एक बार देखा और फिर दृष्टि हटा ली।

इन्दिरा देर तक भीतर नहीं रही। वह बाहर लौट आई। लोग खाने-पीने में मशगूल थे। इन्दिरा कामेश्वर के पास जाकर बैठ गई। उसके पास दो कुर्सियां थीं और उनपर वीरेश्वर और समर जमे हुए थे। उन्होंने खाते-खाते एक बार बरायेनाम बतौर तकल्लुफ पूछा— 'अरे क्यों? भगवती नहीं पाया?'

इन्दिरा ने खाते-खाते कहा—'पता नहीं, मैंने बुलाया तो था।'

'अच्छा !'—समर ने चौंककर स्वर उठाते हुए कहा—'बुलाया था, फिर भी नहीं पाया?'

कामेश्वर ने उसका पैर अपने पैर से दबाते हुए धीरे से कहा—'चुप-चुप ! बहुत नहीं। इस बात से वह झेंप गया था कि समर यहां के निमन्त्रण को बहुत बड़ी चीज़ समझता है और यह निमन्त्रण-प्राप्ति उनकी औकात से बाहर थी। गोया वे सब ही कबाडिये थे।

वीरेश्वर मुस्कराकर बोला—'फिर?' जैसे बहुत हो चुका, अब नहीं।

समर ने बेवकूफी से टिमटिमाकर देखा और खाने में मशगूल हो गया। इन चारों में से कोई भी कांटे-चम्मच से खाना पसन्द नहीं करता। इन्होंने उठाकर कांटे-चम्मच तश्तरियों की बगल में रख दिए थे और निस्संकोच हाथों से खा रहे थे। समर की तो इस विषय में भी अपनी एक थ्योरी थी। वह कहता था, 'दुनिया में सबसे पहले चीनी लोगों ने कांटे-चम्मच की-सी सीकों से खाना शुरू किया था। फिर यूरोपवाले खाने लगे, क्योंकि वे गन्दे रहते थे। उन्हें भी नहाने-धोने की कोई सहूलियत नहीं थी। अंग्रेज़ चोर हैं, इसीसे वे समझते हैं, वे ही इसके आदिकर्ता हैं। शेक्सपियर के समय में लोग हाथ से खाते थे। उसके बाद लोग चम्मच-कांटे से खाने लगे। लेकिन

शेक्सपियर की टक्कर का कोई पैदा नहीं हुआ। शेक्सपियर अब भी उनके लिए बहुत बड़ी चीज़ है। सोलहवीं सदी को वे प्राचीन कहते हैं। मेरी राय में उनको कतई टाल दिया जाए।'

वीरेन्द्र चुप तो नहीं था, किन्तु समर की अपेक्षा उसमें अधिक कोफ्त थी। वह ऐसे मौकों पर आतंकवादी, अराजकतावादियों की-सी बातें किया करता था। किन्तु उसमें बातें करने की एक कला थी, वह कला भी नहीं रही। अब वह प्रायः अकेला पड़ गया है। हरी जब से ट्रेनिंग में गया है तब से उसने एक पत्र तक नहीं डाला। एक बार किसीसे उसने कहा था—'वे सब बरबाद करनेवाले हैं। मैं उनसे कोई वास्ता नहीं रखना चाहता।'

बीरेश्वर सिहर उठा, बोला, 'यह सब छोड़ो। यह वक्त उन चीज़ों का नहीं।'

जब दावत समाप्त हो गई और लोग उठ-उठकर जाने लगे तो इन्दिरा वीरेश्वर और कामेश्वर को रुकने के लिए कहकर लवंग की तलाश में निकली। कुछ देर दोनों बैठे रहे। फिर बीच में लगी भीड़ की ओर चल दिए। वहां बीच में राजेन और लवंग बैठे थे और चारों ओर भीड़ लगाकर कई लोग बैठे थे—लीला, समर और दो कोई अंग्रेज़। सब लोग करीब सातआठ थे। इन्होंने पहुंचते ही सुना कि बधाइयां दी जा रही हैं, सौगातें दी जा रही हैं और अभी-अभी किसी साहब ने बड़े ज़ोर-शोर से अपनी गज़ल सुनाकर समाप्त की है।

'अब आप लोग कब जाएंगे?' किसीने पूछा।

'हम कल चल देंगे यहां से।'

एक अंग्रेज़ ने कहा—'मिस्टर राजेन ! हम आपके गांव चलना चाहते हैं ! वह भी देखेंगे। सच, हमने कभी गांव पास से नहीं देखा।'

लीला ने आंखें मींचकर कहा—'Thats lovely ! गांव न हों तो हिन्दुस्तान में कवि न हों। पुराने कवि गांव में रहते थे, तभी इतनी अच्छी कविता करते थे। आज के कवि शहरों में रहते हैं, तभी उन्हें कोई नहीं पूछता। वर्ड्स्वर्थ की कविता देखिए—

Nature said a lovelier flower'....

क्या है उसके आगे? अरे, मैं कितनी जल्दी भूल जाती हूं।'

राजेन के गांव के एक थोड़ी-बहुत अंग्रेज़ी जाननेवाले मगनराम, जिसने

प्राइवेट बैठकर इण्टरमीडियेट पास कर लिया था, कहा—'सर ! वहां आपको शिकार मिल जाएगा !'

'शिकार !' अंग्रेज़ ने साथी से कहा—'विन्टर्टन ! शिकार ! ओह ! मिस्टर राजेन ! आप अपने पिता से कहिए, वे हमें शिकार के लिए ज़रूर ले जाएं।'

मगनराम इस बात से बहुत प्रसन्न हुआ। अभी वह एक तारीफ के पुल बांधते-बांधते नहीं थका था कि साहबों ने हाथों से ही पूरियां-कचौड़ियां खाईं। उन्होंने मना कर दिया था कि वे अंग्रेज़ी खाना नहीं खाएंगे। ऐसे-ऐसे लोग भी मौजूद हैं, अब उसे एक नया मौका मिल गया। इससे पहले कि राजेन जवाब दे, वह बोल उठा—'सर ! सरकार से न कहकर हमसे ही ऐसे छोटे-मोटे काम कहिए।'

बात तय हो गई। लवंग ने कहा—'मगनराम ! कल हम सब लोग मोटरों में चलेंगे।'

'जी सरकार !'—फिर सुधरकर कहा—'बहुत अच्छा बीबीजी!' वह बहूरानी कहकर थोड़ी देर पहले ही एक डांट खा चुका था।

उठते समय लीला ने कहा—'कौन-कौन चलेगा ?'

लवंग ने कहा—'सब चलेंगे। कामेश्वर, समर, वीरेश्वर, तुम इन्दिरा...'

'इन्दिरा !'—लीला ने विस्मय से पूछा।

'तुम देखे चलो। बोलने की कोई ज़रूरत नहीं।' लवंग एक अजीब तरह से मुस्कराई। लीला अवाक् देखती रही।

उसने हठात् पूछा—'वह चली चलेगी ?'

लवंग ने दृढ़ स्वर से उत्तर दिया—'मेरा नाम लवंग है। इसे भूल जाना ही सारी भूलों की जड़ है।'

'और भगवती ?'—लीला ने कांपते स्वर से पूछा।

इसका लवंग ने कोई उत्तर नहीं दिया। राजेन आ रहा था। वह उसे देखने में मग्न थी।

15

सर वृन्दावन को गांव लौटते ही फिर वे गठिया उभर आई। डाक्टरों ने अपना काम ज़ोरों से शुरू कर दिया। उस बड़े कमरे में ही नहीं, जिसमें ज़मींदार साहब थे, बगल के कमरे में भी दवाओं की महक फैल गई थी। घर में दोनों समां एकसाथ छा गए। एक तरफ राजेन की पार्टी थी, दूसरी तरफ पिता। एक तरफ जशन, दूसरी तरफ गम से भरी सूरत। घुटनों में दर्द बहुत बढ़ गया। पानी पीने की देर थी कि मालूम होता था घुटनों में तीर की तरह उतरकर जमा हो गया और फिर इतनी ठण्ड लगती, इतनी ठण्ड लगती कि कोई कुछ नहीं कर पाता। डाक्टर पसीने-पसीने हो जाते; उस ठण्ड में भी उन्हें एकदम गर्मी से पसीना आ जाता। किन्तु ज़मींदार को अपने पूर्वजों के शौर्य का गर्व था। दीवारों पर उनके पिता और पितामह के बड़े-बड़े तैलचित्र लटके थे। दो वर्षों से ज़मींदार साहब उनपर फूल चढ़वाते थे तथा संन्ध्या समय अगर-धूप की उलझी हुई लहरियां वातावरण में झूलने लगती थीं। किताबों के बड़े-बड़े शेल्फ थे, जिनमें गिबन की इतिहास-पुस्तकें, महारानी विक्टोरिया का जीवन-चरित्र और पुरानी एनसाईक्लोपीडिया ब्रिटैनिका आदि रखे रहते थे। कमरों के फर्श पर कीमती गलीचे बिछे रहते थे। रेशम के बहुमूल्य पर्दे झूलते रहते थे। बड़े हॉल की नीताकारी से भरी छत से बड़े-बड़े झाड़फानूस लटके रहते थे। रात को जब उनमें बत्तियां जल जाती थीं तब कमरों के द्वारों से जगह-जगह लगे बड़े-बड़े शीशों में उनका प्रतिबिम्ब उज्ज्वल-सा फैल जाता था। ज़मींदार साहब को अपनी भारतीयता पर गर्व था। वह आज से दस वर्ष पहले अपने यहां आर्यसमाज के भजनीक और प्रचारकों को पाला करते थे। उनकी कीर्ति चारों ओर फैली हुई थी। राजेन से उन्हें सन्तोष था। वह जानते थे कि बड़े आदमियों के लड़के सदा अच्छे नहीं निकलते। किंतु राजेन ठीक उनके पैरों पर चल रहा था, इसका उन्हें अभिमान था। उन्हें पूर्ण आशा थी कि वह बड़ा होकर उनकी ही भांति प्रसिद्ध हो जाएगा। उनकी ज़मींदारी अंग्रेज़ों की भेंट नहीं है। उससे भी पहले उनके पास ज़मीन थी और वही अब इतनी बढ़ गई है।

उस बड़े घर में एक ही आराम नहीं था। ज़माने की सबसे बड़ी मांग वहां

अप्राप्य थी—बिजली। गर्मियों में पंखे खींचे जाते थे। बरसात में निवासस्थान बदल जाता था। वे बगीचे की छोटी कोठी में चले जाते थे। उनका ध्येय शांति से जीवन व्यतीत करना था।

'वह औरत कौन थी ?'

'वह ?'—लवंग ने मुस्कराकर कहा—'वह भगवती की मां थी।'

'भगवती की मां ?'—लीला ने विस्मय से कहा—'वह तो इतनी बड़ी नहीं मालूम देती थी। अभी तक इतनी सुन्दर है।'

'ग़रीब औरत है। मेहनत करती है, चक्की पीसती है। हम लोगों की तरह हरामखोरी नहीं करती।'

'तुमसे यह सब किसने कहा ?'

'वह स्वयं मुझसे कहती थी कि बहूरानी ! तुम्हारे पाने से घर भर गया है। बहुत दिनों से राजेन भैया के पिता की हवेली सूनी हो गई थी। आज घर की लक्ष्मी फिर लौट आई है।'

'कौन जात है ?'

'कायस्थ है।'

लीला जाने क्यों सिहर उठी। वह भी तो कायस्थ है।

'पिताजी ने घर में कोई स्त्री न होने के कारण उस मौके पर उसे बुला भेजा था। बिचारी बड़ी खुशी-खुशी आ गई। पण्डितजी कहते थे कि और कोई औरत आती तो घर का सम्मान नहीं बचा पाती। पैसे पर तो उसका कोई ध्यान ही नहीं है।'

लीला कुछ चौंक गई। उसने कहा—'तो तुम्हें यहां एक अच्छी साथिन मिल गई। तुम उसके दिन फेर सकती हो। उसे अपने पास क्यों नहीं रख लेतीं ?'

'मैंने कल ही पिताजी से कहा था। उन्होंने कहा कि वह बड़ी स्वाभिमानवाली स्त्री है। नौकरी नहीं करेगी। और वह उसके बाद चुप हो गए। कुछ रुककर उन्होंने कहा—वह सदा ही से ऐसी मेहनत करके खाती-कमाती रही है। कभी उसने सिर नहीं झुकाया। लेकिन सिर्फ अपने बेटे के लिए उसने मुझसे हर महीने रुपया लिया है और साथ ही कहा है कि अगर वह शर्मदार होगा तो पढ़-लिखकर जब कमाने लगेगा तब पाई-पाई चुका देगा।'

'हूं !' लीला को ऐसा लगा जैसे किसीने मुंह पर तमाचा मार दिया हो। उसने बात बदलकर कहा—'अब जीजाजी तमाम काम संभालेंगे। क्यों न तुम, एक मैनेजर रख लेतीं जो तुम्हारा सब काम कर दिया करे और महीने के महीने अपनी तनख्वाह ले लिया करे?'

'तुम्हारा मतलब?'—लवंग ने भौं चढ़ाकर पूछा।

'मैं तो उसीके भले के लिए कहती हूं, भगवती को रख लो।'

लीला को यह कहते हुए लगा जैसे उसने अपने स्वार्थ के लिए अपने अभिमान की घृणा के लिए किसी लहलहाते हुए खेत पर बिजली का प्रहार कर दिया हो। किन्तु उस उत्तेजना को घोर प्रयत्न करके पी गई।

लवंग ने सोचते हुए कहा—'मैं उससे कोफ्त करती हूं। उसे बुलाना नहीं चाहती। लेकिन एक बार इन्दिरा को याद हो जाएगा कि उसका प्रेमी मेरा नौकर रह चुका था। राजेन से कहकर मैं उसे कल ही बुलवा लूंगी।'

'तो क्या रात को ही मोटर भेजोगी?'

'रात तो अभी दूर है। मैं अभी भेज देती हूं। उसकी मां को भी बुलवाकर कहे देती हूं। चार सौ रुपये का खर्च है।'

लवंग ने एक अंगड़ाई ली। इन्दिरा ने देखा, उसमें पुरुष-संसर्ग की छाया थी। वह अलसाई हुई थी। जैसे अब भी उसके मांसल शरीर में एक हल्की-हल्की सहलाहट मच रही थी। वह हाथों में चूड़े पहन रही थी। वह कहती थी, बड़े घरानों का यह रिवाज मुझे बहुत पसन्द है। इन्दिरा देखती रही। जहां तक वह है, वह कितनी हर्षित है, कितनी तृप्त है। किन्तु उसकी तृप्ति कितनों का असन्तोष है, हाहाकार है, जो यह नहीं जानते कि उनके हाहाकार का केन्द्र वहीं है न कि आकाश में रहनेवाले परमात्मा के पास।

लवंग ने देखा, इन्दिरा तनिक भी उत्सुक नहीं थी। अन्त में उसने उसे चिढ़ाने का निश्चय किया। कहा—'मैंने भगवती को बुलवा लिया है।'

इन्दिरा ने मन ही मन कहा—'वह नहीं आएगा। किन्तु कौन जाने। शायद आ जाए। उसकी मां तो यहीं कहीं है न?'

उसने कहा—'उसकी मां भी यहीं हैं न? एक रोज़ उनसे मुलाकात नहीं करवा

सकोगी क्या?'

'बुलवा दूंगी कल। उसके घर जाना तो शोभा नहीं देगा? आखिर उसकी हैसियत ही क्या है?' लवंग ने चिढ़ाने का तीव्र प्रयत्न किया। बात इन्दिरा के हृदय को पारपार छेद गई, किन्तु उसने धीरे से सिर हिलाकर पूछा—'कल बुला दोगी?'

'कल तो वह स्वयं भगवती को यहां नौकर कराने आएगी।'

'लवंग!' इन्दिरा के मुख से चीख निकली। 'तुम? तुमने यह क्या किया?'

लवंग ने अपने भावों को प्रकट न करते हुए कहा, जैसे कोई बहुत साधारण बात थी—'राजेन को ज़रूरत थी?'

इन्दिरा ने लीला की ओर देखा। लीला बिल्कुल शान्त निस्पन्द बैठी थी। उसका मुख केतकी की तरह पीला पड़ गया था।

रात आ गई। इन्दिरा ने देखा, लीला की आंखें सूजी हुई थीं, जैसे वह अभी-अभी उस कमरे से रोकर आई हो, किन्तु उसने उससे कुछ भी नहीं कहा।

रात बड़ी बेचैनी से कटी। इन्दिरा पल-भर भी नहीं सो सकी।

भोर होते ही बाहर कम्पाउण्ड में एकाएक मोटर रुकने की आवाज़ आई। इन्दिरा बिना शाल ओढ़े ही बाहर ठण्ड में निकलकर नीचे झांक उठी। सच, भगवती उतरकर भीतरी फाटक की ओर आ रहा था।

16

मां का नाम भगवती के लिए कोई विशेषता नहीं रखता, क्योंकि उसके लिए 'मां' शब्द ही काफी है। यदि वे लोग धनी होते तो 'मां' शब्द ही सबके लिए काफी होता, किन्तु अब ऐसा नहीं रहा। अतः आवश्यक हो गया कि उनका नाम प्रकट हो जाए। ज़मीदार साहब कभी उसे 'भगवती की मां' कहते हैं, कभी 'सुन्दर'।

सुन्दर खाट पर बैठी थी। भगवती सामने बैठा बोल रहा था—'तुमने सुना मां!'

'क्या बेटा?'—मां ने उदासीनता से पूछा।

भगवती एकाएक नहीं कह सका। मां से वह अधिक दिन दूर नहीं रहकर

भी इतना पास नहीं रहा है। वह स्वयं इस परिवर्तन का कारण नहीं बता सकता। मां एक सादी सफेद धोती पहने है। उसके भाल पर एक शुभ्र ज्योति है, किन्तु भगवती उसे नहीं देख पाया।

'मां ! तुम जानती हो ? मुझे यहां क्यों बुलाया गया है ?'

मां ने कहा—'क्यों नहीं जानती बेटा ? बहुत दिनों से जो घर सूना पड़ा था, आज उसमें लक्ष्मी आई है। राजेन के पिता बहुत दिनों से इसी दिन के लिए जी रहे थे। मैं कभी आशा नहीं करती थी कि लवंग इतनी अच्छी लड़की निकलेगी। इतना वैभव है, इतना धन है, यदि उसके लिए एक स्त्री नहीं हो तो वह सब कुछ नहीं बचाया जा सकता। अकेला पुरुष आकाश के नीचे खड़ा रहता है और जब उसे स्त्री मिल जाती है तो सारे घमण्ड को छोड़कर वह फिर घर बसाने की सोचता है। इसीका यह फल है। प्रभु किसकी नहीं सुनते ? तू नहीं जानता बेटा ! मैंने तेरे लिए कैसे-कैसे कष्ट उठाए हैं। अहसान नहीं जताती तुझपर भगवती ! क्योंकि तुझे अलग समझकर मैंने कभी तेरा कोई काम नहीं किया। तुझे अपने हृदय का टुकड़ा समझती रही हूं। अरे ! तू मेरी कोख में नौ महीने रहा है। तू तो मेरा खून है, तू तू तो नहीं, तू तो मैं खुद ही हूं। बाल-बच्चे जिसके अपने नहीं हैं वह संसार में रहने के योग्य नहीं है।'

मां की उस सौम्य मर्ति को देखकर भगवती निस्तब्ध-सा हो गया। यह मां की सरलता है। उसके मूल में उनका व्यक्ति-मात्र को अच्छा समझने की प्रवृत्ति है। कैसी भूल की है इन्होंने ? लवंग को इतना अच्छा इन्होंने कैसे समझ लिया ? उसने धीरे-से कहा—'अम्मां ! तू इस बात को नहीं समझ सकती।'

मां हंसी। पुत्र कह रहा है कि मां उसके भले की बात नहीं समझ सकती। उसने कहा—'भगवती ! तू पहले तो समझदार था, अब तुझे क्या हो गया ? चार सौ रुपया क्या कोई थोड़ी रकम है ? घर आई लक्ष्मी को कौन दुतकारता है बेटा ?'

भगवती ने कहा—'मां ! नौकरी अच्छी है, बुरी नहीं। मैं जानता हूं। उससे हमारे दिन फिर जाएंगे। लेकिन क्या इसी गांव में उनका नमक खाना ठीक होगा ?'

मां फिर हंसी। उसने स्नेह से उत्तर दिया—'बेटा ! ये सब क्या कोई गैर हैं ? अरे, इस गांव की प्रजा में से कौन है जो उनसे उऋण हो सके ? इस गांव का बड़े

से बड़ा घर उनके घर नौकर रह चुका। तू अपनी उनसे बराबरी कर रहा है? यदि राजेन के पिता न होते तो क्या तू पढ़ पाता?'

भगवती कुछ निश्चित नहीं कर सका। उसने धीरे से कहा—'मां! वहां मेरा अपमान होगा। लवंग मेरे साथ कॉलेज में पढ़ती है। वहां हम सब बराबर हैं। अतः उसने मुझपर अपना अहंकार दिखाने के लिए ही मुझपर यह करुणा दिखाने का प्रयत्न किया है। क्या तुम समझती हो, सचमुच वह इतनी दयालु है?'

मां सिहर उठीं। उनके नयनों ने घूरकर देखा और एक अज्ञात भय से उनकी आत्मा कांप उठी। तो क्या उनका पुत्र भी उन्हींका-सा अभिमानी है? उसने कहा—'मैं कुछ नहीं जानती। तू चाहे तो कर, न चाहे तो न कर। किन्तु यदि वे लोग नाराज़ हो गए, तो इस गांव में हमारा कोई सहायक नहीं है। मैं तो केवल एक बात चाहती हूं, तेरा घर बने और मैं तेरी बहू का मुंह अपने जीते-जी एक बार देख लूं। मैं कभी नहीं चाहती कि तू मेरा ख्याल करके कभी अपने-आपको कष्ट दे। रोटी के लिए सिर झुकाना कितना दुःखदायी, कितनी अपमान-भरी विषैली छाया है यही, मैंने यही अपने इस जीवन में सीखा है। मैं और कुछ नहीं कहूंगी।'

भगवती को लगा जैसे डोरा गांठ पाने के कारण खोला नहीं गया, वरन् हठात् किसी अज्ञात झटके से तोड़ दिया गया है।

जिस समय भगवती वहां पहुंचा, इन्दिरा अकेली कमरे में बैठी कुछ सोच रही थी। भगवती उसके सामने जाकर खड़ा हो गया। इंदिरा ने आंखें उठाकर देखा। कुछ कहना चाहा, पर कुछ कहा नहीं। भगवती अभिभूत-सा खड़ा रहा। हृदय भीतर ही भीतर काठ की तरह जैसे जल रहा है। ऐसी यातना किस जीवन का नरक-चक्र है जो ममतामयी इन्दिरा के सामने इस वज्राहत रूप में खड़ा है। क्यों नहीं फट जाती यह धरती और वह उसमें समा जाता। जैसे उसने उसीके प्रति घोर अपराध किया है जिसने स्नेह से ही नहीं, अपनी सामाजिक परिस्थिति का कुटिल जाल तोड़कर शक्ति से उसे अपना हाथ थमा देने का प्रयत्न किया था। भगवती ने देखा, अचानक ही इन्दिरा की आंखों में पानी भर आया। इन्दिरा ने उससे छिपाने को मुंह फेर लिया। भगवती कातर-सा खड़ा ही रहा। इन्दिरा ने वैसे ही कहा—'बैठ जाओ! बैठते क्यों नहीं?' और एकाएक वह बांध टूट गया।

वह फूट-फूटकर रो उठी। भगवती ने उसके कन्धे पर हाथ रखकर कहा—'क्या हुआ इन्दिरा? रो क्यों रही हो?' एकबारगी उसका गला भर्रा गया और वह चुपचाप देखता रहा।

इन्दिरा ने बलपूर्वक अपने आंसू रोक लिए, किन्तु अपने मुख पर छाए विषाद को वह नहीं छिपा सकी। उसने उसकी ओर देखा और देखती रही। इन्दिरा की उस दृष्टि में अथाह वेदना थी; जैसे बलिपशु को देखकर किसी समय गौतम बुद्ध की रही होगी।

भगवती अपनी परिस्थिति को समझकर उसे छिपाना चाहता था और इन्दिरा के पास प्रारम्भ करने को कोई शब्द नहीं थे। उसने धीरे से कहा—'तुम आ ही गए भगवती?'

'भगवती!'—इंदिरा ने रोकर कहा—'हम कितने पतित हैं? मैं यह जानना चाहती हूं कि क्या यह कमीनापन भी हमारे समाज की देन है?'—फिर सोचकर कहा—'अयोग्य व्यक्तियों के हाथ में अधिकार दे-देने से और क्या होगा? भगवती! यह क्या हुआ?'

किन्तु भगवती का उत्तर उसके कण्ठ में ही रह गया। सब लोग उसी समय कमरे में आ गए। वे लोग इन्दिरा को बुलाने आए थे। कल तक प्रतीक्षा करने की आवश्यकता? आज ही शिकार के लिए क्यों न चला जाए? रात को जंगल में पहुंचकर शिकार करना चाहिए। विंटर्टन की तब से यही ज़िद है कि खतरे जितने ज़्यादा मोल लिए जाएं बेहतर हैं। उनसे क्या डरना? अंग्रेज़ के यह कहने की देर थी कि भारतीय रक्त हिलोरें मारने लगा और फौरन सब तैयार हो गए। शिकारी दौड़ा दिए गए। लेकिन इन्दिरा कहां है आज? किसीको सुबह से खाना खाने के समय के अतिरिक्त और दिखाई नहीं दी। क्या हो गया उसे? और अब यह दृश्य देखकर वे स्तम्भित रह गए। भगवती उसके कंधों पर हाथ रखे कुछ कह रहा था और वह रो रही थी?

लीला का हृदय भीतर ही भीतर धड़क उठा। यह क्या हुआ? क्या सचमुच के दोनों इतनी सीमा तक पहुंच चुके हैं? तो क्या उसने यह अपराध किया है? किन्तु सोचने-समझने का समय अब अधिक नहीं था।

कामेश्वर का मुंह स्याह पड़ गया था। समर वैसे भी शेर से डर रहा था। हठात् यह देखकर सबसे पहले उसीके मुंह से निकला—'अरे?' वीरेश्वर ने उसके कुहनी मारी। वह चुप हो गया और उसने ऐसे देखा जैसे 'हाय री किस्मत!'

विंटर्टन और सिट्वैल की समझ में कुछ नहीं आया।

विंटर्टन ने कहा—'हलो! क्या हुआ?'

पर उन दोनों में आतुरता का कोई चिह्न दिखाई नहीं दिया। भगवती ने भयभीत रूप से अपना हाथ हटा लिया। इन्दिरा ने आंखें पोछ लीं और निर्दोष नयनों से मुड़कर देखा और मुस्कराने का प्रयत्न किया। लीला जल उठी। लवंग ने गम्भीरता से कहा—'आप लोग तैयार हों। हम पा रहे हैं।'

कामेश्वर, समर, वीरेश्वर, विंटर्टन, सिट्वैल चलने लगे। लीला ने लवंग की ओर देखा और वह भी चली गई। जब एकान्त हो गया लवंग ने भगवती की ओर बढ़कर कहा—'भगवती, तुमने मेरे मेहमानों का अपमान किया है। तुमने मेरा अपमान किया है। आज जो तुम कर रहे थे, क्या तुम उसके योग्य हो? कामेश्वर ने क्या सोचा होगा? यही न कि यह सब कुछ इन्दिरा को लवंग ने अपने प्रेमी से मिलाने के लिए इतनी साज़िश की थी?'

भगवती ने दृढ़ता से कहा—'लेकिन मिसेज़ राजेन! क्या आप यह बता सकती हैं कि मैं ऐसा क्या कर रहा था?'

लवंग क्रोध से तिलमिला उठी। उसने गंभीरतर स्वर से कहा—'तुम यह भूल गए कि तुम एक बौने हो, तुमने आकाश के तारों को छूकर गन्दा करने का प्रयत्न किया है। तुमने बंजर की लू बनकर ओसिस के फूलों को सुखा देने की कोशिश की। तुमने अपने मालिक के दोस्तों से नौकरों की तरह पेश न आकर बराबरी का दर्जा पाने की कोशिश की। लवंग जानती है कि तुम कितने अभिमानी हो। किन्त याद रखना कि ऐसे अभिमान को मैं अपनी जूती की नोंक के नीचे रखती हूं। समझे? इन्दिरा अभी नादान है। तभी वह भले-बुरे का ज्ञान नहीं रखती। किन्तु तुम उसे फुसलाकर अपने षड्यंत्र में जकड़ना चाहते हो? तुम्हें मैंने इसलिए नौकर रखा है कि तुम नौकरों की तरह रहो, सामने बैठने का दुस्साहस न करके, खड़े रहो। अगर

यह नहीं होगा तो तुम ही नहीं, तुम्हारी मां भी, राह की भिखारिन बनकर दर-दर ठोकरें खाएगी...'

भगवती चीख उठा—'लवंग ! इस भूल में मत रहना कि तुम्हीं सब कुछ हो। यदि मैं चाहूं तो अभी तुम्हारी उठी हुई नाक को अपने जूते से कुचल सकता हूं। मुझे तुम क्या, तुम्हारी सात पीढ़ी में इतनी हैसियत नहीं कि नौकर रख सके। तुम लोग इतने कमीने हो कि अपने-आप अपने पापों को पुण्य कहकर उसे पूजा का नाम देते हो। मैं तुमसे घृणा करता हूं, क्योंकि तुम जो बड़े घरानों का ढांचा बनकर खड़ी हो, तुम्हारे यहां स्त्रियां नहीं होतीं, वेश्या होती हैं...'

चटाक ! एक ध्वनि हुई। लवंग ने भगवती के गाल पर तड़ाक से चांटा जड़ दिया। इन्दिरा ने झपटकर उसका हाथ पकड़ लिया। भगवती ने किटकिटाकर कहा—'अगर राजेन ने यही काम किया होता तो मैं आज उसका खून पी जाता, लेकिन तुम एक मादा हो, तुम पर हाथ उठाकर कीचड़ उछालने से बेहतर है, पाक थू...'

और भगवती ने अतीव घृणा से थूक दिया।

इन्दिरा ने लवंग को और भी कसकर पकड़ते हुए रोते-रोते कहा—'यह तुमने क्या किया लवंग?' इससे पहले कि इन्दिरा अपनी बात समाप्त करे, भगवती वेग से उस कमरे से चला गया। इसी समय नीचे से मोटर का हान सुनाई दिया। लवंग का ध्यान टूट गया। उसने कठोरता से कहा—'चलोगी?'

इन्दिरा ने कहा—'नहीं।'

लवंग झटका देकर कमरे से बाहर चली गई। इन्दिरा के शब्द मुंह के मुंह में ही रह गए।

मोटर में जाकर उसने देखा, राजेन ड्राइव पर बैठा था। विंटर्टन और सिट्वैल पीछे बैठे थे। साथ में वीरेश्वर था। आगे लीला बैठी थी। वह भी उसीकी बगल में बैठ गई। पूछा—'कामेश्वर और समर कहां हैं?

राजेन ने कहा—'समर तो खुद हिरन का बच्चा है। उसे तो गोली खा जाने का डर था। लिहाज़ा नहीं आया।'

लीला ने कहा—'कामेश्वर की तबियत ठीक नहीं रही। कुछ मन मिचला

रहा था।' लवंग चुप हो गई। उसने एक दृष्टि में ही पहचान लिया कि राजेन को किसी विषय में भी कुछ मालूम नहीं था। दोनों गोरों को अपने काम से काम और वीरेश्वर है भी और नहीं भी। वह उनका मित्र है, उनका मेहमान।

' मोटर चल पड़ी। गांव के कच्चे रास्ते पर धूल उड़ने लगी।

17

रात के आठ बजे थे। चारों ओर सघन अंधकार छा गया था। बाहर एक धुंआ-सा फैल गया था। कमरे में रोशनी जल रही थी। उसमें से धुंधला प्रकाश निकल-निकलकर फैल रहा था। ज़मींदार सर वृन्दावनसिंह कुर्सी पर कंबल ओढ़े पड़े थे।

उस सन्नाटे में पण्डितजी ने धीरे से प्रवेश किया।

'राम-राम साब,' पंडितजी ने अपने पोपले मुंह से कहा।

ज़मींदार साहब ने कहा—'कौन पण्डितजी? आओ भैया!'

पण्डितजी आकर बगल में ज़मीन पर बैठ गए। उन्होंने धीरे से इधर-उधर देखा और कहा—'सरकार! एक बात अरज करनी है।'

ज़मींदर साहब चौंके। कहा—'क्यों? क्या हुआ?'

पण्डितजी ने कान पकड़कर कहा—'सरकार खता माफ हो।'

ज़मींदार साहब ने अधीरता से पूछा—'क्या हुआ? कहते क्यों नहीं?'

पण्डितजी ने कहा—'सरकार गजब हो रहा है! कल सांझ छोटे सरकार के जाने के बाद सुन्दर का बेटा आया था और कोठी के नौकरों को भड़का रहा था। कल आ चमार को, जिसे उन लोगों ने पीटने के लिए बांधा था, भगवती ने डांट डपटकर छुड़वा दिया। उसने लोगों से कहा—'क्यों मारते हो उसे? अरे तुम गरीब लोग आपस में एका नहीं कर सकते? ये लोग जो मोटरों में बैठकर ऐश उड़ाते हैं, आखिर किसकी कमाई खाते हैं? हराम का खा-खाकर जो तुम लोगों की हड्डी-हड्डी चूस रहे हैं, क्या तुम सदा इन लोगों की गुलामी करने के लिए पैदा हुए हो?'

ज़मींदार साहब ने पूछा—'है वहां वह लड़का?'

पण्डित ने हाथ जोड़कर कहा—'अभयदान हो, लड़का कोठी में बन्द है!'

'बन्द है?' ज़मींदार साहब के मुंह से निकला—'वह किसने किया?'

'मालिक! मैं तो उसे पुलिस में दे देता। लेकिन मैंने उसे छोड़ दिया, क्योंकि डरता था। नई मालकिन ने उसे शहर से मोटर भेजकर बुलवाया था।'

'क्यों?'—ज़मींदार साहब ने तीव्र स्वर से पूछा।

'सुना है, उन्होंने उसे ज़मींदारी का मनीजर बनाने के लिए चार सौ रुपया माहवार पर बुलाया था।'

'बिला मेरी राय के? अभी तो मैं ही मालिक हूं।' और उनको एक हल्के से चक्कर ने कुर्सी पर पीछे की ओर लिटा दिया।

पंडितजी ने कुछ नहीं कहा। वह चुप हो गए। थोड़ी देर बाद ज़मींदार साहब ने कहा—'पंडित! ज़माना बदल गया है। सारी दुनिया ने एक चीज़ भुला दी है, वह है वफादारी।'

पंडित ने टोककर ज़ोर से कहा—'मालिक! जनेऊ की सौगन्ध है, मैं यह सुन नहीं रहा हूं, ब्रह्महत्या कर रहा हूं।'

ज़मींदार साहब ने धीमे से कहा—'पंडित! आज जीवन के सारे पाप-पुण्य का फल दांव पर लग गया है। आज तुमसे एक काम कराना चाहता हूं।'

ज़मींदार साहब ने रुंधे हुए कंठ से कहा—'पण्डित, यह लो।' उन्होंने उतारकर एक चांदी का छल्ला पंडित की ओर बढ़ाकर कहा—'इसे ले जाकर सुन्दर को दे देना, अभी इसी समय!'

पंडितजी ने कांपते हुए हाथ से छल्ला पकड़ लिया और उसे डरते हुए ज़ोर से मुट्ठी में भींच लिया, जैसे वह उस सांप के बच्चे का दम घोंटकर मार देना चाहते हों। पंडित को लगा जैसे उनके पैरों के नीचे से धरती खिसक गई, आसमान के तारे शायद अब पल-भर में ही टूट-टूटकर पृथ्वी पर आ गिरेंगे और उसके बाद सारा ब्रह्माण्ड खंड-खंड हो जाएगा और पंडित...

ज़मींदार साहब अर्द्ध-मूर्छित-से अपनी कुर्सी पर पड़े थे। पंडित ने एक बार तनिक विक्षोभ से उनकी ओर देखा और बाहर चले गए।

रात का घना अंधेरा, बाहर सनसनाती चुभौली वायु सांय-सांय कर रही थी। किसी टूटे-फूटे जहाज़ी बेड़े की तरह गांव का गांव उस नीरव अंधकार-सिंधु के अतल में जाकर डूब गया था और पानी के भीतर की काई के क्षीण स्पन्दन की भांति लोग सांस ले रहे थे। रास्ते की धूल ठंडी हो गई थी। पंडितजी चल पड़े।

जिस समय उन्होंने वह द्वार खटखटाया, सुन्दर के घर में एक मद्धिम दिया जल रहा था। सुन्दर ने द्वार खोलकर देखा, पंडित खड़ा था। उसे कुछ विस्मय हुना। उसने कहा—'क्या बात है पंडितजी ?'

पंडित गम्भीर था। उसने कोई उत्तर नहीं दिया। भीतर घुस आया और दृढ़ता से हाथ बढ़ा दिया। सुन्दर ने उसे हाथ में ले लिया और कांप उठी। विश्वास नहीं हुआ। जाकर दिए के प्रकाश में देखा। उसके मुख से अर्द्धस्वर फूटा—'पंडित...' और दीवाल से जाकर उसकी पीठ टिक गई। उसकी फटी आखों को देखकर पंडित का दिल सहम गया। थोड़ी देर बाद कुछ स्वस्थ होने पर सुन्दर ने धीरे से फुसफुसाकर पूछा—'यह तुम्हें किसने दी ?'

पंडित ने हौले से, किन्तु निश्चित स्वर में उत्तर दिया—'मालिक ने।'

'क्या अभी दी है ?'—सुन्दर ने पूछा—जैसे डूबते में आदमी बोलने का प्रयत्न करता है, किन्तु कुछ बोल नहीं पाता।

पंडित ने उदास दृष्टि से देखते हुए सिर हिलाकर स्वीकार किया। सुन्दर विभोर-सी खड़ी रही। पंडित भी प्रतीक्षा करता रहा।

पंडित ने कहा—'रात के बारह बज रहे हैं। जल्द चलो, वर्ना सुबह हो जाएगी। छोटे सरकार लौट आएंगे।'

सुन्दर ने कहा—'चलो !' अरगनी पर से उतारकर उसने पुराती जर्जर चादर ओढ़ ली और उसके साथ-साथ चल दी। बाहर ड्योढ़ी पर किसीने प्रश्न नहीं किया। पंडित नीचे ही रुक गया।

सुन्दर ने कमरे में धीरे से प्रवेश किया। उस समय घर में एक दम सन्नाटा छा रहा था। प्रायः सभी नौकर-चाकर सो रहे थे। ज़मीदार साहब ने आंखें खोलकर देखा और दोनों एक-दूसरे की ओर घूरकर देखते रहे। उन आंखों में क्या था, यह किसीने नहीं समझा ? दोनों फिर भी देखते रहे, देखते रहे, आज जैसे इन आंखों में दर्द नहीं होगा,

क्योंकि दिल का दर्द कहीं अधिक है; न एक भी आंसू छलछलाएगा, क्योंकि आज है किसके भीतर इतना रस? जो कुछ है वह एक उन्माद का हाहाकार मात्र बनकर रह गया है, जैसे कल तक जो पहाड़ अपने अट्टहासों की प्रतिध्वनि करता था आज वह अपने सिर पर गिरने को वेग से अलग होकर घिरता चला आ रहा है।

कमरे में धुंधला प्रकाश फैल रहा था।

सुन्दर ने गद्गद् कंठ से कहा—'तुमने मुझे बुलाया है?'

ज़मींदार साहब ने सिर हिलाया। वह बिल्कुल निराश-से बैठे थे। सुन्दर ने उजाले में छल्ला उठाकर कहा—'जानते हो, इसका मतलब क्या है?'

ज़मींदार ने फिर सिर हिलाकर स्वीकार किया। शायद आज उनके पास शब्द नहीं हैं। सुन्दर ने फिर कहा—'वृन्दावन! एक दिन जो पाप किया था उसे प्रेम के बल पर पवित्र पुण्य बना देने के लिए हमने आपस में छल्ले बदले थे। भयानक से भयानक गरीबी में, भूखे मरते समय, जब मेरा बच्चा भूख से बिलख-बिलखकर रो रहा था, मैंने ऐसे ही छल्ले को अभी तक बेचा नहीं, छिपाए रखा है। आज तुमने वही छल्ला मुझे लौटा दिया है, तो फिर मेरे पास तुम्हारा छल्ला रहकर क्या करेगा? लो उसे भी ले लो।' और सुन्दर ने अपनी उंगली पर से वैसा ही दूसरा छल्ला उतारकर उनकी ओर बढ़ा दिया। वह कहती गई—'एक दिन तुमने ये दोनों एक साथ बनवाये थे कि हम-तुम सारी रुकावटों को ठोकर मारकर एकसाथ जीवन बिताएंगे। लेकिन धन और अधिकार के कारण तुमने अपने-आपको बेच दिया और वे छल्ले, प्रेम के वे बन्धन, निर्बल पड़ गए। किन्तु फिर भी एक दिन तुमने कहा था कि सुन्दर, यदि यह सब भी हो गया तो भी कुछ नहीं, मैं तुम्हें अब भी प्यार करता हूं। जब हम तुम कभी एक भी विपत्ति में पड़ेंगे तब यही छल्ला लौटा दिया जाएगा और आज तुमने मेरे प्रेम की थाती लौटा दी है।'

सुन्दर ने दो कदम पीछे हटकर हाथ फैलाकर कहा—'मालकिन इस बात को भी नहीं जान सकी। गांव में कुछ दुश्मनों ने सन्देह अवश्य किया, किन्तु कभी कुछ नहीं कह सके। आज तुम भी उसको झूठा बना देना चाहते हो? बोलो! तुम गांव के मालिक हो, राजा हो, क्या अपनी प्रजा से न्याय ऐसे ही होता है?'

ज़मींदार साहब ने घिघियाते स्वर में कहा—'मैं कुछ नहीं हूं सुन्दर! मैं एक घोर पापी हूं; किन्तु आज मेरी मर्यादा का प्रश्न है, आज सब कुछ डूब रहा है। मैं नहीं जानता मैं क्या करूं?'

'क्या हुआ?'—सुन्दर ने उत्सुकता से पूछा।

ज़मींदार साहब ने हाथ जोड़कर कहा—'भगवती मेरे खिलाफ बगावत कर रहा है। वह गांववालों को भड़का रहा है। मेरी जिस इज़्ज़त को तुमने सब कुछ त्यागकर बनाया है, उसे आज वह जड़ से उखाड़कर फेंक देना चाहता है।'

सुन्दर हंस दी। उसने कहा—'बड़े अभिमानी बनते थे। तुम अभिमानी हो सकते हो तो वह नहीं हो सकता?' उसने हंसते हुए ऊपर देखकर कहा—'हे प्रभु! सब कहते हैं तू किसीकी नहीं सुनता, किन्तु आज मैंने जाना कि तू सबकी सुनता है।'

ज़मींदार सर वृन्दावनसिंह विक्षुब्ध हो गए। उन्होंने खड़े होकर कहा—'सुन्दर!'

सुन्दर चुप हो गई। ज़मींदार साहब ने हाथ पसारकर कहा—'ले जाओ यह सब। क्यों न उस दिन मुझे बदनाम कर दिया था? क्यों न तुमने मुझे ज़हर देकर मार डाला जो आज तुम मेरे हृदय के घावों पर नमक छिड़कने आ गई हो? क्या यही इस प्रेम का अन्त है? मैंने तुम्हारा क्या बिगाड़ा है? जहां मैं विवश था वहीं मैंने सिर झुकाया था। तुम्ही बताओ, क्या मैंने तुझे कभी दुतकारा? क्या मैंने तुमसे नहीं कहा कि तुम्हें जब आवश्यकता हो, मुझसे कहो? क्या मैंने स्वयं तुम्हारे पुत्र की शिक्षा का प्रबन्ध नहीं किया? बोलो सुन्दर!'

सुन्दर ने गर्व से कहा—'तुम इतने अभिमानी हो तो क्या मुझे भी तुम्हारी प्रेमिका होने के नाते अभिमान करने का अधिकार नहीं है? लेकिन मैं जानना चाहती हूं कि मैंने किया क्या है?'

ज़मींदार ठिठक गए। उन्होंने उसके पास जाकर कहा—'तुम भगवती की मां हो और वह बागी है।'

सुन्दर ने कहा—'और तुम उसके पिता हो।'

ज़मींदार साहब ने दोनों हाथों से अपने दोनों घुटने दबाते हुए कहा—'पागलों की-सी बातें न करो सुन्दर! वह मेरा है, इसी ममता से मैं उसे जेल भिजवाना नहीं चाहता। मालूम है आजकल रूस के एजेण्ट छोकरे ऐसी बातें

करते फिरते हैं, और वह भी उनकी हां में हां कर रहा है। अगर सरकार को ज़रा भी भनक पड़ गई तो उठाकर जेल में ठूंस देगी। क्या तुम चाहती हो वह जेल जाए? जानती हो इस वक्त तरह दे जाने से उसके लिए और कोई परिणाम नहीं है। यह सरकार सन्देह पर भी ज़िन्दगी-भर की सज़ा दे सकती है। यह आत्मरक्षा के प्रयत्न को हत्या भी करार दे सकती है। जेल में वह कैसे रहेगा?'

उनका स्वर कांप उठा। उन्होंने फिर कहा—'यदि मैं उसे छोड़ देता तो आज इस वक्त वह जेल में होता।'

सुन्दर चौंक गई। उसने कहा—'क्या मतलब? वह कहां है?'

'उसको पण्डित ने नीचे बन्द कर रखा है।'

घृणा से काला होकर सुन्दर का मुंह विकृत हो गया और उसके होंठों से फूट निकला—'कायर! यही है तुम्हारा स्नेह? यही है तुम्हारी ममता? तुमने मेरे बेटे को बन्द कर रखा है। जैसे वह कोई मामूली चोर हो। तुम्हें शर्म नहीं आती?'

ज़मीदार साहब ने दोनों हाथों से अपना मुंह छिपा लिया। उन्होंने कहा—'और क्या कर सकता था मैं...सुन्दर?'

'सुख देने के वक्त कुछ नहीं तुम्हारे पास? तुम दे सकते हो सज़ा? किस मुंह से तुम उसे सज़ा दे सकते हो?'

ज़मींदार साहब ने पुकारकर कहा—'पंडित!'

पंडित का कठोर चेहरा द्वार में से झांक उठा। ज़मींदार ने कहा—'पंडित! भगवती को ले आओ।'

भगवती आगे-आगे, पीछे-पीछे पंडितजी। अभी ये लोग ऊपर के कमरे के द्वार पर पहुंचे ही थे कि एकाएक नीचे बड़े ज़ोर का कोलाहल मच उठा। यह क्या? मोटर रुकने की देर नहीं और यह कैसा हाहाकार?

गठियावाले ज़मींदार सुन्दर के कन्धे पर हाथ रखकर जल्दी-जल्दी नीचे उतरने लगे। भगवती स्तम्भित हो गया। पंडितजी ने उसका हाथ पकड़ लिया और उसे अपने साथ उनके पीछे-पीछे खींचले चले। उन्होंने नीचे पहुंचकर देखा, कमरे में शोर हो रहा था। लवंग जार-जार रो रही थी। सबके चेहरे लटके हुए थे और सबके बीच में गांव का डाक्टर कुर्सी पर से निराशा से सिर हिलाता हुआ

खड़ा हो रहा था। बगल में पलंग पर खून से भीगा राजेन का शव पड़ा था।

ज़मींदार साहब ने देखा और उनका स्थूल शरीर अचेतन होकर सुन्दर पर लुढ़क गया। भगवती किंकर्त्तव्यविमूढ़-सा खड़ा रहा।

सबने बढ़ कर उन्हें संभाल लिया। जब वह उन्हें पलंग पर लिटाने लगे तो सुन्दर ने गरजकर कहा—'खबरदार ! जिसका जवान बेटा आज सदा के लिए ज़मीन पर सो गया वह बाप आज भी खाट पर सोएगा? यह हम लोगों के पापों का फल नहीं तो क्या है कि जिनको हमारी आंखों के सामने फलना-फूलना चाहिए, आज हमसे पहले वे डोरी तोड़ गए।'

उसका गला रुंध गया। सबकी आंखों में एक आर्द्रता कांप उठी।

लोगों ने ज़मीन पर ही केवल दरी बिछा दी और उन्हें उसीपर लिटा दिया गया। वीरेश्वर ने दौड़कर आवाज़ दी। गांव का फटा-टूटा डाक्टर भीतर आ गया और पाते ही घबरा गया।

कामेश्वर अपनी अवाक् आकृति को लिए देखता रहा। यह क्या से क्या हो गया? क्या यह सच है कि राजेन अब नहीं रहा?

उसने पास जाकर देखा। दिल पर सीधी मार पड़ी थी पञ्जे की। पूरा सीना फट गया था। सचमुच वह मर गया था। उसे कोई नहीं जिला सकता। आदमी का भी क्या जीवन है? अभी तो सब कुछ था, अब नहीं है तो कुछ भी नहीं रहा।

समर एक बार अपने-आप कांप उठा। उसने देखा, सुन्दर और लीला धीरे-धीरे ज़मीदार साहब को पंखा झल रही थीं। उनके मुंह पर दो बार ठण्डे पानी के छींटे भी दिए।

विंर्ड्न और सिट्वैल दोनों स्तब्ध थे। कमरे में एक दहशत-भरा सन्नाटा हाय-हाय करता हुआ मन को भींचकर मसल देना चाहता था। उस शव को देखते हुए आगे बढ़कर पण्डित ने हाथ जोड़कर कहा—'मालिक ! तुमने पण्डित के वंश को सबसे बड़ा दण्ड दिया है। तुम चले गए हो, हम सब तो अधिक दिन के नहीं रहे, लेकिन तुमने मगन को जो निराधार छोड़ दिया है, उसके लिए अब मैं किससे कहूं? उसका और कोई आसरा नहीं। अब वह किसकी ओर देखकर जिएगा?'

पण्डित का गला रुंध गया। उसने कांपते हाथों से शव को सफेद चादर

ओढ़ा दी और डगमगाते पैरों को लेकर बाहर चला गया।

भगवती देर तक उस शव को देखता रहा और न जाने क्यों, न जाने किस स्नेह के भावातिशय में, रो पड़ा। उसके रुदन को देखकर आश्चर्य से लीला ने उसकी ओर देखा। सच, भगवती ही था। वही तो रोया है अभी। किन्तु पुरुष होने के नाते भगवती ने शीघ्र ही अपने ऊपर संयम कर लिया।

लवंग फूट-फूटकर रो रही थी। उसके काले चिकने बाल इस समय रूखे-रूखे-से फैल गए थे। घर में एक भी नहीं जो उसी के शब्दों में उसीकी व्यथा को माप सके। यह किस जीवन का पाप है? कल माथे में सेंदुर था, आज वह सदा के लिए मिट गया। पुरुष कभी स्त्री के वैधव्य की व्यथा की अथाह गम्भीरता नहीं समझ पाता, किन्तु नारी का हृदय उस समय इतना व्याकुल हो जाता है कि वह कुछ भी नहीं सोच पाती। आज तक का भूतकाल इसी परिणाम की प्राप्ति का एकमात्र साधन था। वही तो उसका सब, सब कुछ था। आज वह गया, अपने साथ भविष्य और वर्तमान, सबको अपने पदचिह्नों के साथ मिटाकर चला गया। क्या होगा? पहाड़ हो गई है यह क्षण-क्षण की बहती हवा, जम गई हैं बर्फ-सी यह छोटी-छोटी कोमल लहरियां। आत्मा नहीं चाहती कि वह उसे स्वीकार करे। काश वह जाग उठे! अरे, लगता है, अभी सास चल रही है, उसका शरीर भीतर हिल रहा है, देखो न कपड़ों में, चादर में कैसी एक सिहरन अभी-अभी दौड़ी है।

व्यर्थ है लवंग, यह भी व्यर्थ है और फिर सन्नाटे पर घहराता हुआ वह लवंग का हृदयवेधी रुदन, जैसे करुणा स्वयं से कराह रही हो, जैसे कोई कह रहा हो—पानी! पानी! और कोई नहीं, उसपर केवल मरु की भीषण लू ठहाका मारकर हंस उठती है...

एकाएक लवंग ने ऊपर देखा—उसने दोनों हाथ फैलाकर कहा—'मैंने तुम पर कभी विश्वास नहीं किया, किन्तु आज तुम मेरे स्वार्थ का बदला दे सकोगे भगवान्?'

कोई उत्तर नहीं मिला। निराकार के सामने इस घटना का कोई मूल्य नहीं। वह तो न कभी बोला है, न बोलेगा। लवंग ने मुड़कर देखा, विटर्टन उदास-सा बैठा था। लवंग उसे देखकर चिल्ला उठी—'कायर! शासक बनते हो! तुम्हें शर्म नहीं आती? चुल्लू भर पानी में डूब मरना चाहिए तुम्हें। ले जाओ इसे, यह

मेरा सुहाग है, तुमने मुझे विधवा बना दिया है......'

किन्तु क्या हो गया कहकर! विंटर्टन ने तो सिर झुका लिया है। वह बात सब ऊपर से निकल जाएगी जैसे चावल की खड़ी फसल पर से हवा। हिन्दुस्तानियों की मौत का उसके वर्ग में कोई महत्त्व नहीं। पाते हैं, मर जाते हैं। आने-जानेवालों से लाभ नहीं है, लाभ तो स्थिर हिन्दुस्तान से है।

लवंग के मन में आया कि उसका गला घोंट दे, किन्तु फिर जाने क्यों साहस नहीं हुआ और वह चारों ओर से निराश होकर पृथ्वी पर लेटकर रोने लगी। इन्दिरा अभी तक चुप थी, किन्तु अब उसका सिर उठाकर अपनी गोद में रख लिया और उसे अपने हाथ से धीरे-धीरे सहलाने लगी। लवंग ने कोई विरोध नहीं किया। उस स्पर्श में उसे ऐसी कोमलता, इतना संवेदन मिला कि उसके घाव पर जैसे किसीने शीतल लेप कर दिया हो। इन्दिरा की आंखें भीग गईं। उसके हृदय में विचार आया—'क्या भगवान् ने भगवती के प्रति किए गए अत्याचार का बदला लिया है? किन्तु यदि यही है, तो भगवान् ने भीषण अत्याचार किया है। मर्ज़ मिटाने का मतलब यह तो नहीं कि एकदम मरीज़ को ही खत्म कर दिया जाए, कि न रहे बांस न बजे बांसुरी...और फिर राजेश का दोष !!!

घर के नौकर कमरे के बाहर गमगीन-से इकट्ठे हो गए थे। जगह-जगह सूचना देने को नाई दौड़ गए थे।

और लवंग! अभागे बालक! तू हंस रहा था कि तेरा गुब्बारा कितना रंगीन है? कितना स्निग्ध है—आसमान में उमड़ता चला जा रहा है...ले ये चिथड़े, यही है उसका अन्त, यही है तेरा धर्म, दर्शन, मर्यादा, अभिमान, रक्त, सबका अन्त; बसा ले साम्राज्य, किन्तु उनका ढहना आवश्यक है। गर्व न कर कि तू हंसा है, तेरी इस दुनिया में हंसना-रोना समान है।

इन्दिरा ने स्नेह से कहा—'बहिन!'

इस एक शब्द के कारण लवंग की आंखें खुल गईं और एक घोर श्रद्धा से मुख झुक गया। फिर अपनी याद आते ही उसपर एक स्याही फैल गई।

भोर हो गया था। मगनराम इन्तज़ाम करता फिर रहा था। किन्तु

कुल की रीति तो पण्डितजी ही जानते हैं। उन्होंने गम्भीर स्वर से बुलाकर कहा—'मगन !'

मगन ने उनके सामने आकर कहा—'दादा !'

'क्या हुआ रात को ?'

मगन ने कहा—'जिस मचान पर मालिक थे, बीबीजी, मैं और वह लम्बा साहब तथा एक शिकारी भी बैठे थे। जब जगार हई तो शेर निकलकर आया। छोटे सरकार ने, ज्योंही वह करीब सौ गज़ पर दिखाई दिया, उसके गोली मारी। गोली खानी थी कि शेर दहाड़कर झपटा। गोली उसके पुट्ठे पर से फिसल गई थी। हम खाली हाथ थे। उसका उस भयंकरता से दहाड़ना सुनना था कि विंटर्टन इतनी ज़ोर से कांप उठा था कि सारी मचान हिल गई और छोटे सरकार, जो गोली का निशाना साधने में लगे थे, फिसल गए। एकदम नीचे गिर गए। अब शेर में और उनमें केवल पच्चीस गज़ का फासला था। शिकारी घड़ाम से नीचे कूद पड़ा। धांय की आवाज़ हुई। वीरेश्वर बाबू ने ताककर गोली चलाई मगर चूक गई। दूसरे पुट्ठे पर लगी और उछल गई। शेर उस वेग को नहीं सह सका। क्षण-भर के लिए उसकी पिछली टांगें झुक गईं। छोटे सरकार बन्दूक लेकर खड़े हो गए थे, उसी समय लीला ज़ोर से चिल्लाकर बेहोश हो गई। दूसरे साहब ने उसे एक हाथ से थाम लिया। वीरेश्वर ने गीली चलाई, पर मचान हिल रही थी। वह निशाना नहीं लगा सका। शेर ने झपटकर छोटे सरकार पर प्रहार किया। उस समय बीबीजी ने उसपर पिस्तौल चलाई और शिकारियों ने अपनी-अपनी राइफलें दाग दीं। शेर मर गया।'

पंडित ने कहा—'शेर तो पहले ही मर गया था।"

मगतराम ने कहा—'दादा ! लवंग बीबी का दिल पत्थर का है।'

पण्डित ने कहा—'वह उसका सुहाग था।'

पंडितजी के होंठ कांप रहे थे। जैसे आज तक जो विवशता नहीं भाई थी उसने आज शेर का आकार ग्रहण करके उनपर प्रहार किया था। अब क्या होगा ? वह स्वयं निश्चय नहीं कर सके। वह दाह-संस्कार का प्रबन्ध करने लगे। गांवभर बाहर इकट्ठा हो गया था। सबके मुख पर शोक दिखाई दे रहा

था। बड़े-बूढ़े राजेन की प्रशंसा के पुल बांध रहे थे। गांव की कई लड़कियों की आंखों में इस सुहाग के टूटने पर आंसू भर आए। राजेन सुन्दर था। आकर्षण में लवंग भी कम नहीं थी।

भीतर ज़मींदार साहब अभी तक अचेतन पड़े थे। गांव का डाक्टर सर्दी में भी पसीने से तर था। पण्डितजी ने दो मोटरें, एक के बाद एक, शहर की ओर डाक्टरों के लिए दौड़ा दी थीं। अब एक-आध घण्टे में वे लोग भी आ ही जाएंगे। किन्तु फिर क्या होगा? क्या ज़मींदार की यह मूर्छा उनकी चेतनावस्था से कहीं अधिक ठीक नहीं है? बाहर सम्बन्धियों की भीड़ हो गई थी।

लीला ज़मींदार साहब के पास सुन्दर के साथ सेवा कर रही थी। वीरेश्वर, कामेश्वर, समर और दोनों अंग्रेज़ शव के पास सिर झुकाए बैठे थे। भगवती अब भी आंखों में आंसू भरकर उन्हें टकटकी लगाकर देख रहा था। उस नीरवता में एकमात्र लवंग का रुदन कभी-कभी फूट उठता था। वह आर्त-सी दिखाई दे रही थी। लवंग कभी रोष से विंटर्टन की ओर देखती, जैसे कच्चा चबा जाएगी, कभी रोने लगती, किन्तु कमरे की हवा इतनी भारी थी कि सबका दम घुट रहा था। विंटर्टन एक सिग्रेट और दो पेग ह्विस्की के चढ़ाकर अपने-आपको दुरुस्त करना चाहता था। दु:ख के समय वे लोग ऐसा ही किया करते हैं, वर्ना मनुष्य के भावुक हो जाने का भय बना रहता है और भावुक मनुष्य अपना काम नहीं कर पाता।

कामेश्वर अब भी चुप ही बैठा था। उसने एक बार भी कुछ नहीं कहा।

एकाएक ज़मींदार साहब ने आंखें खोल दी और कुछ बड़बड़ा उठे। उनके होंठों से अस्फुट शब्द निकले—'राजेन ! राजेन !'

फिर बन्द कर ली आंखें। सुन्दर ने पानी पिलाया। ज़मींदार साहब तनिक चैतन्य हुए। उन्होंने कहा—'सुन्दर, मुझे उठा दो।'

सुन्दर ने उन्हें पीछे से सहारा देकर बिठा दिया। ज़मींदार साहब ने व्याकुल कंठ से पुकारा—'राजेन ! राजेन ! कहां चले गए तुम राजेन ! बेटा...!'

उनकी आवाज़ शून्य में लय हो गई। आज राजेन कहां है जो उन्हें उत्तर दे?

अब नहीं है वह यौवन की मादक उच्छृंखलता जो धमनियों में कुल-कुल करती पुकार उठती थी। वह दीपक बुझ गया है जो इतने बड़े अन्धकार में एकमात्र आशा का प्रकाश था। अब चारों ओर वही सूनापन, हृदय को खा जानेवाला सूनापन छा रहा है।

एकाएक उनकी दृष्टि सामने खड़े भगवती पर पड़ी। ममता के आदेश में वह चिल्ला उठे—'बेटा ! भगवती बेटा ! वह तो सचमुच बड़ा निर्मोही था। मौका देखकर चला गया। हाय परमात्मा, मेरे पापों का तूने उससे बदला क्यों लिया? उसने तेरा क्या बिगाड़ा था? आह ! मेरा दिल डूबा जा रहा है। भगवती ! भगवती !! कहां हो बेटा? इधर आओ, अपने बूढ़े बाप को सहारा दो। आज उसके जीवन की नाव, पतवार टूट जाने से डावांडोल हो गई है।'

भगवती चौंक उठा। और सब चौंक उठे। ज़मींदार साहब क्या कह रहे थे? सुन्दर का सिर झुक गया। वह नीचे ज़मीन की ओर देख रही थी।

ज़मीदार साहब ने कहा—'बेटा ! मैंने तुझपर बहुत अत्याचार किया है। तभी परमात्मा ने मुझे बुढ़ापे में लंगड़ा कर दिया है। लेकिन परमात्मा के दरबार में अन्याय नहीं चल सकता। बड़ा फिर भी बड़ा ही है।'

तो क्या भगवती इसी रक्त के बन्धन के कारण रोया था? क्या इसीलिए इतनी धृणा करके हृदय में एकदम करुणा भर गई थी? यह वह क्या सुन रहा है? मां ! मां शान्त बैठी है ! उसे कोई विरोध नहीं? तो क्या यह सत्य है? क्या यह सौम्य दिखाई देनेवाली ममतामयी मां भीतर ही भीतर इतनी कुटिल है? क्या वह स्वयं एक अनाचार का परिणाम है? व्यभिचार की उत्पत्ति है? समाज की दृष्टि में वह गैरकानूनी है, एक रखेल का लड़का है? क्या इसी स्त्री ने अपने दरिद्र और सीधे-सादे पति को इतने दिन तक छला था?

ज़मींदार साहब ने फिर कहा—'मान न कर हठीले ! तेरे छोटे भाई की लाश आज तेरे कदमों में पड़ी है। तेरे बाप का दिल आज बिल्कुल टूट गया है, क्योंकि धन, वैभव, धर्म अधिकार और अभिमान सब, सब लड़खड़ा गए हैं। आज तो अपना यह मान छोड़ दे बेटा...'

भगवती सोच रहा था...वह एक रखेल का लड़का है, अभी तक वह दरिद्र

था, किन्तु आज वह जन्म के पहले से ही पापी है ! नहीं, नहीं, किन्तु मां ! मां चुप बैठी है ? सांपिन ? और...और वह दुराचार की सन्तान है...

भगवती ने देखा और उसका चेहरा स्याह पड़ गया। उसने तड़पकर कहा—'यह झूठ है, यह मुझे बदनाम करने की नई रीति है। मां!' उसने सुन्दर की ओर हाथ करके कहा—'तुमने मुझे दरिद्र पैदा किया था। रूखी-सूखी रोटी खिलाई, मैंने कभी उफ़ नहीं की, मैंने कभी तुम्हारी तपस्या के सामने अपनी निर्बलता का प्रदर्शन नहीं किया। किंतु यह मैं क्या सुन रहा हूं ? क्या यह सच है मां ? नहीं मां ! तुझसे नहीं, इन सबसे खोलकर कह दो कि तुम्हें धन ने कभी पराजित नहीं किया। तुम कभी इनके छल में नहीं फंसी ? तुमने दरिद्र, मेहनती और अपने पर विश्वास करनेवाले पति को धोखा नहीं दिया। कहो कि मेरी इन धमनियों में इस वैभव के विष से गदला रक्त नहीं है। मैं उसीका पुत्र हूं जिसने अपने रक्त का पानी बहा-बहाकर अपने-आपको श्रम के द्वारा पवित्र कर दिया था।'

किन्तु सुन्दर का सिर और भी झुक गया। स्नेह से ज़मींदार साहब ने दोनों हाथ खोलकर पुकारा—'बेटा...!'

किन्तु भगवती चिल्ला उठा—'मां ! मन करता है कि तुम्हारा गला घोंटकर आत्महत्या कर लूं। पवित्र है राजेन जो अपनी आंखों से यह घोर पाप न देख सका। क्यों नहीं तुमने पैदा होते ही मेरा गला घोंट दिया ? और आज यह मुझे सब कुछ देना चाहते हैं ? मैं घृणा करता हूं इस सबसे। नहीं चाहिए मुझे यह सब, मैं अन्तःकरण से इस सबसे घृणा करता हूं। मां ! तुमने मेरे जीवन के ऊपर अन्तिम प्रहार किया है। तुम जो मुझे अब तक ममता की मृगतृष्णा दिखाती रहीं, तुमने मुझे रेगिस्तान में प्यासा तड़प-तड़पकर मर जाने के लिए त्याग दिया है। तुम, जिनसे मुझे मृत्यु की भयानकता में भी अमृत की आशा थी, तुमने मेरा इन सबकी अपेक्षा सबसे अधिक अपमान किया है। ये लोग हंसते थे कि मैं दरिद्र था, लेकिन तुमने मुझे कहीं का नहीं रखा। आज संसार में भगवती कहीं भी मुंह दिखाने के काबिल नहीं रहा।'

सुन्दर ने कुछ नहीं कहा। ज़मींदार साहब ने कहा—'बेटा...यह सब तुम्हारा है...'

और लवंग के मुंह से निकल गया—'पिताजी...!!!'

शब्द हथौड़ों की चोट की तरह टकराकर अट्टहास कर उठा। भगवती ने सुना और वह तीर की तरह उस कमरे से बाहर निकल गया। गांव की औरतें रोने के लिए आ गई थीं। पण्डित उन्हें भीतर ला रहा था।

उस कोलाहल में लीला ने देखा—भगवती चला गया था...वह रो उठी।

18

पेड़ों की सघन छाया में वे दोनों बातें करते-करते बैठ गए। ऊपर एक छोटी तारिका निकल आई थी। पेड़ों के उस पार धुंधलके में अभी कैम्प के सफेद-सफेद डेरे दिखाई दे रहे थे। सांझ की वेला में धीरे-धीरे कहीं-कहीं से धुआं उठ रहा था और कोई-कोई गीत आकाश में पंख फैलाकर उड़ रहा था, जैसे बंजारों की कोमल मर्मर हो अथवा सागर की लहरों का संकुल स्वर थिरक रहा हो।

कॉलेज के ईसाइयों का यह एक बड़ा कैम्प लगता था। इस काम के लिए यह एक पार्वत्य स्थान चुना गया था।

रानी ने अपने क्रम को जारी रखते हुए कहा—'विनोद ! कैम्प धर्म के नाम पर लगा है। बड़े-बड़े गोरे पादरी आए हैं। नित्य दुःखी मनुष्यों के लिए प्रार्थना मांगी जाती है। किन्तु वास्तव में लड़के और लड़कियां क्या करते हैं? मैं तो देखती हूं कि उन्हें यह सुन्दर स्थान, यह जंगल अपनी वासनाओं को तृप्त करने को ही मिले हैं। जहां वे, आजीवन जिसने नारी को छुआ भी नहीं, उस ईसा की प्रार्थना करते हैं, वहीं वे अंग्रेज़ी सभ्यता की पोली ढोल बजाने में लगे रहते हैं।'

विनोद ने सिर हिलाकर स्वीकार किया। रानी कहती गई—'क्या यौन वासनाएं अन्त की पहली उत्तेजना है? क्या इसी तृप्ति में समस्त प्रेम भरा पड़ा है? किन्तु ये लोग करते ही क्या हैं?'

विनोद उलझन में पड़ गया। वह समझ नहीं सका कि रानी ने इस एकांत में उससे एक ऐसी बात क्यों छेड़ दी कि जिसपर कोई भी स्त्री अकेले तो क्या सबके बीच में भी बात नहीं करती। पुरुष की वही प्राचीन मूर्खता ऐसे समयों

पर काम आने लगती है। सहज ही उसने अपनी सिद्धि के उपकरणों को दैवी समझ लिया। उसे ऐसा प्रतीत हुआ जैसे वह अत्यन्त संकोची था। तभी रानी उसे कचोट रही थी। चारों ओर अनन्त सौन्दर्य है, मनुष्य का हृदय यदि यहां भी प्यार नहीं कर सका तो फिर उसमें अनुभूति की चेतना व्यर्थ है।

रानी ने प्रश्नसूचक दृष्टि से विनोद की ओर देखा। विनोद ने कहा—'रानी ! मनुष्य जब प्रकृति की गोद में आता है तो उसके बंधन, उसका कलुष स्वयं पीछे छूट जाता है।'

रानी हंसी। उसने कहा—'तो ये सब अब प्रकृति के पुजारी हो गए हैं ? मैंने तो ऐसे-ऐसे लोगों को न जाने क्या-क्या करते देखा है। सच बड़ी घृणा होती है।'

विनोद हंस दिया। उसने तरल आंखों से उसे घूरते हुए कहा—'तुम तो पागल हो। संसार में अनेक पुरुष हैं, अनेक स्त्रियां हैं। कहां तक तुम उन सबको ठीक और गलत सिखा सकोगी ? वे सब अपने को सुखी बनाने का प्रयत्न करते हैं।'

'सुखी ?' विद्रूप से रानी के अधर फड़क उठे। उसने कहा—'तो क्या यही सुख है ?'

'सुख तो यही है रानी। आनन्द वास्तव में कुछ और है।'

रानी ने दृढ़ता से कहा—'किन्तु हम गुलाम हैं...'

'यह तो ठीक है,' विनोद ने बात काटकर कहा—'किन्तु यह तो अन्तिम उत्तर नहीं। चाहे मनुष्य स्वतन्त्र हो, चाहे गुलाम, जहां उसकी शारीरिक वासनाओं का प्रश्न है वहां वह समान है। अगर शासक प्यास लगने पर पानी नहीं पिए तो वही हाल उसका होगा जो प्यासे शासित का। शरीर तो दोनों का एक है। यदि दैहिक कार्य रोक दिए जाएं तो गुलाम क्षण-भर भी जीवित नहीं रह सकता'

रानी निरुत्तर हो गई। विनोद ने बिलकुल ठीक कहा था। यदि गुलाम को भूख लगनेवाली चेतना है तो मनुष्य-शरीर में होनेवाली समस्त चेतना का वह उत्तराधिकारी है। यदि यह न होता, तो फिर...फिर वह किस एकता और साम्य के बल पर अपने को स्वतन्त्र करना चाहता ?

गुलामी और आज़ादी के लिए सबसे पहले एक शरीर की आवश्यकता है, मनुष्य की देह की, जिसके बिना, न कला है, न विज्ञान। उस शरीर का प्राकृतिक

नियम है वासना का वेग और फिर वह भी एक भूख है जिसे पूर्ण करना, मिटा देना, मनुष्य का सहज स्वभाव है।

रानी नै पराजित होकर स्नेह से उसकी ओर देखा। विनोद मुस्कराया। देर तक वे चुपचाप बैठे रहे, चोरी-चोरी एक-दूसरे को देखते रहे और फिर दोनों ही ऐसे परिचित-से हो गए जैसे दोनों में कोई भेद न था। विनोद का हृदय भीतर ही भीतर बज उठा। हवा का ठंडा झोंका प्राणों में एक स्पन्दन-सा भर गया। उसने कहा—'रानी !'

रानी ने कुछ नहीं कहा। केवल उसकी ओर देखा और बड़े-बड़े नयनों में एक तरल-सी मुस्कराहट छा गई। क्षण-भर में जैसे वह सचमुच व्याकुल हो उठी थी।

विनोद ने रानी का हाथ पकड़कर उसे धीरे से दबा दिया। रानी के मांसल कपोलों पर एक लाल रेखा कुटिल गति से सरककर कानों के पीछे जाकर खो गई। वह कुछ उन्मन थी। विनोद इसे देखकर भी देख नहीं पाया, क्योंकि उसने उसे न देखने में ही श्रेय समझा।

रानी निर्विवाद नीरवता से खड़ी रही। फिर उसने उसकी ओर देखा। विनोद हार चुका था। एक बार रानी के मन में आया—कैसा अपमान? कैसा प्रतिशोध? क्यों यह सौन्दर्य, यह प्रकृति का अपरूप उच्छृंखल कोष, केवल अपनी प्रतिहिंसा में खो देना होगा?'

अचानक ही नारी का हाथ पुरुष के हाथ में दब उठा—एक मांसल दबाव, जिससे रोम-रोम जल उठे।

हठात् रानी चैतन्य हो गई।

विनोद को आतुर होते देखकर रानी ठठाकर हंस पड़ी। विनोद भय से दो पग पीछे हट गया। वह रानी के इस अनुचित व्यवहार को तनिक भी नहीं समझ सका। क्षण-भर ठिठका-सा खड़ा रहा और उसकी आंखों के नीचे एक काली छाया-सी घूम गई। वह चुपचाप खड़ा रहा। फिर रानी ने उसे स्नेह से देखा। छाया धुल गई।

रानी भाग चली, विनोद उसके पीछे बेसुध-सा दौड़ पड़ा। राह में निर्झरी कल-कल नाद करती बह रही थी। रानी दौड़कर उसके किनारे उगी घास पर लेट गई और हंस उठी। एक बार विनोद भी ठठाकर हस पड़ा, जिसकी प्रतिध्वनि करता हुआ पहाड़ भी एक बार बोल उठा।

विनोद घास पर लेट गया और उसने टकटकी बांधकर रानी के मुंह को देखा ! सुन्दर नहीं है रानी ! कौन कह सकता है ?

वासना ने दिखाया—कितनी मांसल है, कितनी चिकनी है और क्या चाहिए तुझे। उन्माद ने कहा—देखता नहीं यह यौवन है, इसका वेग महानदी है, क्षीण निर्झरी की प्रतारणा में भूलनेवाले ये नहीं, ये कभी नहीं है। उच्छृंखलता ने कहा—पुरुष वह है जो नारी को अपने अंक में लेकर बेसुध कर दे।

रानी हंस रही थी। कितना खेद था उस किलकारी में, जैसे शैशव का अबोध लावण्य मुखरित यौवन की दोला पर आरूढ़ होकर झनझना उठा हो। हाथों के स्पर्श से लहरियों में मानो यौवन का रस बहा जा रहा था। वह कोमल हथेलियां, कितनी लालिमा है उनमें ? जैसे कोमल-कोमल किसलय का दल हो। घर और बाहर, कहां है ऐसा स्वर्ग ? यह साक्षात् हालीवुड की अभिनेत्री-सी, जो आंचल की सुध-बुध भूले, खेल रही है, क्या इसके... इसके अधर उफान के लिए व्याकुल नहीं हो उठे हैं, क्या इसका यौवन अमृत बनना नहीं चाहता ?

विनोद ने रानी का हाथ पकड़कर कहा—'रानी ! वह देखो ! सुदूर वह सब कितना अच्छा लगता है ! क्या ऐसी ही शान्ति हमें कभी कैंप में भी मिली है ? वहां असाम्य है, घृणा है, विद्वेष है; यह साम्य, यह स्वर्ग, यह आनन्द, वहां कहां ? असम्भव ! ओह ! कितना उन्माद ! कितना सौन्दर्य ! और क्या चाहिए मुझे रानी ! आज मेरे जीवन का सबसे बड़ा वरदान मेरे साथ है। आज मैं कुछ नहीं चाहता। सब कुछ है, मेरे लिए सबसे बड़ा सौन्दर्य तुम हो, तुम मेरे लिए सबसे बड़ा आकर्षण हो।

रानी ने हंसना बन्द कर दिया। आंखें तरेरकर विनोद की ओर देखा, जैसे उसे विश्वास नहीं था, वह रंग में भंग देखना नहीं चाहती थी।

विनोद समझा नहीं। उसने अचकचाकर कहा—'सच कहता हूं रानी ! तुम्हें विश्वास नहीं होता ? लेकिन तुम्हें यह नहीं भूलना चाहिए कि मैं विनोद हूं, मैंक्सुअल नहीं।'

'विनोद !' रानी ने गम्भीरता से अधिकार के स्वर में कहा। चारों ओर जैसे

विष ही विष बरस रहा था। यदि मनुष्य का अपना हृदय कलुष से भरा है, तो संसार में रूप मिथ्या है, प्रकाश एक धोखा है। जो आंखें आनन्द देखती हैं वे अंतस्सुख है, बहिरागत नहीं।

विनोद अवाक् देखता रहा। यह पल में क्या से क्या हो गया? वह स्थिर दृष्टि से अवरुद्ध-सा रानी की ओर देखता रहा।

'विवाह करोगे?' रानी ने व्यंग्य से पूछा।

विनोद ने कुछ उत्तर नहीं दिया। उसका मन खट्टा हो गया।

रानी हंसी। उस हंसी में घृणा का विष था, जैसे उसकी आत्मा की परितृप्ति संसार का सबसे बड़ा अपमान था। विनोद विक्षुब्ध-सा देखता रहा। वह रानी के इस भयानक परिवर्तन को देखकर इतना अधिक अनुभव कर सका कि क्षण-भर के ढूंढ़ने पर भी उसे कोई शब्द नहीं मिला। रानी ने हंसते हुए कहा—'ईसाई !' और वह पागलों की तरह हंस उठी। विनोद किंकर्तव्यविमूढ़-सा देखता रहा। उसकी समझ से टकराकर सब कुछ लौट गया। उसने चारों दिशाओं से वही घृणा का हास्य टकराकर लौटता हुआ सुना जिसपर उसका अपमान द्रिम-द्रिम करके थिरक रहा था...।

19

खट से मोटर मोड़ पर रुकी। लीला ने बत्ती बुझा दी। अन्धकार गहन हो गया। एक छायामूर्ति इधर-उधर घूम रही थी। वह व्यक्ति पास आ गया। लीला मोटर में से उतर आई। वह कांपते स्वर से बोल उठी—'भगवती !'

गन्तुक ने गम्भीर स्वर से कहा—'लीला !'

लीला अन्धकार में ही सिहर उठी।

दोनों एक पत्थर पर जा बैठे। हवा मतवाली हो रही थी। ठंड पड़ रही थी। दोनों एक पेड़ की छाया में थे। कुछ ही देर बाद कुहरे ने मोटर को धुंधला कर दिया।

लीला कांपते-कांपते बोली—'तुम आ गए भगवती! मुझे तुम्हारे आने की तनिक भी आशा न थी। मैं तो समझी थी, मैं तो समझी थी...जाने दो, तुम आ गए।'

उसने एक लम्बी सांस ली। भगवती ने पूछा—'तुम इतनी उत्तेजित क्यों हो?'

'उत्तेजित नहीं हूं। सच, मेरा हृदय आज फट जाएगा। इतने दिन उसमें केवल तुम थे और उसे संकुचित करनेवाला अभिमान था, आज उसमें हर्ष भी अकुला उठा है। ओह ! पागल !'

'पगली!' दोनों हंस पड़े, इतने धीमे कि वे ही एक-दूसरे को सुन सकें।

भगवती कहने लगा—'लीला ! आज मैं व्याकुल हुआ जा रहा हूं। जानती हो, मैंने जीवन में सब तरह के स्वप्न देखे हैं, किन्तु यह कभी नहीं देखा कि कोई मुझे प्यार करेगा, और एक दिन कोई मुझसे अभिसार करने आएगा। ओह ! कितना परिवर्तन ! न जाने कितने तूफान झेलने हैं कि आज मैं यहां आ ही गया हूं। तुम एक कैप्टेन की लड़की और कहां मैं एक...जाने दो लीला ! जीवन की विषमताएं सदा बनी रहती हैं। तुम टूर्नामेंट हो पाईं? तुम कुछ जल्दी कैसे आ गई हो?'

'जी नहीं लगा वहां,' लीला ने हंसते हुए कहा। भगवती ने देखा, लीला की आंखें जल रही थीं। मुंह पर वासना की एक मीठी हिलोर थी। शरीर जैसे ताप से फुंक रहा था। लीला ने देखा, आज भगवती अभिभूत हो रहा था। वह उसे निरन्तर पलक डाले बिना देख रहा था। दोनों देर तक एक-दूसरे को देखते रहे।

भगवती ने लीला का हाथ पकड़ लिया। लीला ने कुछ आपत्ति नहीं की। फिर दोनों के होंठ एक-दूसरे की ओर झुकने लगे। दोनों ने अपने होंठों के ऊपरी भागों पर गर्म श्वासों का अनुभव किया। अचानक ही भगवती हट गया। लीला ने हठात् आंखें खोल दी। 'क्षमा करो लीला,' भगवती कह उठा—'तुम मेरी कभी नहीं हो सकोगी। फिर इस क्षणिक सुख का क्या होगा? इस व्यभिचार के बाद भी समाज वैसा ही रहेगा। मुझे क्षमा करो। मैं क्षणिक आवेश में क्या से क्या कर गया होता ! उफ !'

'भगवती,' लीला ने रुआसी होकर कहा—'तुम यों मेरा अपमान नहीं कर सकते।'

'अपमान !' भगवती ने कहा—'लीला, यदि नारीत्व के प्रति श्रद्धा प्रकट

करना अपमान है तो वह वैसा ही बना रहे। क्या तुम अपने-आपको मशीन समझती हो, जिसे पुरुष अपने आनन्द के लिए जब चाहे चला ले? नारी भूमि है, पुरुष बीज है। केवल प्रतिकृति के लिए जो प्रकृति ने अपना नियम बनाया है, मैं नहीं चाहता कि हम उसका दुरुपयोग करें।'

लीला गम्भीर हो गई। उसने व्यंग्य से कहा—'ब्रह्मचारी!'

भगवती कहता गया। 'आज मैं तुम्हारे साथ पहली बार बैठा हूं। नारी के इतने निकट मैं कभी नहीं बैठा था। आज वही पुरुष की आदिम निर्बलता मुझमें झलक उठी थी। लीला! तुम्हें विस्मय और क्रोध दोनों ही सता रहे हैं, किन्तु तुम सोच भी नहीं सकतीं कि अपने ऊपर मैंने कितना संयम करना सीख लिया है। एक दिन किसीको मोटर में बैठे देखकर मेरी इच्छा होती थी कि मैं भी बैठूं। किन्तु अभाव ने मुझे निराश कर दिया। उस निराशा की ग्लानि में मैंने अपनी तृष्णा के अहंकार को कुचलना प्रारम्भ किया। तुम युवती हो। तुम्हारे हृदय में रोमांस है। किन्तु समाज ने मुझे उससे वर्जित कर दिया है। मैं तुम्हारा अपमान नहीं करना चाहता।'

'भगवती! तुम भूल करते हो। किसी भी नारी को किसी भी नर को स्वतन्त्रता से प्रेम करने का अधिकार है। समाज उनके हृदयों को नहीं बांध सकता।'

'समाज व्यभिचार की आज्ञा देता है। प्रेम को यदि समाज स्वीकार नहीं करता तो वह भी केवल व्यभिचार है। समाज ने वास्तव में हमारे हृदयों को बांधा है, जीवन को रुद्ध कर दिया है। मैं इस समाज में स्वच्छन्द प्रेम को ठीक नहीं कह सकता। यहां स्वच्छंदता है ही नहीं। स्वच्छन्दता में कलंक का विषाद नहीं है। तुम जानती हो विवशता क्या है?'

'मैं स्त्री हं, इसलिए यह समझना मेरे लिए अधिक कठिन नहीं।'

'नहीं,' भगवती हंसा, 'तुम नहीं जानतीं। तुम्हें सब कुछ प्राप्त है, केवल यौनवासनाएं अतृप्त हैं! विवाह होने पर वह भी उतनी नहीं रहेंगी। लीला! तुमने...तुमने कभी भूख के बारे में भी सोचा है?'

लीला मूक बैठी उंगली से ज़मीन कुरेदने लगी। भगवती भी चुप हो गया। वायु तेज़ी से भाग रही थी। ठंडी-ठंडी स्पंदनमयी चेतना उस अंधकार

में आलोड़न-विलोड़न कर रही थी। एक ही स्वर व्याप्त हो रहा था। उस सन्-सन् की भयद ध्वनि में दोनों निस्तब्ध चिंतामय बैठे थे। दूर तारे रेंग रहे थे, धुंधले-धुंधले......

लीला ने कुछ देर बाद कहा—'भगवती, मैं तुम्हें समझ नहीं सकती।'

भगवती ने कहा—'विवशता ने मुझे कोमल बना दिया है। वह कोमलता भी एक ऐसी जड़ता बन गई है कि तुम्हें वह निष्ठुरता लग रही है। मैंने तुम्हारी उपेक्षा की। तुम्हें भूलने का प्रयत्न किया। मां का विषाद, गरीबी, इन्दिरा का स्नेह और अनेक रूपों में यह बहता हुआ जीवन ; न जाने क्यों घृणा करके भी तुम्हारे स्नेह के आगे मन हार गया। मैंने तुम्हें भूलने का जितना प्रयत्न किया, उतनी ही तुम मेरे निकट आ गईं। मैंने हफ्तों तुम्हें चांदनी रात में मुझे बुलाते देखा है। एक दिन रात का एक बज गया और मैं बैठा-बैठा नहर के किनारे अपने हृदय को उस विराट शान्ति में डुबा रहा था। लीला ! स्वप्न कितने मधुर होते हैं, किन्तु जागरण कितना विषम ! तुम्हारी प्रतिमा लैब के धुंधलके में छाया बनकर मेरी आंखों के आगे नाचा करती थी। किन्तु वह शीशा टूट गया है। परीक्षा आ गई है, विद्यार्थी-जीवन का अभिशाप सिर पर मंडरा रहा है। एक ओर तुम थीं, ज़मींदार का प्रबन्ध था, स्वर्ग था, किन्तु मेरा अपमान था, पराजय थी, घृणा थी; दूसरी ओर मेरा जीवन था नरक ! लेकिन मुझे क्षमा करो लीला ! स्वार्थ ने मेरे प्रेम को पराजित कर दिया। मैंने देखा कि मेरे पास यह साफ़ कपड़े भी नहीं होते, तो तुम मेरी ओर कभी भी नहीं देखतीं। तुम लीला ! किसी आई० सी० एस० से विवाह करके पार्टियों में घूमोगी और मैं जो स्कालरशिप और ट्यूशन के बल पर पढ़ रहा हूं, बिना निर्ममता के कुछ नहीं होऊंगा। पुरुष का सुख धन है, स्त्री का सुख धनी पुरुष। सारा प्रेम यहीं समाप्त हो गया। किन्तु मेरे लिए एक यह तपस्या थी। मैंने जहां-जहां तुम्हारा नाम लिखा था वहीं से मिटा दिया। तुम्हारे नाम से घृणा करने लगा।'

भगवती चौंक उठा। लीला हाथों से मुंह छिपाए सिसक रही थी। उसने रोते-रोते कहा—'भगवती ! यह तुमने क्या किया ?'

भगवती ने निर्विकार स्वर से कहा—'मेरी अंधेरी रात मेरे लिए अधिक मूल्यवान है। किन्तु तुम दूर की तारा बनकर टिमटिमा उठी थीं। मेरा अपनेपन

का स्वार्थ उतना ही उचित है जितना तुम्हारा प्रेम।' लीला !' भगवती ने उसके हाथों को पकड़ लिया। वह घुटने के बल नीचे बैठ गया और उसने कहा—'लीला ! मैं जानता हूं कि घनी होने से ही तुम मानुषी नहीं हो, यह कहना ठीक नहीं। मैं जानता हूं कि तुममें नारीत्व की वही अमोल तृष्णा है। फिर भी मेरी अवस्था देखो। तुम मुझे प्यार करती हो, क्योंकि कोई स्त्री सचमुच इतना सब कुछ जानकर भी मुझे अपना बनाने का प्रयत्न नहीं करती। इसीलिए तुम्हारी दया चाहता हूं। मुझे क्षमा करो।'

लीला बिलख रही थी। उसने केवल एक बार कहा—'भगवती !' भगवती उसके घुटनों पर सिर रखकर सिसक उठा। लीला ने देखा, वह अभिमानी जो कहीं नहीं झुका, सारी विषमताओं के रहते हुए भी पराजित हो गया था, क्योंकि लीला के स्नेह को उसने स्नेह के रूप में स्वीकार कर लिया था। लीला उसके बालों को अपने हाथों से सहलाती हुई कहने लगी—'तुम्हारा वास्तव में कोई दोष नहीं है। मैंने ही एक दिन अपने स्वार्थ के लिए तुम्हारी प्राग को भड़का दिया था और उसीके प्रतिफल तुमने मुझे ठुकरा दिया हैं। लेकिन मेरी एक बात मानो। अन्तिम प्रार्थना है। बस, एक बार, मेरी ओर देखो !'

लीला ने अपने हाथों से भगवती का सिर उठा दिया और उसे देखने लगी। उसने उसकी दृष्टि में अपने-आपको खोजा। क्षण-भर उसके आंसुओं में उसे अपना ही प्रतिबिम्ब जान पड़ा। फिर धीरे-धीरे अपना मुंह झुका दिया। भगवती निर्लिप्त-सा प्रशांत बैठा रहा। लीला के श्वासों ने भगवती के होंठों को गर्म कर दिया। भगवती चौंककर हट गया। वह चीख उठा—'नहीं, नहीं, लीला ! अब नहीं ! इसकी तृष्णा अब मुझमें नहीं है। मैं अब इतनी स्पर्धा भी नहीं कर सकता।'

लीला चिल्ला उठी—'भगवतीऽऽऽऽ...'

भगवती हटता गया। वह कह रहा था—'नहीं लीला ! मुझमें इतना बल नहीं है। मुझमें इतना अभिमान भी नहीं। नहीं, नहीं, मुझे जाने दो......'

लीला फिर पुकार उठी—'भगवती'...उसकी आवाज़ गूंज उठी, किन्तु भगवती अंधेरे में खो गया था।

लीला अपनी 'मर्सीडीज़ बेन्स' के 'स्टियरिंग-व्हील' पर दोनों हाथ

टिकाकर, उसपर सिर रखकर, फूट-फूटकर रो उठी। ऐश्वर्य का अभिमान अभिशाप बनकर असत्रों के रूप में टपक-टपककर नीचे गिर रहा था।

20

आज ईसाइयों की एक बड़ी महत्त्वपूर्ण सभा थी। इस प्रस्ताव की चर्चा प्रत्येक मुंह पर थी कि ईसाइयों के अतिरिक्त अन्यधर्मा विद्यार्थी भी 'विद्यार्थी-ईसाई-सभा' में सदस्य बन सकें। कुछ मालूम नहीं पड़ रहा था कि नतीजा क्या निकलेगा। हॉल भर गया। लोगों में कुछ मज़ाक-सा हो रहा था। लड़कियां भी बैठ गईं। प्रार्थना के बाद जब आत्माएं पवित्र हो गईं तो सभापति ने उठकर कहा—'माननीय सज्जनवृन्द ! आप लोगों के सामने आज एक प्रस्ताव रखा गया है। इसकी प्रस्तावना करनेवाले हैं मिस्टर राजमोहन और इसका समर्थन करनेवाली हैं मिस रानी रेनाल्ड। प्रस्ताव यह है कि 'विद्यार्थी-ईसाई-सभा' में कॉलेज के अन्यधर्मी विद्यार्थी भी सदस्य बन सकें, क्योंकि सांप्रदायिकता भारत में विष-वृक्ष का बीज है। प्रस्ताव में कुछ कठिन बात नहीं है। इससे हानि-लाभ दोनों ही हैं। इसके लिए मैं प्रस्तावक मिस्टर राजमोहन से अपने मत के प्रतिपादन के लिए प्रार्थना करूंगा।'

लोगों की निगाहें राजमोहन की ओर खिंच गईं। वह उठा, झुका और फिर सीधा खड़ा होकर पेंसिल हाथ में लेकर, उसने अंग्रेजी में कहना शुरू किया—'माननीय बंधुगण ! आज आपके सामने मैं यह प्रस्ताव रखने की धृष्टता कर सका हूं। आशा है आप खुले दिमाग से सुनेंगे। हम आज ऐसे कगार पर खड़े हैं जहां से हमें आगे और पीछे—दोनों ही दुनियाओं का डर पड़ा है। बूढ़े पीछे खींचते हैं और उन्हींका खून होने के कारण जवान भी आगे बढ़ने में डरते हैं। हमारे समाज के आज कई अंग बन गए हैं। पुरानी बातें नई बातों के चक्कर में पड़कर ऐसी बिगड़ गई हैं कि अब सफेद और काले को शीघ्र ही अलग-अलग नहीं किया जा सकता। इस प्रकार दो सभ्यताओं में एक संघर्ष व्याप्त हो गया है। एक ग्राम माध्यम के नष्ट होने पर एकता का ह्रास हो जाता है। मनुष्य सदा से उस ऐक्य को बनाने की चेष्टा करता रहा है। नये-नये धर्म

केवल उस आत्मिक संगठन को एकरूप करने उठे हैं और अधिक बहुरूप करके असफल हो गए हैं।

हमारी सभा एक धार्मिक बन्धन पर खड़ी हुई है। लेकिन धर्म मात्र ही कितना असफल है, यह आज कौन नहीं जानता? कालेज संस्कृति का केन्द्र है। यही जीवन का केन्द्र होना चाहिए, यहीं से सब बहना चाहिए। अभाग्य से यहां अधिकाधिक सांप्रदायिकता फैलती जा रही है।

हम लोग ईसा के अनुयायी हैं, जो अहिंसा का पुजारी था। लेकिन आज वे उपदेश केवल रूढ़ि बन गए हैं और उनके पीछे हम आंख बन्द करके भटक रहे हैं। इस मशीन-युग ने हमें कल की बहुत-सी बातों से मुक्त कर दिया है। माध्यम एक ऐसी वस्तु है जो सर्वसाधारण के लिए एक हो। धर्म भी एक माध्यम है। यदि धर्म का अर्थ विश्वसमाज की सेवा है, सत्य की खोज है, तो किसी भी धर्म की बुनियाद एक ही है, क्योंकि सभी की प्रेरणा एक है, स्वरूप भिन्न और कार्य सब उल्टे। इसीलिए मैं कहता हूं कि भेद संस्कृति के कारण होते हैं। प्रकाश सबको एक लगता है। हमारी सभा ने इसके विपरीत एक वर्गीकरण करके एक असामंजस्य का उत्पादन किया है। अन्यधर्मा लड़के-लड़कियां इसे विवाह-घर के रूप में लेते हैं। हमें बन्धनमुक्त हो जाना चाहिए। इसलिए हमें अपनी राह अधिक-से-अधिक खोलनी होगी। पथिक को पथ का विश्वास चाहिए, अन्यथा पग कभी सुस्थिर नहीं होगा। पगडंडियों से चलनेवाला सदा शंकित रहता है।

प्रस्ताव तो आपने सुन ही लिया है। सांस्कृतिक ऐक्य की बुनियाद डालने का अपना अधिकार आपको याद रखना पड़ेगा। धन्यवाद !'

राजमोहन बैठ गया, लेकिन लोग नासमझ-से देखते रहे। उसे इस बात का दिल में सख्त अफसोस रहा कि किसीने ताली नहीं बजाई।

एक व्यक्ति समाज सुधारने का ठेका लेकर चुंगी के दारोगा की शिकायत भेजता है। दारोगा उसपर, उसके मकान में, खुचड़ निकालकर, जुर्माने करा देता है। तब वह व्यक्ति सेवा से घबराकर काम छोड़ देता है। यही हाल राजमोहन का हुआ। उसे अपने ऊपर कोफ्त होने लगी। वह एकदम चुप हो गया।

सभापति ने कहा—'अब आप लोगों में से किसीको यदि दूसरे पक्ष का

प्रतिपादन करना हो तो बोलें।'

आशाओं के विरुद्ध विनोद उठा। लोग एकदम स्तम्भित हो गए। कौन, विनोद बोलेगा? मैक्सुअल में जान पड़ गई। लोगों को ऐसा ही विस्मय हुआ जैसे जगत्-विजयी सिकन्दर को अन्त में जंगलियों अथवा आर्यों से पिटते देखकर हुआ था। एक फुसफुसाहट मच उठी। लेकिन विनोद उठकर बोलने लगा—'बन्धुगण ! मेरे मित्र मिस्टर राजमोहन ने अभी प्रस्ताव का दार्शनिक पहलू समझाया। मुझे इस बात की प्रसन्नता है कि तिल की प्रोट में पहाड़ भी छिप सकते हैं, फिर भी पहाड़ और और चूहे की कहानी हमें नहीं भूलनी चाहिए।'

सब हंस पड़े और व्यंग्य से विनोद ने राजमोहन की ओर देखा। विनोद कहता गया—'जीवन के दो पक्ष सदा रहे हैं और बने रहेंगे। किन्तु आपको याद रखना चाहिए कि अंधकार समय-असमय नहीं देखता, वह एकदम से टूट पड़ता है। मैंने भूल से राजनीति में भाग लेने का प्रयत्न किया था, किन्तु वास्तव में ईसाई के लिए धर्म ही सब कुछ है। यह धर्म उस मनुष्य की कहानी है जिसने अपने रक्त और मांस का संसार के लिए बलिदान दिया था। राजनीति क्षणिक है, कल यह इतिहास बन जाएगी। किन्तु धर्म एक विशाल सुदृढ़ चट्टान की भांति खड़ा रहेगा।'

फिर करतलध्वनि हुई। विनोद बिना मुस्कराए कहता गया—'आखिर क्या कारण है कि आज संसार में ईसाइयों का प्रभुत्व है, हमारा बादशाह ईसाई है ! और सोवियत रूस से लोग क्यों इतनी घृणा करते हैं? क्योंकि ईश्वर न्यायप्रिय है, वह सदा सत्पथ की ओर प्रेरणा देता है। अंग्रेज़ों ने हमें आकर मनुष्य बनाया। हमें बराबरी का संदेश दिया। अभी तक मैं धर्म से दूर था, तभी भटक रहा था।'

राजमोहन टोककर खड़ा हो गया। बोला—'सभापति महोदय ! मैं निवेदन करता हूं कि वक्ता से व्यर्थ का जीवनचरित सुनाने का निषेध करें। यहां मोक्ष का प्रश्न नहीं है।'

समस्त समुदाय ठठाकर हंस पड़ा। सभापति ने कहा—'जारी कीजिए।

राजमोहन काला पड़ गया। मैक्सुअल चिल्ला उठा—'हियर ! हियर !!' विनोद बोलने लगा—'बन्धुओं! अभी मेरे एक मित्र ने आक्षेप किया कि मैं व्यर्थ की बातें कर रहा हूं। किन्तु उन्होंने मुझे गलत समझा है। मेरा कहना ही यह है

कि यह सभा एक धार्मिक संगठन है, न कि विवाह-घर। अपने-अपने धर्म को अपने-अपने लोग संभालें। हमने सबका ठेका नहीं लिया है। यदि वे रूढ़ियों को छोड़कर ईसाई हो जाएं तो हम उनकी भी चिन्ता किया करें। मनुष्य का जीवन उत्थान और पतन की एक धार्मिक प्रणाली है। यहां हम नये-नये रूप लेकर ईसा के शरणागत हैं। मनुष्य अपने को उठाने के प्रयत्न में लगा रहता है, इसीमें गिरता भी है। मनुष्य भावनाओं का केन्द्र है। कभी अच्छे भाव उठते हैं, कभी बुरे। ईश्वर मनुष्य का भाग्य धर्म के अनुसार बनाता है, तभी हिन्दू और मुसलमान आज गुलाम हैं और उसी भारत में रहकर हम ईसाई स्वतंत्र हैं। किन्तु सबके विचार एक-से नहीं रहते, तभी एक न एक भेड़ भटक जाती है।

'अतः मुझे कुछ बातें आपके सामने प्रश्नों के रूप में रखनी हैं और उनके परिणाम भी बताने हैं।'

'हमारी सभा धार्मिक है, जब अन्यधर्मा इसमें पाएंगे, तो इसका स्वरूप क्या होगा? क्या यह बात उचित है कि सभा को गप्प मारने की क्लब बना दिया जाए? आप अन्यधर्मा को किस सिद्धान्त पर निमंत्रण देंगे? क्या आपको विश्वास है कि अपनी बनाई सीमा में फिर विस्तार नहीं होगा? क्या आप समझा सकते हैं कि फिर उन्नति की किस पथ पर प्रेरणा होगी?'

विनोद ने रुककर इधर-उधर देखा। सब प्रभावित थे। वह फिर कहने लगा—'कॉलेज में ईसाई तथा अन्यधर्मा में शिक्षा की बात एक है, बताइए उस समय क्या होगा? धर्म के बिना हमें कला, विज्ञान, राजनीति अथवा क्या है, जो माध्यम बनाना पड़ेगा? जब कुछ नहीं होगा तो गप्पें होंगी। क्या आप इसे सह सकते हैं कि ईसा के पवित्र नाम को फेंककर कुछ अश्लील बातें हो? हम किस सिद्धांत पर एकत्रित होंगे? हमें चाहिए कोई बात जो अपने-आपमें ठोस हो। आज कॉलेज के अन्यधर्मानों का प्रश्न है, कल अन्य कॉलेजों का उठेगा, परसों नगर-भर का। तब सभा कहां होगी? इतनी बड़ी मीटिंग का प्रबन्ध कहां होगा?'

सब हंस पड़े। राजमोहन विक्षुब्ध-सा बैठा रहा। रानी निःस्पंद, शान्त थी।

'और जब हमारे पास कोई बात ही न होगी तो हमें किस पथ पर चलना

होगा? किधर की ओर उन्नति करनी होगी? लेकिन मेरे पास इस सबके लिए एक प्रस्ताव है, जो स्वतः सबसे बड़ा उत्तर है।'

अचानक विनोद की आवाज़ तीखी हो गई और वह कुछ उत्तेजित होकर कहने लगा—'मझे फिर भी कोई विरोध नहीं है। मैं आप लोगों को साफ-साफ समझा देना चाहता हूं। क्षमा कीजिए। आप लोगों को स्थात् यह सत्य कचोट उठे, किन्तु विश्वास रखिए उस प्रकार की यह सभा वास्तव में विवाह-घर बन जाएगी। लोगों को केवल रोमांस का नाकर्षण रह जाएगा। लड़कियों के कारण इतनी भीड़ हो जाएगी कि कुछ पता नहीं चलेगा। हरएक गुण्डा अपने को भर्ती करा लेगा। उसकी ज़िम्मेदारी कोई भी नहीं ले सकेगा। लड़कियां बिगड़ जाएंगी। चाय उड़ेगी, सिग्रेटों का धुआं उड़ेगा और उसके साथ ही धर्म भी उड़ जाएग। फिर सभा कई भागों में विभक्त हो जाएगी और आप बदनामियों के बोझ से दबकर लंगड़े हो जाएंगे। मैं कहता हूं, दरवाज़ा खोल दो, लेकिन लड़के-लड़कियों को अलग-अलग कर दो। फिर देखें, सभा के कितने सदस्य बनते हैं।'

विनोद बैठ गया। उसके बैठते ही महान कोलाहल मच उठा। वह ऐसे बोला था जैसे मसीहा कब्र में से उठकर बोला हो। उस कोलाहल में सब अधीरता से ज़ोर-ज़ोर से बातें करने लगे। राजमोहन ग्लानि से कट रहा था, किन्तु रानी प्रशांत बैठी थी। मैक्सुअल अकेला ही हियर-हियर चिल्ला रहा था। जब कोलाहल धीमा पड़ गया तब धीरे से गम्भीरमुख रानी उठी। उसके उठते ही फिर शांति छा गई। उसने कहा—'सभापति महोदय! मिस्टर राजमोहन ने प्रस्ताव का दार्शनिक रूप ही दिखाया था, मैं इसका क्रियात्मक रूप दिखाती हूं। क्या मुझे बोलने की आज्ञा है?'

सभापति की आज्ञा मिलने पर रानी ने पतली, तीखी और चुभती हुई आवाज़ में कहना प्रारम्भ किया—'बन्धुओ! आज इस मशीनयुग में मानसिक और भौतिक रूप एक केन्द्र की ओर चल रहे हैं। दृष्टिभेद के अनुसार ही भेद बनते हैं और मनुष्य इन्हीं कारणों से देश वर्ण और धर्म में बंटता है। आधुनिक सभ्यता यह स्वीकार करने को विवश करती है कि मनुष्य का ईश्वर मनुष्य है, कोई और वस्तु नहीं। संघर्ष आज मानो एक देन होकर आया है—देन—वह देन जो बिना दिए ली जाती है, जिसके प्रारंभ और अन्त में संसार की अरूप

रहस्यात्मकता और दो पैर के कीड़े आदमी का इतिहास ऊंघता-सा पड़ा रहता है। सब सत्यों से ऊंचा सत्य मनुष्य है। मिस्टर विनोदसिंह ने कहा कि हमारी सभा धार्मिक है। हममें से कितने हैं जो जन्म और मत-परिवर्तन से नहीं, कर्म से सच्चे ईसाई हैं? हम लोग केवल ढोंग के सिवा और करते ही क्या हैं? जिस सिद्धांत पर—मनुष्यता के सिद्धांत पर, हम मिले हैं, क्या और लोग उसीपर नहीं मिल सकते? मेरा प्रश्न है—क्या प्रत्येक स्वतन्त्र सभा में करोड़ों सदस्य होते हैं? कई सौ लड़के-लड़कियां साथ पढ़ते हैं। वहां प्रबन्ध हो सकता है, यहां नहीं? क्या कॉलेज में गुंडे नहीं होते? गुण्डापन दमन से दबता है। हम साम्य, प्रेम, सहानुभूति और सत्य के पथ पर उन्नति करेंगे। अंतिम बात भी साफ कर दूं। जब मां-बाप लड़कियों को उनके ऊपर छोड़कर विदेश में पढ़ने को भेजते हैं तब उनके चरित्र का ज़िम्मेदार कॉलेज नहीं होता, मिशन नहीं होता। वे स्वयं होते हैं। कॉलेज में क्या ईसाई लड़के लडकियों से प्रेम की दुश्चरित्रता नहीं दिखाते? जो आज है कल नहीं है, केवल शारीरिक सुखमात्र है। मिशन के अंग्रेज़ पादरी और मेमों की खुशामद के लिए जाओ, वज़ीफे लिए जानो, अंग्रेज़ी ढंग पर कोर्टशिप करके प्रेम करो, छोटी नौकरी करके मर जाओ, जीवन-भर साहब के गुणगान करो, हिन्दुस्तानियों से घृणा करके अंग्रेज़ों को देवता समझो, ईसाई होकर भी कभी उनसे बराबरी करने का साहस न करो, यह मिशन सिखाता है। मिशन ने हमारी हड्डियों की नींव पर साम्राज्यवाद का महल खड़ा किया है। उसने हमारे खून में गुलामी के कीड़े दिए हैं, जो भीतर ही भीतर हमारा ही रक्त चूसकर, हमें खाकर, मोटे हो रहे हैं। मिशन ने हमारी भारतीय परम्परा में एक ऐसा विदेशी विष मिलाया है जिसने हमें हास्यास्पद बना दिया है। कहां है हिन्दू-मुसलमानों के झगड़े दुनिया को दिखाकर हिन्दुस्तान को बदनाम करनेवाले? वही क्या ईसाइयों में नहीं है? मिशन ने दलितों को मनुष्य नहीं बनाया है, मनुष्यता बेचनेवाले जानवरों का समूह बनाया है, जो फिर भी घृणा से दबे हैं; बस अब वे पिंजरे में नहीं चांदी की जंज़ीर से बंधे हैं। मिशन ने धोती की जगह साहब की पुरानी पतलून पहनना सिखाया है। हमारा विश्वास हमारा नहीं रहा। हमने सत्य के लिए उठी

तलवार को स्वार्थों में लिप्त होकर कलुषित विद्रोह कहा है, हमने मनुष्यता का अपमान किया है। संसार इसे कभी भी नहीं भूलेगा।

'आपको अपने ऊपर विश्वास नहीं, तभी अपने घर की स्त्रियों पर अविश्वास है। आप ठीक हैं क्योंकि आपमें गुण्डों का दमन करने का साहस नहीं है। आखिर आप भी तो टट्टी की आड़ में वही शिकार करते हैं। यह समझना भूल है कि हिन्दु-मुसलमानों के रूप और धन से लड़कियां आकर्षित होंगी, क्योंकि ईसाइयों के पास यही नहीं हैं। क्या हिन्दुस्तान की काली औरतें अंग्रेज़ों पर मोहित हैं? हिन्दू और मुसलमान अपनी रूढ़ियों के पाप से दबे हैं, हम भी वैसे ही हैं। हमारा गर्व व्यर्थ है। कुत्ते को सोफे पर बिठाने से साम्य नहीं हो जाता। हमारा भला करने की आड़ में जिन्होंने हमसे मनुष्यता छीन ली, मैं उनसे विद्रोह करती हूं। यदि लड़के-लड़कियां अलग किए जाएं, तो कॉलेज में सहशिक्षा रोक दी जाए, स्वयं ईसाई-सभा में विभाजन हो जाए। फिर देखें कितने धार्मिक हैं। नीचे बहनेवाला हर जगह नीचे बहेगा। और यदि हो सके तो संसार के सब स्त्री-पुरुष अलग-अलग कर दिए जाएं। अविश्वास ही धर्म बने, सत्य केवल विकारमात्र रह जाए।'

रानी बैठ गई। कोई भी सन्तुष्ट नहीं हुआ। जब बाजी हारने पर खिलाड़ी पहुंचने लगता है, तो वह खेल उठाने की सोचता है। नैतिक सत्यवादी मूर्खों में दब जाता है। यही ईसा के साथ हुआ था। रानी के बैठते ही बातें प्रारम्भ हो गईं। मैक्सुअल ने कहा—'हरी ने बड़ा ज़ोर मारा। इश्क हो तो ऐसा हो।' कोलाहल बहुत बढ़ गया। रानी ज्वालामुखी की भांति फुंकार उठी। किन्तु मुख पर विकार न पाकर वही गाम्भीर्य छाया रहा। राजमोहन ने रानी के पास आकर कहा—'आज तुमने इज़्ज़त रख ली रानी बहन ! मुझे तो आशा न थी।'

रानी ने धीरे से कहा—'राजमोहन ! विनोद के पतन के लिए मैं ही ज़िम्मेदार हूं। वह स्वतन्त्र विचारों का था, किन्तु मैंने उसे बेवकूफ बना दिया। मेरा काम हो गया। मैं बदला ले चुकी हूं। सांप को दूध पिलाया है। देखना चाहती हूं, वह फन मारे पत्थर पर और फटकर उसमें से रक्त निकल आए। तुम विक्षुब्ध हो जानोगे, किन्तु मैं तब हंसूंगी।'

सभापति ने उठकर कहा—'और कोई बोलना चाहे तो बोले। बोलने की

यहां पूर्ण स्वतन्त्रता है।'

कोई नहीं बोला। सभापति ने फिर कहा—'तो मैं प्रस्ताव पर वोट लेता हूं। पहले वे हाथ उठाएं जो इसके पक्ष में हों।'

रानी ने हाथ उठा दिया। राजमोहन ने भी कांपता हुआ हाथ उठाया, जैसे महात्मा ईसा के हो हाथ उठे हों, आनेवाली पीढ़ियों को आर्शीवाद देते-से, माता-पिता के हाथ-से...

लेकिन और कोई हाथ नहीं उठा। प्रस्ताव रद्द कर दिया गया।

तीन ही दिन बाद रानी रेनाल्ड और राजमोहन को कॉलेज से डिसप्लिन खराब करने के अपराध में निकाल दिया गया। बोलने की पूर्ण स्वतन्त्रता ने उन्हें स्वतन्त्र कर दिया।

21

लवंग का जीवन क्या है, वह सबके लिए एक समस्या बन गया है। वह चुप रहती है। भगवती को अब वह कभी नहीं मिलती। सारा जीवन प्रायः छिन्न-भिन्न हो गया-सा लगता है। सभी एक-दूसरे से मिलते हैं, किन्तु वह उत्सुकता किसीमें भी नहीं है। मां को अकेली छोड़कर भगवती जब से गांव से फिर कॉलेज में लौट आया है, वह किसीसे नहीं मिलता। उस दिन लीला का हृदय व्याकुल किया था। इन्दिरा को वह सब नहीं मालूम। कामेश्वर भी भगवती से नहीं मिलता। हृदय में सन्देह की गांठ पड़ गई है। राजेन की मृत्यु का शोक अधिक दिन तक किसीके हृदय में नहीं टिक सका। किन्तु कभी-कभी जब भगवती सोने जाता है तो राजेन का मुख उसकी आंखों के सामने नाचने लगता है और भगवती व्याकुल होकर करवट बदलने लगता है।

लवंग को विधवा के वेश में देखकर कॉलेज के लड़कों को कोई शोक नहीं हुआ। वे सब उसे टके सेर समझते थे और इसमें उन्हें कहीं भी अपने विचारों को सुधारने की सहनशीलता नहीं थी।

लवंग का एक अनोखा रूप प्रारम्भ हो गया है। इसे कॉलेज में एक लड़की जानती है, वह है लीला।

राजेन की मृत्यु को प्रायः दो महीने बीत चुके हैं। वह निर्दयी था, उसने वे आभूषण उतरवा दिए, वह सजधज छीन ली और एक प्रकार से उसे नंगा करके चला गया। देर तक लवंग बैठी रहती। चुपचाप कुछ सोचा करती। संध्या की उतरती धुंध में धीरे-धीरे उसकी दृष्टि जाकर लय हो जाती और फिर तन-मन उस अन्धकार में डूब जाते। बसन्त की वह सुलगती वायु झनझनाने लगती। पेड़ में से ध्वनि माती—आ रही हो? और लवंग सूनी आंखों से ऐसे देखती जैसे उसे बुलाया है? सच, विश्वास नहीं होता।

पेड़ों पर बौर फूटती है, यहां तक कि नीम तक में एक सुगन्ध फैल जाती है और धूप सुनहली होती है, दिन कैसे मधुर होते हैं...

रात को आकाश में तारे निकल आते हैं। कितना असीम विस्तार फैल जाता है। उन तारों के बारे में वह कुछ नहीं जानती, किन्तु वे मन की तृष्णा को जगा देते हैं। एक पुरुष था, है करोड़ों मील पार। आज वह पुरुष नहीं है तो अपना मन भी खाली है, शून्य है।

वायु कैसी मतवाली होकर चलती है। सरसों के खेत फरफराते हैं। कल वह उन्हें देखती, उनके फूल अपने जूड़े में लगा लेती। और कोई होता तो उसे बाहु में बांधकर चूम लेता। कितना अच्छा होता वह सब ! पर अब तो व्यर्थ है। वह जो जगह खाली हुई है, वह उसे कैसे भर सकती है !

लवंग चौंक उठी। उसने देखा। समर प्राया था। इतने बड़े संसार में आज उसका कोई नहीं। केवल एक यह ही है जो दुःख में सहारा बना है। कैसा निरीह ! कैसा उदास !

भैया को तो कोई मतलब ही नहीं। सना था, राजेन मर गया और धड़ाम से कुर्सी पर बैठ गए। फिर कहा था—'लवंग ! ज़मींदारी है। घबराओ नहीं। पिताजी के रहते भी और बाद में भी सब तुम्हारी ही है। लेकिन मैं एक राय देता हूं, मानना न मानना तुम्हारा अधिकार है।'

लवंग ने मांख उठाकर देखा। भैया ने कहा—'तुम फिर से कॉलेज लौट जाओ।'

और लवंग कॉलेज लौट आई। मन की एक फांस थी। वह तो अब भी है। जब भगवती की उसे याद आती है तो हृदय व्याकुल हो उठता है। तो क्या

आज वह वास्तविक मालकिन है? कल जिसे उसने नौकर रखने को बुलाया था, आज वह उसका संरक्षक हो सकता

और फिर समर! कितना स्नेहशील है! और फिर भगवती... वह क्या करे? लवंग बार-बार न रोया कर...अभी तो दो ही महीने बीते हैं, जाने कितना लम्बा जीवन पड़ा है...दीर्घ...आज राह सचमुच कंटीली हो गई है...पग-पग पर रेत धधक रही है, पांव जल रहे हैं, और भीतर मन का दीपक अब भी बुझ-बुझकर जल-जल उठता है, जैसे समस्त जीवन, समस्त श्राकुल यौवन, एक लपट है, निराधार शून्य में हाहाकार कर रहा है...

सांझ की बेला थी। 'एकसरि तारा' आकाश में निकल पाई थी। भगवती कॉलेज की फील्ड पर टहल रहा था। एकाएक एक मोटर के हार्न ने उसका ध्यान अपनी घोर आकर्षित किया। देखा, लीला उतर आई थी। वह उसे बुला रही थी। विस्मय हुआ। उपेक्षा पीछे-पीछे चली आई। क्यों आई है? सदा के लिए सब कुछ हो गया, फिर भी इसकी दावा पर अभी घोर वर्षा नहीं हुई।

वह पास गया। लीला ने प्रातुरता से कहा—'भगवती! आज मैंने तुम्हें व्यर्थ नहीं बुलाया।'

'क्यों, क्या बात है?' भगवती ने पूछा। उसने अपने कानों से सुना, उसका स्वर कुछ रूखा था। लीला ने कुछ बुरा माना। उसने कहा—'चलो, मेरे साथ मोटर में। आज ही तुम्हें एक मज़ेदार चीज़ दिखाऊंगी।'

भगवती ने कुछ सोचा। फिर कहा—'चलो।'

भगवती बैठ गया। लीला ने मोटर स्टार्ट कर दी। भगवती को विस्मय हुआ—'आज इतनी हिम्मत कैसे आ गई? दिन-दहाड़े बिठाए लिए जा रही है। आज कोई डर नहीं। कल तक तो बात करने में सांस भिंचता था। किन्तु लीला आदेश में थी। उसने वह सब बिल्कुल नहीं देखा।

एकाएक वह चौंक उठा। उसने कहा—कहां जा रही हो?'

'पार्क की ओर,' लीला ने उसकी ओर देखे बिना ही कहा।

'पार्क की ओर? क्या दिमाग बिगड़ गया है? पार्क की ओर? क्यों? इतनी

निर्भीक !'

सड़क घूमी। लीला ने ज़नज़नाती तेज़ी से गाड़ी ले जाकर एक पेड़ के नीचे खड़ी कर दी और सड़क पर उतरकर कहा—'मेरे साथ आओ।'

भगवती को फिर विस्मय ने काट लिया। लीला तेज़ी से कदम बढ़ा रही थी। झाड़ियां आ गईं। भगवती ने चौंककर पूछा—'कहां जा रही हो ?'

लीला ने धीरे से कहा—'एक बात कहूं ?'

भगवती ने सिर हिलाया।

'आज समर और लवंग इसी पार्क में आए हैं कहीं। ढूंढ़ने पर मिल जाएंगे।

भगवती हठात् गम्भीर हो गया। पूछा—'क्या होगा ढूंढ़कर ?'

लीला सकते में पड़ गई। कैसे कहे। उसने कहा—'तुम नहीं समझते जैसे।'

'समझता हूं, पर समझना नहीं चाहता।' उसका स्वर दृढ़ था।

'जानते हो,' लीला ने कहा—'लवंग कितनी घमंडिनी है। वही तुम्हारे रास्ते का एकमात्र कांटा है।'

'कांटा ?' भगवती ने चौंककर पूछा—'कैसा कांटा ?'

लीला ने कहा—'यदि तुम उसे इस समय लज्जित करते हो तो वह सारी जायदाद तुम्हारी हो जाएगी और जो लवंग एक दिन तुम्हें नौकर रखने का दंभ दिखला रही थी, तुम उसे नौकर रख सकोगे।'

भगवती ने देखा। क्या वास्तव में यह सत्य है ? लीला में यह स्वार्थ क्यों है ? उसने कहा—'लीला ! उससे क्या होगा ?'

'क्यों ?' लीला ने व्यंग्य से कहा—'कल तक तो बार-बार सुनाते थे, मैं गरीब हूं, मैं गरीब हूं और आज जब मौका पाया है तो दूसरी शान दिखलाने लगे कि मैं रईस नहीं होना चाहता, मैं अमीर नहीं होना चाहता !'

'किन्तु क्या दूसरों की निर्बलता का लाभ उठाना चाहिए ?'

'और दुनिया में होता ही क्या है ?'

लीला को मन ही मन क्रोध आ गया। उसने कहा—'अच्छा, मान लो तुम्हें इस सबकी आवश्यकता नहीं, लेकिन क्या घर में ऐसी बात होती रहे और तुम देखते रहोगे ? हिन्दुओं में ऐसा तो नहीं होता।'

भगवती हंस दिया। उसने कहा—'लीला, कोई कुछ करे, हमें क्या? वे सब भी परिस्थितियों के ही दास हैं। मनुष्य में दुर्बलता होना स्वाभाविक है। अब कोई मुझसे कहे—लीला से प्रेम करना छोड़ दो, तो क्या मुझे यही करना चाहिए?'

लीला चौंक गई। उसने कहा—'भगवती! क्या यह तुमने सच कहा है?'

भगवती ने घास पर लेटकर हाथ फैलाते हुए कहा—'तो क्या तुम्हें मुझपर विश्वास नहीं है?'

'विश्वास!' लीला ने सोचा। प्रकट रूप में कहा—'तुमसे अधिक और किसमें मेरा विश्वास हो सकता है?'

'नहीं लीला,' भगवती ने कहा—'तुम मुझे कभी प्रेम नहीं करती थीं। अभी तक जो तुमने किया वह एक गरीब के लिए दया मात्र थी। मैं देखता हूं, जब से यह बात खुल गई है, तुम मुझसे घृणा करने लगी हो......'

बात समाप्त होने के पहले ही लीला ने हाथ रखकर भगवती का मुंह बन्द कर दिया। कहा—'यह तुमने क्या कहा भगवती? मेरे हृदय को टूक-टूक कर डाला। क्या तुम मुझे भी इन्दिरा जैसी ही समझते हो?'

भगवती ने बदलकर कहा—'इन्दिरा की बात जाने दो। उसने कभी मुझे स्नेह के अतिरिक्त आगे और कुछ नहीं दिया। वह कभी मुझसे प्रेम नहीं करती थी। किन्तु तुम? तुमने मुझे प्यार करने की बात कहा था। आज तो वह बात नही रही। तुम तो मुझसे दूर-दूर भागती हो...'

'किसने कहा तुमसे?' लीला आवेश में उसपर झुक गई। 'तुमसे ऐसा किसने कहा'—वह रो रही थी—'तुमने ऐसा सोचा भी क्यों? यदि लीला मूर्खा है तो तुमने उसे डांटकर ठीक क्यों न कर दिया? भगवती, तुमने यह क्या कह दिया? मैं तुमसे कभी दूर नहीं हो सकती, मैं कभी तुम्हें घृणा नहीं कर सकती...।' लीला के हाथों ने भगवती को घेर लिया, 'कोई भी मुझे तुमसे संसार में अलग नहीं कर सकता। मैं तुम्हारे बिना कभी भी जीवित नहीं रह सकती, भगवती, मैं तुम्हें प्यार करती हैं, भगवती,'...और लीला ने जी भरकर भगवती के गाल को चूम लिया, जैसे अंग्रेज़ी सिनेमा में होता है।

भगवती ने कहा—'जीवन कितना सुन्दर है !'

लीला गर्म-गर्म श्वास ले उठी और उसने मादक रक्तिम नेत्रों से भगवती को देखा। क्षण-भर भगवती की आंखों में भी एक छलना नाच उठी, किन्तु उसके बाद वह ठठाकर हंस पड़ा। उसने कहा—'लीला ! यह तुम क्या कर रही हो ?'

लीला ने चौंककर उसे छोड़ दिया। बैठ गई। वह कुछ भी नहीं कह सकी।

भगवती ने करवट लेकर कहा—'क्या हिन्दुओं में ऐसा होता है ?'

इससे ज़्यादा कुछ नहीं। लीला रोने लगी। बहुत रोने लगी। भगवती पड़ा रहा। उसने कहा—'बहुत न रोओ। कहीं इस समय, लवंग ने हमें देख लिया, तो जायदाद मिलने की जो दो-एक उम्मीदें हैं वे भी यहीं खत्म हो जाएंगी।' वह फिर ठठाकर हंस पड़ा। लीला ने चुप होकर उसकी ओर देखा। आंखों में आंसू थे। भगवती ने उसीके आंचल से उसके प्रांसू पोंछते हुए कहा—'कमबख्त निकल आते हैं, वक्त भी नहीं देखते। यह कीमती साड़ी आंसू पोंछते के लिए है ? रहने दो लीला। रोओ नहीं। कोई देखेगा, तो क्या कहेगा ? ऐसे तो गांव की औरतें ससुराल जाते वक्त रोया करती हैं।'

लीला ने क्रोधपूर्ण नेत्रों से उसे देखा और कहा—'मैं तुमसे घृणा करती हूं।'

भगवती ने कहा—'धन्यवाद ! मतलब यह कि दिल से प्यार करती हूं।'

लीला क्रोध से फुंकारती धम-धम करती उठकर चली गई। जब वह झाड़ियों के पास जाकर अदृश्य हो गई, भगवती हंस पड़ा।

इसी समय लवंग उधर से निकली जिधर भगवती की पीठ थी। वह कुछ उन्मत्त-सी थी। उसने देखा, भगवती अकेला पड़ा हंस रहा है। वह ऐसे ठिठक गई, जैसे राही पथ में सांप को पड़ा देखकर उठा कदम पीछे धर लेता है।

दूसरे दिन कॉलेज की असेम्बली में प्रिंसिपल ने पढ़कर सुनाया—'कल रात

समरसिंह, एम० ए० के विद्यार्थी ने, अपने होस्टल में ज़हर खाकर आत्महत्या कर ली। उसने मरते समय एक पत्र छोड़ा है। मरने का कारण लिखा है कि 'मैं किसी भी योग्य नहीं हूं, अतः मैं अपने जीवन की अपमानित और घृणित सत्ता को अधिक नहीं चलाना चाहता। इसलिए मैं विष खाकर संसार को पवित्र कर देना चाहता हूं।' मैं आप लोगोंसे मृत आत्मा की शांति के लिए दो मिनट खड़े होकर सम्मान प्रदर्शित करने की प्रार्थना करता हूं।'

हॉल से निकलते समय चारों ओर सनसनी फैल गई।

दोपहर के वक्त भगवती लेबोरेटरी में टाईट्रेशन कर रहा था। मेज़ पर स्टैंड में ब्यूरेट लगा हुआ था, जिसमें एक सफेद द्रव था, जिसके नीचे एक फ्लास्क में लाल रंग के द्रव में वह धीरे-धीरे बूंद गिराने में तल्लीन था।

डॉक्टर कुमार ने कन्धे पर स्नेह से हाथ रखकर कहा—'हो गया?'

'जी हां, टाईट्रेशन खत्म होने में तो अब देर नहीं, बस मिक्सचर निकालना बाकी रह गया है।'

'ठीक है, शाबाश,' डाक्टर कुमार ने हंसते हुए कहा—और वह आगे बढ़ गए। किसीने झांककर पूछा—'डाक्टर गया?'

भगवती ने कहा—'हां, आओ।'

लीला फिसलती-सी भीतर आ गई। उसने कहा—'बाहर चलो, मैं तुमसे एक बात कहना चाहती हूं।'

'मैं ज़रा अपना टाईट्रेशन खत्म कर लूं।'

'टाईट्रेशन ! फिर होता रहेगा। चलो, चलो।'

भगवती ने मुस्कराकर कहा—'चलो।'

बाहर पेड़ के नीचे से निकलकर दोनों नागफनी के पास जाकर खड़े हो गए। भगवती ने लीला की ओर देखा—जैसे पूछा हो—'अब कहो।'

लीला ने कहा—'कल तुमने मेरा इतना अपमान किया था, पर अब तो देख लिया?'

'क्या?'

'यही कि कल चलते तो आज समर की मृत्यु नहीं होती।'

'तो क्या,' भगवती ने गम्भीर होकर पूछा—'तुम्हारा मतलब है, लवंग ने ही समर को विष दिया था?'

'नहीं', लीला ने कहा—'किन्तु समर ने विष खाया क्यों?'

'अपमानित जीवन से अपने आपको मुक्त करने के लिए। पुरुष का शरीर लेकर यदि वह पुरुष नहीं था तो उसमें लवंग का क्या दोष?'

'तुम लवंग की ओर से बोल रहे हो?' लीला ने आंखें फाड़कर पूछा—'क्या लवंग का इसमें कोई दोष नहीं?'

भगवती ने दृढ़ता से कहा—'मैं उसको अपमानित करके बदला लेना नहीं चाहता। मैं नहीं जानता मैं क्या करूं। मां से भी आज मैं दूर हो गया हूं। तुम भी मुझे वास्तव में प्यार नहीं करतीं। गांव के दृश्य को देखकर आज मेरा मित्र, मेरा कामेश्वर भी संदेहों के कारण मुझे छोड़ गया है। केवल एक आशा है और वह है इंदिरा। उसने कभी भी अकेले में भी मुझे देखकर आलिंगन करने की चेष्टा नहीं की, उसकी मित्रता में कोई स्वार्थ नहीं।'

'तुम झूठ बोलते हो। सरासर झूठ कह रहे हो।' लीला ने कटाक्ष करते हुए कहा—'मैंने सब कुछ देखा है।'

'क्या देखा है तुमने?' भगवती के होंठ का एक कोना उपेक्षा से पत्ते की तरह बल खाकर मुड़ गया।

'मैंने क्या नहीं देखा है, यह पूछते तो अधिक उपयुक्त होता। मैंने उसे तुम्हारी गोद में बैठे देखा है ढोंगो! मैंने उसे तुमसे उस अवस्था में आंखें मिलाते देखा है। तुमने जो वासना से पतित कहकर मुझे बार-बार अपमानित किया है, वह और किसलिए? इसलिए कि तुम्हारा इन्दिरा से सम्बन्ध था। और क्योंकि तुम्हें मालूम था कि लवंग को यह सब ज्ञात है, इसीसे तुममें कल इतना साहस नहीं था कि उसे जाकर पकड़ लेते।'

'तुम्हें यह मालूम कैसे पड़ा कि लवंग कल पार्क जानेवाली थी?'

लीला ने कहा—'मुझसे और किसीने नहीं कहा—मैंने लाइब्रेरी में उन्हें एक-दूसरे से बात करते सुना था।'

'और तुमने विश्वासघात किया?'

'नहीं, मैं तुम्हें प्यार करती थी।'

'मुझे इसका विश्वास नहीं।'

'तुम्हें क्यों होने लगा? इंदिरा सलामत रहे। तुम तो हम दोनों को ही फांसे रखना चाहते थे, किन्तु वह तो मेरी किस्मत थी कि धोखे में नहीं फंसी।'

'लीला, वह मेरी बहन है।'

लीला ने उपेक्षा से कहा—'राजनीति में कम्युनिस्ट होना और प्रेम में प्रियतमा को बहन बताना आजकल की सबसे बड़ी ईजाद है।'

भगवती ने धीरे से कहा—'इस विषय पर मैं किसीको भी कोई सफाई नहीं देना चाहता।'

लीला ने मुस्कराकर कहा—'अब तो तुम इंदिरा से ब्याह कर सकते हो! अब तो तुम्हें धन की कमी नहीं? और तब भी मुझसे बातें करते समय ही तुम्हें अपनी गरीबी याद आती थी, इन्दिरा को गोद में बिठलाते वक्त बिरला बन गए थे?'

'अच्छा मान लो यह सब सच है, लेकिन क्या इसमें ही तुम्हें इंदिरा से जलन है?'

'जलन नहीं, मैं उसकी प्रशंसा करती हूं। मैं उतनी चालाक नहीं हूं। मैं यदि किसी की लड़की हूं तो इसमें मेरा कोई दोष नहीं। मैं यदि इस तरह पत्नी हूं तो इसे अस्वीकार कर देना असम्भव है।'

'तो तुम कहना क्या चाहती हो?' भगवती ने सिर उठाकर पूछा।

कुछ नहीं। बस तुमसे बात करना चाहती थी!'

'मोह!' कहकर भगवती हंस दिया। उसने कहा—'लीला, एक बात कहूं, सुनोगी?'

'कहो,' लीला ने उत्सुकता से पूछा।

'विश्वास तो तुम नहीं करोगी, किन्तु सुनकर यदि बुरा न मानो तो मैं कह सकता हूं।'

'कहो न?'

'देखो! कामेश्वर, समर, समर तो रहा ही नहीं, वीरेश्वर, तुम, इन्दिरा और लवंग यही न गांव गए थे?'

'हां!'

'तो इन लोगों ने किसीसे भी गांव के किस्से नहीं कहे। तुम एक काम अगर

करना चाहो तो कर सकती हो, और मैं समझता हूं तुम्हें वह करना ही चाहिए।'

'काम का नाम नहीं है?' लीला ने ऊबकर पूछा।

'काम से ही तो नाम है मिस लीला!' भगवती ने हाथ फैलाकर कहा—'गांव के सारे किस्से, मैं नालायक बेटा हूं, लवंग दुश्चरित्रा हूं, मैं ढोंगी हं, इन्दिरा व्यभिचारिणी है, यह सब तुम फैला नहीं सकतीं? मैं समझता हूं, यह तुम्हारी प्रतिहिंसा को सबसे अधिक तृप्ति दे सकेगी। तुम इतनी निर्बल हो, मुझे तुमसे पूर्ण सहानुभूति है, मेरी यही सलाह है।'

लीला ने कहा—'तुम किसीसे नहीं डरते? सारे वज़ीफे बन्द हो जाएंगे।

'जैसे ज़मींदार से रुपये लेने छोड़ दिए, वैसे ही यह भी सही। इम्तहान के दिन हैं, खूब ट्यूशन मिल रहे हैं। ज़्यादा से ज़्यादा रोज़ सोलहसत्रह घंटे ही तो काम करना पड़ेगा। उसकी कोई चिन्ता नहीं। पर मैं चाहता हूं, तुम अपने अपमान का बदला न ले सकने की असमर्थता की याद से न कसको, तुम मन भरकर एक बार अपनी सारी वेदना उंडेल दो।'

लीला ने सुना और सिर झुका लिया।

22

जो मेहनत नहीं करता उसे खाने का अधिकार नहीं है। जो गैरहाज़िरी में कमाल करता है उसे इम्तहान में बैठने की गुंजाइश नहीं होनी चाहिए। यह एक कानून है। लेकिन संसार में आज दोनों ही बातें नहीं हैं, जैसे कि हर धर्म में झूठ बोलना मना है, धर्म के लिए लड़नेवाले अपने-अपने धर्म को बचाने के लिए उसी एक हथियार को काम में लाते हैं।

कॉलेज के दफ्तर में जब लवंग किसी काम को गई तो सेक्रेटरी ने कहा—'मिसेज़ लवंग, आपकी हाज़िरी पूरी नहीं है। आप इम्तहान में नहीं बैठ सकतीं।'

लवंग का चेहरा एकदम फक्क पड़ गया। उसने कहा—'आपने अब आखिरी वक्त बताया है!'

'इससे पहले मुझे फुर्सत नहीं मिली मिसेज़ लवंग, बिल्कुल फुर्सत, सांस लेने

की फुर्सत नहीं मिली।' और वह फिर नोट गिनने लगा। बैठा बनिया बांट तोला करता है। हमेशा यही दिखाते रहना चाहिए कि हमें बहुत काम है। आजकल फिर सेक्रेटरी के ऐंठ दिखाने के ज़माने आ गए हैं। लवंग सोचती हुई लौट आई। सीधे जाकर ऊषा से कहा—'देखो ऊषा, मैं इम्तहान में नहीं बैठ सकती।'

ऊषा के मुंह से केवल एक शब्द निकला—'अरे !'

लवंग ने और कुछ नहीं कहा। वह चली गई। रास्ते में वीरेश्वर मिला। रोककर कहा—'मिस्टर वीरेश्वर !'

'जी,' वीरेश्वर ने उसपर दृष्टि डालते हुए उत्सुकता से पूछा।

'देखिए न ! मेरी हाज़िरी कम हो गई हैं। सेक्रेटरी कहता था, मैं इम्तहान में नहीं बैठ सकती।'

'आप प्रिंसिपल से मिलीं ?' वीरेश्वर ने सुझाते हुए कहा।

'अभी तो नहीं। लेकिन अगर पहले ही उससे मिलूं और वह मना कर दे तो समझ लीजिए, फिर वह पत्थर की लकीर है। वह अंग्रेज़ है, और हिन्दुस्तानियों पर रियायत करना उसकी नज़र में अपने धर्म को छोड़ना है।'

वीरेश्वर कुछ सोच में पड़ गया। कहा—'पर आपके पास तो गैरहाज़िर रहने के ठोस कारण हैं। उसमें तो आपकी कोई गलती नहीं। आप उसमें कर ही क्या सकती थी ?'

'यही तो सोच रही हूं। कुछ समझ में नहीं आता।'

शाम तक लवंग इसी उलझन में पड़ी रही। अन्त में उसने निश्चय किया और वह उसी हालत में जाकर मोटर में बैठ गई।

प्रोफेसर मिसराने लवंग की ओर देखकर मुस्कराकर स्वागत किया। नौकरों को आवाज़ देकर कहा—'चाय ले आओ।'

लवंग मुस्कराकर बैठ गई।

प्रोफेसर ने लवंग को मुहत के बाद अपने घर पर देखकर अपने भाग्य को सराहा। घर पर मिसेज़ मिसरा थीं नहीं। लड़कियां भी अपने रोज़गार से लगी, कहीं चली गई थीं।

लवंग ने कहा—'देखिए न ! आज सेक्रेटरी साहब ने कहा कि मेरी हाज़री

कम हैं। मैं इम्तहान नहीं दे सकती।'

'ओहो,' प्रोफेसर के मुंह से निकल गया।' बड़े अफसोस की बात है! 'मगर आप ही बताइए, इसमें मेरा क्या कसूर है? आप तो सब कुछ जानते ही हैं?'

'Of course,' प्रोफेसर ने सिर हिलाकर कहा—'आपका इसमें कोई दोष नहीं।'

लवंग ने लचककर कहा—'तो फिर बताइए न मैं क्या करूं? कुछ समझ में नहीं आता।'

अधेड़ प्रोफेसर ने देखा और मन ही मन मुस्कराया। प्रोफेसर ने गम्भीरता से उत्तर दिया—'तो आपने क्या सोचा इस बारे में ;'

'जी, मैं तो कुछ भी नहीं सोच सकी।'

प्रोफेसर चिन्तामग्न-से उठकर चलने लगे। लवंग भी उठ खड़ी हुई। उसने प्रोफेसर की ओर देखा।

दूसरे दिन। वीरेश्वर उठकर उत्तेजित-सा बोल उठा—'यह नहीं कामेश्वर! जहां तक मैं सोचता हूं, जब तक मैं पहुंचा था तब तक लवंग और प्रोफेसर......'

कामेश्वर ने बात काटकर कहा—'यह तुम्हारी प्यास है जो दूसरों पर दोष लगाने में तनिक भी नहीं हिचकिचाती।'

बाहर पगध्वनि सुनाई दी।

कामेश्वर ने कहा—'कौन?'

भीतर प्रवेश किया। देखा भगवती था। वीरेश्वर ने कहा—'आओ! बैठो।'

कामेश्वर ने उपेक्षा से मुंह फेर लिया। बात भी समाप्त हो गई, क्योंकि दोनों ही बवंग के बारे में भगवती के सामने बातें करने में हिचकिचा रहे थे। थोड़ी देर तक सन्नाटा छाया रहा। अन्त में भगवती ने कहा—'क्या मैंने तुम लोगों की बातों में विघ्न डाला?'

'नहीं तो!' वीरेश्वर ने कहा—'किसने कहा?'

भगवती ने कहा—'कहा तो किसीने नहीं। लेकिन मेरे पाते ही तुम लोग चुप हो गए? लवंग के बारे में ही तो बातें कर रहे थे, फिर रोक क्यों दी?'

दोनों ने एक बार आपस में प्रांखों की गति का अदला-बदला किया। उसमें

विस्मय था।

'वह तुम्हारे भाई की बीवी है न ?' कामेश्वर ने व्यंग्य से कहा।

'ओह !' भगत्ती हंसा—'तो तुम भी मुझे सम्मानित व्यक्ति बना देना चाहते हो? मैं एक नाजायज़ बेटा हूं, कभी भूलकर भी याद नहीं किया ? मेरे घर में, यदि तुम उसे मेरा ही घर कहो, बताओ कौनसी बात जायज़ है ? मैं स्वयं इस योग्य नहीं हूं कि किसी दूसरे को बुरा कहूं।'

कामेश्वर ने मुड़कर कहा—'भगवती ! धोखा दे रहे हो और वह भी अपने आपको ?'

भगवती ने तीक्ष्ण स्वर से कहा—'भगवती ने कभी अपने आपको धोखा नहीं दिया।'

'इसका सबूत, कामेश्वर ने आगे झुककर पूछा।

'इन्दिरा !' भगवती के निर्दोष नेत्र चमक उठे। वह शब्द एक था या अनेक तोपों के साथ धू-धड़ाम छूटने की भांति था, पर स्वर गर्जन बन गया और कामेश्वर ने चिल्लाकर कहा—'भगवती !'

'नहीं कामेश्वर ! भगवती इस बात से नहीं डरता कि तुम उसे आस्तीन का सांप कहोगे, या बहुत सम्भव है, क्रोध में उसपर वार भी कर बैठोगे। लेकिन वह सच बात सदा ही बार-बार दुहराएगा।' भगवती ने स्वर बदलकर कहा—'कामेश्वर ! कालेज में तुम पहले व्यक्ति थे जिसने मुझे अपना स्नेह दिया था, किन्तु जितनी सरलता से तुमने मुझे दूर कर दिया, उसे देखकर मैं तुम्हारे प्रति श्रद्धानत हूं, क्योंकि यह तुम्हारी दृढ़ इच्छाशक्ति दिखाता है। लेकिन एक दिन इन्दिरा को मेरे सामने रोते देखकर जो तुमने अपने मन में अपने समाज के मापदण्डों से गलत धारणा बनाई है, उसीका मुझे दुःख है। मैं यह नहीं कहता कि इन्दिरा को मैंने बहिन के रूप में माना है। क्योंकि मुझे इस तरह के पर्दे खींचने में शर्म आती है। लेकिन इन्दिरा से कसम देकर पूछ सकते हो कि भगवती कभी भी तुम्हारा प्रेमी था क्या ? और तुम कामेश्वर, जो मुझे नादानी से घर ले गए थे और सब कुछ जानते थे, फिर भी तुमने सोचा कि हमारा कोई और सम्बन्ध नहीं हो सकता। मेरी असह्य यंत्रणा में जिसने सबका भय त्यागकर एक मानवी के रूप में मुझे अपना हाथ पकड़ाने में

तनिक भी हिचकिचाहट नहीं दिखलाई, उसीके प्रति तुमने अविश्वास दिखाया? तुमने अपने आत्मसम्मान को अपमानित किया, क्योंकि तुमने उसपर जमी हुई काई पर पैर रखा और तुम धड़ाम से फिसलकर मुंह के बल गिर गए।'

भगवती हांफ रहा था। कामेश्वर ने कुछ नहीं कहा-वीरेश्वर न कहा—'भगवती ! इतने उत्तेजित क्यों हो?'

'नहीं तो,'भगवती ने कहा—और वह कृत्रिम रूप से मुस्करा उठा। उसने रुककर कहा—'लवंग के बारे में मेरी कोई राय नहीं है। मुझमें-उसमें कोई सम्बन्ध नहीं है, ऐसा तो मैं नहीं सोचता। फिर तुम लोग अपनी बातें करो न?'

'वीरेश्वर कहता था कि लवंग की हाज़िरी कम हो गई थी, इससे वह इम्तहान नहीं दे सकती थी। उसी शाम को वह प्रोफेसर मिसरा के यहां गई कि वह शायद हाज़री बढ़वा दे, क्योंकि उसकी चलती ही है, और वह अनुचित कार्यों की सिद्धि अनुचित कार्यों की स्वार्थसिद्धि द्वारा करा दिया करता है।'

'वीरेश्वर ने कहा—'ठीक कहा—बिल्कुल ठीक कहा।' दोपहर में मुझसे राह में लवंग ने अपनी परेशानी सुनाई थी। उसके बाद ही मैं दफ्तर में गया। मेरा मामला ठीक था, इसलिए मैं निश्चिन्त लौट आया। फिर भूल गया। शाम को जब घूमने निकला, तो देखा रीडर श्रीवास्तव के साथ मिसरा की एक लौंडिया मोटर में जा रही थी। मैंने कहा—साइकिल पर ही तो हो। चलो लुत्फ रहेगा। दौड़ा दी झट से पीछे-पीछे। दिन कुछ-कुछ बाकी था ! मोटर रुकी और लड़की उतरकर भीतर घुसी। रीडर श्रीवास्तव ने अपनी गाड़ी स्टार्ट कर दी और चला गया। मैंने लपककर उस लड़की को टोक दिया, कहा—सुनिए तो ज़रा। प्रोफेसर मिसरा का घर यही है? लड़की क्या थी, बिल्कुल डबल रोटी। बोली—जी हां। मैंने झट से उससे कहा—मैंने कहा कि क्या आप ज़रा उन्हें इत्तला देने की तकलीफ करेंगी?'

'आइए न !' लड़की न कहा—चलिए।

'अमा, घर में घुसने की देर नहीं हुई कि एक हंगामा। बरामदे में से हमने सुना, मिसेज़ मिसरा गरज रही थीं—तुम्हें शर्म नहीं आती? अपनी बेटी की उम्र की लड़की के गले में हाथ डाले बैठे हो। वह तो कहो भगवान की दया से मैं वक्त पर आ पहुंची और वह भी एक विधवा से? तुम ब्राह्मण हो?

अपनी दोनों लड़कियों का सत्यानाश कर दिया। जवान-जवान गायों की तरह फिरती हैं, न बड़े का लिहाज़ न छोटे की शरम, सबके सामने बैलों की तरह मटकना...

'यह सुनना था कि मिस मिसरा तो चिक उठाकर दूसरे कमरे में यह गई वह गई। मैंने सुना, मिसेज़ मिसरा कह रही थीं—और क्यों री ? कौन है तू जो घर में घुस आई ? क्या काम था तुझे ? तू तो बड़ी खानदानी बनती थी ! निकल जा यहां से रंडी! खबरदार जो फिर कभी भीतर कदम भी रखा। चीर के फेंक दूंगी। हां, धोखे में मत रहियो किसीके। एक को तो दो दिन में खा लिया और अब बूढ़ों पर नज़र फेंकी है, हाय री मंभरा डायन जवानी...

'मैं समझ गया, बस अब लवंग बाहर आने ही वाली है। फौरन बरामदे से बाहर खंभे की आड़ में हो गया और मैंने देखा, मेरे सामने ही लवंग बहां से निकली। उसकी आंखें आंसुओं से भरी हुई थीं। ऐसा स्याह पड़ गया उसका चेहरा कि अगर ज़मीन फट जाती तो शायद उसे समा जाने में कम-से-कम उस वक्त तो तनिक भी हिचकिचाहट नहीं होती। बवंग ने जाकर मोटर में तशरीफ रखी और बह चली गई। बंदा अपनी जगह से निकलकर फिर बरामदे में जा खड़ा हुआ और जाकर घंटी बजाई। कोई उत्तर नहीं आया सो मैं बैठकर वहीं पर पड़ा 'इलस्ट्रेटेड वीकली आफ इण्डिया' खोलकर देखने लगा। उठकर थोड़ी देर बाद फिर घंटी बजा दी। लाचार एक नौकर आया। मैंने कहा—प्रोफेसर साहब हैं ?

'नौकर ने कहा—उनकी तबियत बहुत खराब है, वह इस वक्त माफी चाहते हैं।

'आह ! कोई बात नहीं। एक बात कह देना उनसे। याद रहेगी? कहूं?

'जी हां हजूर, कह दूंगा।

'कहना, मेरी हाजरी कम हो गई है, प्रोफेसर साहब चाहें तो वह पूरी कर सकते हैं। क्या वह ऐसा कर सकेंगे ?

'सरकार, यह तो अब कहने पर पता चलेगा। क्या नाम ले दूं?

'कह देना, वही जिन्हें छोटी बीबी अभी बाहर बिठा गई हैं, वही रीडर श्रीवास्तव, रेवतीप्रसाद श्रीवास्तव। याद रहेगा?

'क्यों नहीं हजूर? अभी लीजिए। वह भीतर गया और मैंने फौरन साइकिल संभाली और चंपत।'

'शाबाश, कामेश्वर ने हंसते हुए कहा।

'फिर क्या हुआ सो मैं कुछ नहीं जानता, लेकिन एक बात है। क्या लवंग को ऐसा करना चाहिए था?' वीरेश्वर का प्रश्न सुनकर कामेश्वर ने उत्तेजना से कहा—'भाई, यह सब भूख है। इसका कोई इलाज भी तो नहीं है। अब तो बिचारी को ज़िन्दगी-भर यों ही तड़पना है। औरतों के साथ यह ही तो चोट है।'

वीरेश्वर ठठाकर हंसा। 'और यहां बड़ी दावतें उड़ रही हैं?'

भगवती एकाएक उठा। उसने आगे बढ़कर वीरेश्वर के कंधों पर अपने हाथ रख दिए और गम्भीर स्वर से कहा—'वीरेश्वर! एक बात कहूं, मानोगे?'

वीरेश्वर ने उत्सुकता से आंखें उठाईं।

भगवती ने कहा—'यौन-वासनाओं में ही मनुष्य का पूरा जीवन समाप्त नहीं हो जाता। उसे क्षमा करने का गर्व न करो। यदि तुम स्त्री होते तो और भी घृणित कार्य करते। मैं तुमसे एक ही प्रार्थना करता हूं। किसी और से यह बात कहकर अपने आपको नीचे न गिराना। स्वीकार है?'

वीरेश्वर को विस्मय हुआ। उसने कहा—'तुम भी यह कहते हो?'

भगवती ने धीरे से कहा—'तुम मुझपर अविश्वास करते हो, तभी ऐसी बात कह सकते हो, अन्यथा कभी नहीं कहते। लेकिन मैं लाचार हूं, क्योंकि मैं अब बुरा नहीं मान सकता।'

भगवती कमरे में चला गया। वीरेश्वर ने हंसकर कहा—'अब तो खून एक हो गया है न?'

किन्तु कामेश्वर ने इस बात का कोई उत्तर नहीं दिया। उसे सुन्दर का मुख याद आ रहा था।

खबर जब अफवाह बन जाती है तब वह पैदल नहीं चलती, उड़ने लगती है। बात धीरे-धीरे लीला तक भी पहुंची। कालेज की फील्ड पर उसने भगवती को घेर लिया। उसने कहा—'भगवती, तुमने कुछ सुना?'

भगवती ने उपेक्षा से कहा—'क्या?'

'यही कि लवंग और प्रोफेसर मिसरा को मिसेज़ मिसरा ने पकड़ लिया...'

भगवती ने सिर हिलाकर स्वीकार किया—'मुझे मालूम है।'

'फिर भी तुम्हें कोई दिलचस्पी नहीं?'

'मुझे इन यौन-समस्याओं में अपनी विषमतामों का अन्त ढूंढ़े से भी नहीं मिलता।'

'अच्छा!' लीला ने चिढ़ाते हुए कहा—'पहले ब्रह्मचारी थे, अब योगी हो गए हो?'

भगवती कुढ़ा। लीला ने फिर कहा—'तुम इतने मूर्ख हो, लेकिन मुझे जाने क्यों यह सब मूर्खता नहीं लगती। प्यार के कारण केवल बचपन का पागलपन प्रतीत होता है।'

कहकर देखा, भगवती के गालों पर लाज से लाली दौड़ गई। उसने झेंपकर कहा—'धन्यवाद!'

लीला ने धीरे से कहा—'भगवती! तुम जीवन-जीवन लिए फिरते हो। एक बार इस जीवन की कसौटी को ही परख लें। बोलो साहस है?'

भगवती ने पूछा—'क्या?'

'मुझे अपमानित तो नहीं करोगे?'

'कभी किया है? कभी तुमसे कुछ कहा है?'

'नहीं। तुमने तो कुछ भी नहीं कहा। मैं कहती हूं, मेरी जगह कोई और होती तो कभी की मर गई होती या तुमसे बात तक करना छोड़ देती।'

'अच्छा, खैर, असली बात कहो।'

'इन्दिरा से तो तुम्हारा वैसा कोई सम्बन्ध ही नहीं। ठीक है न?'

'बिल्कुल।'

'तो चलो, हम-तुम कहीं भाग चलें। परदेश में दोनों कमाएंगे-खाएंगे। कोई बन्धन न होगा। नये सिरे से कोई ज़िन्दगी बसेगी। चारों तरफ सुख ही सुख होगा...'

भगवती ने हंसकर कहा—'मैं और आप अगर साथ-साथ अकेले रहेंगे तो चारों तरफ सुख ही सुख क्यों फैल जाएगा? कुछ आपके जाते ही वहां तपोवन तो बसेगा नहीं कि शेर और बकरी एक घाट पर पानी पीएंगे!'

'तुम शायद अब भी सोच रहे हो, मैं तुमसे मज़ाक कर रही हूं।'

'नहीं, तुम मज़ाक नहीं करतीं! तुम मुझपर बुरी तरह मोहित हो गई हो, इसलिए तुम्हें मेनिया हो गया है।'

लीला ने हांसी होकर कहा—'क्या तुम्हें कभी मेरी बात का यकीन नहीं होगा? तुम मुझसे इतनी घृणा क्यों करते हो?'

भगवती ने कहा—'मैं करता किससे नहीं?"

'क्यों? इन्दिरा से भी?'

'नहीं। उसकी मैं इज़्ज़त करता हूं।'

'तभी लीला से घृणा करनी पड़ती है।'

'नहीं, भगवती ने गम्भीर होकर कहा—'भाग चलना तो कठिन नहीं। अभी चल सकते हैं। लेकिन मैं एक कारण से डरता हूं।'

'वह क्या?' लीला ने शंकित होकर पूछा।

भगवती ने नीचे देखते हुए उत्तर दिया—'फिर हमारे बच्चों को दुनिया हरामज़ादे कहेगी। क्या तुम सुन सकोगी कि तुम्हारा प्रेमी भी एक हरामज़ादा है?'

छिपी बात कितनी कठोर और घृणित होकर लौट आई, जैसे एक बार सुन्दरी को देखा जाए और फिर दूसरी बार भीतर से उसकी हड्डी का ढांचा निकालकर देख लिया जाए। लीला ने कोई उत्तर नहीं दिया। उसने कहा—'भगवती! आज मैं तुमसे सदा के लिए विदा लेती हूं। आशा है, अब हम दोनों कभी एक-दूसरे से नहीं मिलेंगे। भगवती, मैं अब जीवन से घृणा करने लगी हूं।'

भगवती ने कहा—'लाचारी है लीला! जीवन स्वयं ही कितना घृणित है।'

'तो मैं जाऊं?' लीला ने व्याकुल होकर पूछा। इसी समय उसके कन्धे पर हाथ रखकर इन्दिरा ने कहा—'क्यों, जाने की क्या ज़रूरत है?' फिर भगवती से मुस्कराकर कहा—'अच्छा जी! यह तो तुमने हमें कभी नहीं बताया।'

भगवती ने कुछ उत्तर नहीं दिया। लीला ने विस्मय से देखा। इन्दिरा उसे देखकर स्नेह से मुस्करा रही थी। इन्दिरा ने कहा—'पढ़ाई शुरू कर दी?'

भगवती ने कहा—'बहत पहले।'

'ठीक किया ! और तूमने लीला ?'

'इन्हें अभी प्रेम से ही फुर्सत नहीं मिली।' भगवती ने परेशानी दिखलाते हुए कहा।

इन्दिरा ने कहा—'मैं तम्हारे ब्याह में मदद तो परी करती.लेकिन एक डर है। मुझे लगता है लीला ! तुममें असल में इतना साहस है नहीं। अगर तुम अब कुछ जोश में, जल्दीबाज़ी में, कर भी बैठी, तो याद है कैप्टेन राय मारते-मारते चमड़ी उधेड़ देंगे।' इन्दिरा हंस दी। भगवती भी। लीला चुप हो गई। कुछ देर खड़ी रही, फिर इन्दिरा से कहा—'मैं जानती हूं, तुम क्या हो? तुम भगवती को फंसाकर उस जायदाद की मालकिन बनना चाहती हो, ताकि तुम दोनों मिलकर लवंग को वहां विधवा करार देकर पन्द्रह रुपये महीने बांध दो।'

इन्दिरा चौंक गई। उसने कहा—'लेकिन लवंग तो आज गांव जा रही है। कॉलेज में अब उसकी रहने की तबियत नहीं। इम्तहान वह दे नहीं सकती। मैं अभी मिलकर आई हं।'

लीला ने उसकी ओर छाया-भरी आंखों से देखा। इन्दिरा ने कहा—'वह जानती है कि वह बदनाम हो गई है। इसीसे चली जाना चाहती है।'

'कहां जाएगी?' लीला ने पूछा। '

'गांव। और कहां?'

'गांव क्यों ?' लीला ने पूछा।

'गांव के अतिरिक्त और कहां जाएगी वह ?' इन्दिरा ने कहा—'इस घर में तो अब अधिक दिनों तक रह नहीं सकती। और फिर हिन्दू स्त्री के लिए पति का घर ही तो सबसे बड़ी चीज़ है। आखिर ज़मींदार के बाद सब कुछ उसीका तो है।' लीला ने भगवती की ओर देखा। वह निश्चल, निर्विकार खड़ा था। जो कुछ इन्दिरा ने कहा है, वह बिल्कुल ठीक है। भगवती वही तो सुनना चाहता था।'

थोड़ी देर बाद लीला चली गई। इन्दिरा ने भगवती की ओर देखा। पूछा—'भैया मिले थे ?

'हां'—भगवती ने संक्षिप्त उत्तर दिया।

'कोई बात हुई ?'

'यही इधर-उधर की। वे लोग लवंग को दोष दे रहे थे और चाहते थे कि मैं भी उसे बदनाम करने में शामिल हो जाऊं। मैंने अस्वीकार कर दिया।'

'यही मुझे तुमसे आशा थी।'

भगवती ने कहा—'इन्दिरा ! जब से उन सब लोगों को मेरे जन्म के विषय में ये सब बातें ज्ञात हो गई हैं, वे मुझसे घृणा करने लगे हैं।'

'क्यों ? इसमें तुम्हारा क्या दोष है ?'

भगवती ने उसकी ओर कृतज्ञता से देखा और कहा—'मैं कहीं चला जाना चाहता हूं सबको छोड़कर। कहीं अलग जाकर रहना चाहता हूं, जहां न स्नेह हो, न कृतज्ञता से उत्पन्न घृणा हो। जाने की आज्ञा दोगी?'

'क्यों नहीं ?' इन्दिरा ने कहा—'यदि तुम समझते हो कि तुम्हें उससे संतोष मिलेगा तो तुम्हें ऐसा करने का पूर्ण अधिकार है। क्या आज तक तुम्हें मैंने अपने मन की करने में कभी रोका है ?'

'नहीं, रोका तो नहीं।'

'तो फिर आज ऐसा प्रश्न पूछने का कारण ?'

मुझे इन, लोगों ने जर्जर करने का प्रयत्न किया था। तुमने सुना, लीला चलते-चलते तुमसे क्या कह गई है ?'

'सुना क्यों नहीं ? किन्तु लीला ही क्या हमारे-तुम्हारे सम्बन्ध का अन्तिम निर्णय देने की अधिकारिणी है ? मेरी दृष्टि में वह केवल विक्षुब्ध है। तुम्हें उसकी बात का कोई बुरा नहीं मानना चाहिए।'

'मैं तुम्हें प्यार करता हूं इन्दिरा, जब सारा संसार मुझसे घृणा करता है तब तुम्हीं मेरी एकमात्र सहायक हो। मैं सोच भी नहीं सकता कि उसका विक्षोभ मेरे हृदय को कभी भी विचलित कर सकेगा, जब उसके प्यार का वह वासनामय तूफान मैं पशु की भांति झेलकर जीत गया हूं।'

इन्दिरा ने कहा—'मुझसे कोई पूछे कि तुम किसे चाहती हो, तो मैं तुम्हारे अतिरिक्त किसीको नहीं बता सकती।'

'मैं नहीं जानता हमारे इन सम्बन्धों का मूल क्या है ?'

'परस्पर का स्वार्थ, या उसे कह लो प्यार।'

भगवती ने उत्तेजित होकर पूछा—'स्वार्थ ! वह क्या है इंदिरा ?'

'यही कि हम दोनों एक-दूसरे को सुखी देखना चाहते हैं, कि हम दोनों जीवन-भर एक-दूसरे को प्यार करते रहें, कि वह केवल एक ज्वार न हो जो भाटे के साथ उतर जाए और हमारे जहाज़ फिर सूखे में पड़े-पड़े अगले ज्वार की प्रतीक्षा किया करें।'

'तुम सचमुच नारी हो।'

'और तुम इतने कठोर दिखकर भी इतने कोमल हो, यह मेरे अतिरिक्त और कौन कह सकेगा ?'

23

रात हो गई। फिर चारों ओर अंधेरा छा गया। सुन्दर वहीं बैठी रही। ज़मींदार साहब आंखें मूंदकर पड़े थे। कंबल से उनका समस्त शरीर ढंका हुआ था। कमरे में फिर से दवाओं की तेज़ बू फैल गई थी। चारों तरफ सन्नाटा छाया रहता था। वह विशाल इमारत प्रायः सूनी पड़ी रहती थी। लवंग के आ जाने से भी कोई हलचल नहीं हुई। आज लवंग विधवा के रूप में लौटी थी। अब की बार उसके पास एक भी सुहागिन नहीं आई। जो मिली, वे बुढ़िया ही मिलीं। प्रत्येक ने दबी ज़बान से सुन्दर की दुश्चरित्रता को खोलने का प्रयत्न किया।

गांव-भर में बात बिजली की तरह फैल गई थी। राह पर गांव के छैले आपस में दिल्लगी करते। कुरमा हलवाई के यहां बहुत दिनों तक इसी विषय पर बातचीत चलती रही। लवंग ने सब कुछ सुना और एक कान से सुनकर दूसरे कान से सब निकाल दिया। उसकी आत्मा छटपटा उठी। कल तक बिला अंग्रेजी के वह एक भी बात नहीं कर पाती थी। यहां एक भी अंग्रेजी का शब्द प्रयुक्त हुआ नहीं कि गांववाली उसके दस नाम धरेंगी। कल तक राजेन्द्र था। उसकी ओट में सब कुछ हो सकता था। आज कुछ भी नहीं हो सकता। एकदम धुर पश्चिम से जो उसे धुर पूरब में लौटना पड़ा इससे मन ही मन उसपर एक घृणा-सी छा गई और उसने निश्चय कर लिया कि जो कुछ है इसी सबके लिए है। यह सोचते ही उसने अपनी रेशमी साड़ियां उतारकर आलमारियों में बन्द कर दी

और एक बिना किनारी की सफेद साड़ी निकालकर पहन लीं। हाथ में चार सोने की चूड़ियां और सब कुछ नहीं।

दिन पर दिन बीतते गए। जिस दिन वह आई थी, जमींदार साहब ने एक बार उसकी ओर आंखें खोलकर देखा और फिर जैसे अनुप्राणित असह्य वेदना से अपनी पलकों को गिरा लिया। लवंग वहीं बैठ गई। पिताजी आधे से अधिक मूर्छित थे। लवंग ने एक बार अविश्वास और उपेक्षा-भरी आंखों से सुन्दर की ओर देखा और पूछा—कितने दिन से बीमार हैं?'

'आज एक हफ्ता हो गया।' सुन्दर ने धीरे-से उत्तर दिया।

'और एक हफ्ते से मुझे कुछ खबर तक नहीं दी?'

सुन्दर ने उसकी ओर आंखें गड़ाकर कहा—'इन्होंने मना कर दिया था।'

'क्यों?'

'क्योंकि इन्हें अपने पाप का प्रायश्चित्त करने का भय हो गया है।'

लवंग ने अप्रत्याशित प्रश्न पूछा—'और तुम्हें नहीं?'

सुन्दर हंसी। उसने अहा—'जब तक किसी और को ज्ञात न था तब तक वह पाप न था। आज क्या ज्ञात होने से ही वह पाप हो गया? यदि पाप का ही प्रायश्चित करना था तो आज ही क्यों, आज से बहुत पहले से करना था। दुनिया क्या करती है, क्या इसीकी परवाह करनी चाहिए?'

लवंग ने कुढ़कर कहा—'और भी क्या पाप का कोई मापदंड है?

'है क्यों नहीं? मन की निर्बलता और अपने आपको धोखा देना ही तो पाप है। बाकी सब सम्बन्धों की छाया है। आज एक बात ठीक है, कल वह नहीं रहती। तो इस सबका माप कौन बनेगा?'

लवंग को कोई उत्तर उपयुक्त नहीं जंचा। वह उठ गई। सुबहशाम वह नित्य जाकर पिताजी की रोग-शय्या के पास बैठ जाती और काम करने की चेष्टा करती, किन्तु सुन्दर ने उसे कभी भी ऐसा मौका खुलकर मिलने का नहीं दिया। वह जो कुछ करती, खुलकर करती। उसमें लगन होती और कभी भी किसी दूसरे के कहने की परवाह नहीं करती। उसका मन जो कहेगा, सुन्दर वही करेगी, किसी दूसरे के कहने-सुनने का कोई प्रभाव नहीं। वह जानती है

गांव आज उसको बदनाम कर रहा है, किन्तु वह कहती है—बीस बरस पहले भी तो संदेह था, तब कोई कुछ कहने की हिम्मत भी नहीं करता था। जानते हो इसका कारण क्या है? जिसके हाथ में कल उठी हुई तलवार थी आज सब उसीको रोग-शय्या पर पड़ा हुआ तड़पता देख रहे हैं। इसीसे तो आज वे सब कुछ कह रहे हैं।

लवंग को उस उत्तर से संतोष नहीं होता। वह सोचती—क्या उसे अपने पति के वृद्ध पिता की सेवा करने का भी अधिकार नहीं? और फिर कल्पना के स्वर खुलने लगते। एक समय सुन्दर युवती होगी। उस समय पिताजो भी युवक होंगे। और फिर प्रयत्न करती कि उस रूप को, अपनी सत्ता को, वास्तविकता में अवतरित करके उसके महत्त्व को समझती। क्या यह दु:ख आज उसी उन्माद का परिणाम है? कुछ नहीं। यह सब कुछ नहीं। फिर विचारों के पत्ते कांपने लगते, जैसे अंधेरी रात में पेड़ हिल रहा हो।

क्या हो रहा है संसार में, कुछ ज्ञात नहीं। यह गांव है। इतना वैभव है। वह उसकी एकमात्र स्वामिनी होगी। किन्तु क्या होगा उस प्रभुत्व का? न कोई सिर पर स्नेह से, वात्सल्य से हाथ फेरनेवाला है, न कोई प्यार करनेवाला, न ऐसा ही जो आज एक छोटा-सा तिनका होता, जिसपर वह सब कुछ न्यौछावर कर देती कि वह एक पहाड़ बन जाए। फिर उसकी शक्ति देखकर लोग कांप उठे और वह शक्तिमान आकर लवंग के चरणों पर 'मां' कहकर सिर टेक दे। उस समय लवंग को कितना हर्ष होता, कितना सुख होता ! किन्तु क्या होगा अब? किसलिए चाहिए इतना सब कुछ? कुछ भी तो करने का उसे अधिकार नहीं। उसी दिन लवंग ने प्राकर श्रीकृष्ण के अनुपम चित्र को हाथ जोड़े। पुरुष के उस सौन्दर्य ने लवंग के हृदय को सांत्वना दी। मस्तिष्क के निम्न स्तर में उस सांत्वना ने उसे कुछ आभा दिखाई और परम्परा ने उसे भक्ति का रूप देकर न्यायपूर्ण बना दिया।

इस व्यक्ति को अब समाज में कुछ नहीं करना है। वह एक भार है। उसे भी अपने जीवन के लिए कुछ करना है। समाज ने उसे धकेलकर बाहर कर दिया है। उसे चाहिए एक शराब जिसके छल में वह अपने जीवन को उबा देनेवाली

नीरवता को काट जाए और लवंग ने उस दिन यही किया।

शरीर की भूख कल्पनाओं से नहीं बुझती, अतः लवंग का विक्षोभ दिन पर दिन प्रखर होता गया।

वह जाकर पिताजी की खाट के पास बैठ गई। वह उस समय चैतन्य थे। कराह उठे। लवंग ने झुककर कहा—'पिताजी! कैसी तबियत है? पहले से तो अच्छी हैं?'

ज़मींदार साहब ने सिर हिलाया। वह अधिक बोलना नहीं चाहते थे। शहर के दोनों डाक्टर अब गांव में बस गए थे। पांच-पांच सौ रुपये से कम नहीं फटकारते थे। लवंग देर तक उनके हाथ को अपने हाथ में लिए बैठी रही।

गांव पर सांझ उतर रही है। उस हल्के धुंधलके में धूल की सघनता है। स्तर पर स्तर जमता अंधकार धीरे-धीरे घना हो चला है। सामने ही कुछ छप्परों के ढेर है। उनमें भी मनुष्य रहते हैं। उनमें भी दुःख-सुख हैं, रागद्वेष हैं, वे भी परस्पर लड़ते हैं, मिलते हैं। उनका जीवन हमें पशु का-सा लगता है, किन्तु क्या वास्तव में वे पशु हैं? यदि पशु ही हैं तो उनको मनुष्य के रूप में सोचना व्यर्थ है।

आज कोई पेड़ नहीं दीखता। विशाल पत्थर और ईंटों की इमारत अंधकार के समुद्र में चट्टान की तरह खड़ी है। एक दिन यहीं एक व्यक्ति आया था। उसके साथ उसकी प्रेम-पूरिता स्त्री होगी। उन्होंने ईंट-ईंट करके यह वैभव खड़ा किया होगा। उसके बाद यही परम्परा चल निकली। लोगों ने आकर उनके सामने सिर ही झुकाया। काश आज राजेन जीवित होता! लवंग भी तूफान की तरह गरजती हुई इधर से उधर भागती। किन्तु कहां है वह सागरतीर जहां जाकर इन प्राणों को विश्राम मिलेगा? क्या पति के बिना स्त्री की सत्ता व्यर्थ है? कितना बद्ध है यह समाज! कितना अंधा है यह संसार! दम घुट रहा है, कितु पंजे फिर भी गर्दन छोड़ना नहीं चाहते। एक मनुष्य का जीवन केवल दूसरों की दया पर ठोकरें खाता फिरे। अपनी यौनचासनाओं की उलझन में ही वह अपनी समस्त शक्ति का हनन कर दे और फिर...और फिर...

लवंग की उस विह्वलता को देखकर सुन्दर ने कहा—'बेटी!'

लवंग चौंक गई। कितना अच्छा है यह शब्द ! कितना अधिक प्यार है इसमें, एक-दूसरे के लिए सब कुछ समर्पित कर देने की आकांक्षा। कहां है 'प्रिया' में यह सामर्थ्य जो केवल आलिंगन में समाप्त हो जाता है। यह तो युग-युग का अवलंबन है ! जीवन का गौरव ! और फिर लवंग को विस्मय हुा। सुन्दर ने किस धन के बल पर यह इतनी बड़ी स्नेह की अट्टालिका खड़ी कर ली। संसार उसे पाप का भंडार कहता है, किन्तु वह किसीसे भी भीत नहीं है। यदि यह उसकी आत्मा की शक्ति नहीं तो और है क्या ?

फिर लवंग के मस्तिष्क में चोट हुई। यह समाज के अत्याचार के कारण विधवा है। अन्यथा वह अब सुहागिन है। मां है। जिसके प्रेम ने दोनों भुजा फैला रखी हैं, जो दो धाराओं को मिलाने की एकमात्र साधना है, शक्ति है, वह विधवा नहीं है।

फिर सुन्दर का वह चित्र प्रांखों के सामने खेल गया जब वह चक्की पीसती थी, अपने शरीर को ऐसे तोड़ती थी जैसे मजदूर पत्थर को तोड़ देता है...

सुन्दर ने प्यार-भरी दृष्टि से देखकर कहा—'लवंग, इतनी उदास क्यों रहती है तू?'

तो क्या सचमुच सुन्दर उसकी उदासी का कोई कारण नहीं समझती ? किन्तु लवंग की आंखों में पानी भर आया। वह सुन्दर के वक्षस्थल पर सिर रखकर सिसक उठी। आज उसे जीवन में पहली बार लगा कि मां का स्पर्श जीवन की सबसे पवित्र अनुभूति है। जब प्रतीत होता है कि हे दीपक, मैं तेरी शिखा से निकली हुई क्षीण ज्योति हूं, मैं तुझमें अपना स्नेह घुलमिलकर लय कर देना चाहती हूं...।

क्यों, है यह स्पर्श इतना भव्य ! क्यों नहीं, गिर रही है यहां नीली छाया जो प्राणों पर ऐसे दाग छोड़ जाती है जैसे किसीने लोहे का प्रहार किया हो। एक विराट पर्वत। उसके ऊपर जमा हुआ हिम। हिमनिःसृत यह नदी।

मां! कौन-सा जीवन है जिसको तुम कुचलो और मैं हंस न सकूं ! तुम कुचलोगी ! पर तुम्हारी कुचलन भी तो एक प्यार है ! टूट जाएगा मां का हाथ; न उठेगा कभी करने घातक प्रहार। फूट जाएंगी आंखें, पर कभी द्वेष की छाया उनमें विष नहीं घोलेगी मां ! मां !!

वृद्ध ज़मींदार ने पुकारा—'सुन्दर !'

सुन्दर चली गई। लवंग फिर भी अकेली बैठी सोचती रही। दिन रातों में उलझे हुए हैं, रात दिनों में उलझी हुई हैं, जैसे मेज़ में दराज होती है, जब जो चाहे खींच ले। वह तो मन का दिन है, मन की रात है और जीवन की वास्तविकता से क्या सम्बन्ध शेष रह गया है, जब अधिकार मांगने का भी अधिकार नहीं तो स्वामित्व का कौन-कौन कर्तव्य है जो आकाश में अब भी गर्जन के बाद इन्द्रधनुष होकर निकला करे? क्या होगा आकाश की वह रंगीनियां दिखाकर जब बिजलियों की तपिश को सहलाने की भी तृष्णा शेष नहीं।

फूट रही है कोंपल। वसंत दहक रहा है। आ मेरे भौंरे ! मेरी कली का रस उफनकर बहनेवाला है। पीले, नहीं तो पवन की झकोर में सारा यौवन ही लुटा दूंगी, कहकर कि यह न मेरा था, न मैं इसकी थी। ले जा इसे, यह मेरा नहीं है, यह मेरा नहीं है...।

ज्वर दिन पर दिन बढ़ता जा रहा था। यातना असह्य होती जाती थी। दोनों डाक्टर घड़ों की तरह अपना दिमाग खाली पाकर ज्यादा से ज्यादा दोनों हाथों से धन खरोचते जा रहे थे। पंडित और मगनराम ही की स्वामिभक्ति थी कि सारा काम चलता जा रहा था। वह व्यक्ति अभी था, जिसका नाम सुनकर दूर-दूर तक के गांव कांप उठते थे।

उस दिन-भर ज़मींदार साहब मूर्छित पड़े रहे। कोई चेतना का लक्षण दिखलाई नहीं दिया। घर-भर में सबका दिल आज दहशत से भर गया था। लवंग और सुन्दर की आंखों में बार-बार पानी भर-भर आता था। डाक्टर सिरहाने बैठे इंजेक्शन पर इंजेक्शन लगा रहे थे। आज वह योद्धा जिसका नाम ब्रिटिश साम्राज्य का एक गौरव था, हताश-सा मूर्छित-सा पड़ा था। यदि टेनीसन जीवित होता तो वह 'गुलामों के राजा की मृत्यु' नाम की एक लम्बी और शोकबद्ध कविता भी लिख देता। किन्तु सुन्दर वह सब नहीं कर सकती थी।

क्या होगा अब? बार-बार यही प्रश्न मस्तिष्क में बादल की तरह घिर-घिर आता है और आंखों की तरह बरस जाता है। इस समय तो यह 'सर' नहीं, केवल एक वृद्ध है, रोगी है, मनुष्य है, जिसका जीवन आज मौत का उतना ही मुहताज है, जितना अपने आपका।

सुन्दर ने बाहर निकलकर कहा—'लवंग !'

लवंग ने सिर उठाकर देखा और दोनों रो पड़ीं। उस रुदन में कितना भीषण विषाद था ! कितनी अथाह कसक थी! कोई कुछ भी नहीं कह सकता। और क्या कमी थी? किन्तु लवंग जानती थी आदमी सब कुछ का अभिमान करके भी अभी तक मौत को नहीं जीत पाया।

एकाएक डाक्टर ने आकर कहा—'ज़मींदार साहब बुला रहे हैं।'

दोनों भीतर गई। बैठीं और सुन्दर ने धीरे से कहा—'कैसी तबियत है अब ?'

'अच्छी है,' जमींदार साहब ने धीरे से क्षीण स्वर में कहा—'फिर सांस खींचने के लिए चुप हो गए। फिर कहा—'बेटी! अपने वकील साहब को तो बुलवा ले ज़रा।'

'क्या होगा पिताजी ?' लवंग ने उत्सुकता से प्रश्न किया। किंतु मन ही मन वह कारण समझ गई। शायद वसीयतनामा लिखाना चाहते हैं। फिर उसे विस्मय हुआ। मृत्यु-शय्या पर भी व्यक्ति सरलता से अपने चारों ओर फैली समृद्धि और वैभव से अपना नाता नहीं तुड़ा पाता। कदाचित् यह पिता का स्नेह है। कौन नहीं समझ लेता कि अब वह सदा के लिए जा रहा है ! फिर क्यों न उसकी सन्तान उसके बाद सुख भोगे !

जमींदार साहब ने कहा—'तू नहीं जानती बेटी ! तू अभी बच्ची है। मेरी हालत बिगड़ती जा रही है।'

उन्होंने अपने दोनों हाथों से निराशा का इंगित किया और उनके मुंह से एक दर्दनाक कराह निकली। एक लंबी सांस खींचते हुए उन्होंने कहा—'हाय ! अब तो सहा भी नहीं जाता !'

सुन्दर ! तेरे हृदय पर ये शब्द हथौड़े की चोट की तरह तेरे दिल को बिल्कुल पत्तर बना देना चाहते हैं। रो नहीं। लवंग को फिर कौन धीरज बंधाएगा ? कल ही तो विचारों का सुहाग उजड़ा है और आज यह वज्रपात ! लेकिन आज तक तो कभी इस व्यक्ति के मुख से ऐसे शब्द नहीं निकले। आज इस सिंह के मुख से यह कराह निकली है।

सुन्दर कांप उठी। उसने लवंग से कहा—'बेटी !'

लवंग ने कहा—'मां !'

ज़मींदार साहब के मुख पर एक मुस्कराहट दौड़ गई। उन्होंने कहा—

'लवंग ! अपनी मां को कभी छोड़ोगी तो नहीं ?"

लवंग रो पड़ी। उसने कहा—'यह आप क्या कह रहे हैं पिताजी !'

ज़मींदार साहब ने कहा—'तो बुलाओ वकील साहब को। समय अधिक नहीं है अब।'

लवंग ने आवाज़ दी—'मगन !'

मगन ने प्रवेश किया। उसके चेहरे पर हवाइयां उड़ रही थीं।

लवंग ने उसे भेज दिया। थोड़ी देर मौन रहकर उन्होंने कहा—'लवंग ! जो मैं करूंगा उसमें तुझे कोई आपत्ति तो नहीं होगी ?'

'नहीं पिताजी !' उसका गला रुंध गया।

'तू लड़की है। नादान है। नाराज़ तो नहीं होगी? मेरी शपथ खा।'

लवंग ने पैरों पर हाथ रखकर कहा—'आप मेरे जीवन के अंतिम सहारे हैं, आपपर भी अविश्वास करके मैं किसलिए रहूंगी...'

सुन्दर ने उसे अपनी छाती से चिपका लिया। वकील साहब आ गए थे। सुन्दर और लवंग बाहर चली गई। वकील साहब ने भीतर बैठकर वसीयतनामा लिखा।

जब वकील साहब चले गए तब ज़मींदार साहब ने लवंग और सून्दर को बुलवा लिया। लवंग आकर पास बैठ गई। उन्होंने कहा—'बेटी ! वसीयत उस बक्स में रखी है। ले यह मेरे सिरहाने से चाबी निकाल ले।'

लवंग ने सिर झुका लिया। हाथ नहीं बढ़ाया। सुन्दर उठी और चाबी को निकालकर उसने आंचल में बांध लिया। लवंग भारी हृदय से बैठी रही।

जमींदार साहब ने एक बार कराहकर कहा—'सुन्दर ! मैं अब जा रहा हूं। कोई लाभ नहीं है। मैं अपने करने के सब काम कर चका हं। कोई झगड़ा नहीं रहा। लेकिन एक बात से मेरा हृदय बार-बार व्याकुल हो उठता है...।'

लवंग ने पूछा—'वह क्या है पिताजी ?

'बेटी ! मेरा दाह-कर्म कौन करेगा ?'

लवंग कांप उठी। सुन्दर रो दी। किन्तु उन्होंने पुरुष-स्वर से कहा—'रोओ नहीं। तुम दोनों सचमुच पागल हो। अरे! रोने से क्या मैं बच जाऊंगा ?'

फिर एक नीरवता कमरे में सांस घोटने लगी। डाक्टर ने घड़ी देखी और इंजेक्शन तैयार करने लगा। दूसरा डाक्टर बेग में से निकालनिकालकर गर्म पानी के लिए 'गौज' रुई रखने लगा।

पंडितजी ने भीतर प्रवेश किया। उनका गला रुंधा हुआ था। उन्होंने हाथ जोड़कर कहा—'मालिक ! आपने तो जीवन में कोई पाप नहीं किया। पाप तो हमने किया है जो आपको इस हालत में देखकर भी हम लोग कुछ नहीं कर सकते।'

ज़मींदार साहब ने एक बार मुस्कराकर उसकी ओर देखा और उनकी आंखें झपकने लगीं। पंडित ने कहा—'मालिक ! आप तो हमें ऐसे निष्ठुर बनकर छोड़ रहे हो, लेकिन इस नाव को अब और कौन खे सकेगा ?'

पंडितजी बालकों की भांति रो उठे। ज़मींदार साहब बड़बड़ाने लगे—'सुन्दर.. मैं निर्दोष हूं—तुमने कितना कष्ट सहा है.. मेरे लिए...'

सुन्दर रो उठी। वह बोली—'किसने कहा, मैंने तुम्हारे लिए कष्ट सहा। झूठ है। मैंने कभी दुःख नहीं उठाया। इस जीवन में जितना सुख मैंने उठाया है, उतना शायद ही किसीने पाया हो... ।'

लवंग ने विस्मय से सुना और श्रद्धा से उसका शीश झुक गया।

ज़मींदार साहब का अर्द्धस्वर फिर स्पष्ट हुआ—'भगवती बेटा...'

सब चौंक उठे।

पंडितजी ने कहा—'बहूरानी ! सुना तुमने ! मालिक ने क्या कहा? अब समझ में आया इस निर्मोही के प्राण कहां अटक रहे हैं।'

लवंग ने उत्तर नहीं दिया।

पंडितजी ने कहा—'भूल जानो सारे राग-द्वेष बहूरानी! यह समय इन बातों का नहीं। क्या तुम समझती हो इस पुकार को टाल देना ठीक होगा ? बाप अपने बेटे के लिए तड़प रहा है। क्या तुम चाहती हो वह अपने मौत के बिस्तर पर इसी तरह छटपटाता हुआ तड़प-तड़पकर मर जाए ? क्या तुम इसे अपना कर्तव्य नहीं समझतीं कि उसकी अंतिम इच्छा को पूरा किया जाए ?'

लवंग फिर भी नहीं बोली। पंडितजी ने फिर कहा—'बहूरानी, एक क्षण की

भी देरी आज जीवन-भर की देर हो जाएगी। दीपक की अंतिम चमक झिलमिला रही है। यह जो अब बिस्तर पर बच्चों की तरह हाथ-पैर फेंक रहा है, आज तुम्हारी दया पर आश्रित है। कल यह मालिक था, आज तुम मालकिन हो जाओगी। देखो ज़रा इसकी ओर ! जीवन-भर जो समाज के बन्धनों से डरकर अपने पुत्र को अपना पूत्र नहीं कह सका, आज उसे मौत के बिस्तर पर प्यार करना चाहता है। आज बेटे की ममता उसकी सांस में फांस बनकर अटक रही है। देखो, बाप अपने बेटे का मुंह देखने के लिए अंतिम समय तड़प रहा है... ।'

लवंग ने हठात् कहा—'पंडितजी ! मोटर फौरन भेज दो। कहला दो, अगर वह नहीं आएगा तो उसके बाप को कोई दाह भी न देगा। अगर वह अपने बाप के लिए भी नहीं आएगा तो मैं गले में फांसी लगाकर मर जाऊंगी... ।'

सुन्दर रोते-रोते चिल्ला उठी—'लवंग !'

और पंडितजी आंखें पोंछते हुए बाहर चले गए।

24

आकाश स्वच्छ था। इसमें एक भी बादल क्यों नहीं आ जाता? इतना शून्य भी किस काम का? कहीं आंखों के रुकने के लिए स्थान तक नहीं।

इन्दिरा ने कहा—'फिर? बस बात खत्म हो गई?'

भगवती चौंककर बोला कहा—'मोह ! भूल ही गया, क्या कह रहा था मैं?'

'तुम बता रहे थे कि रवीन्द्रनाथ ठाकुर का दिल उन रूढ़ियों से भरी शिक्षा-प्रणाली से ऊब उठता था।'

'हां तो उसमें धीरे-धीरे एक विद्रोह की भावना दिन-पर-दिन प्रखर होते लगी...'

तभी नौकर ने आकर कहा—'बीबीजी ! बाबू को कोई मोटरवाला बुला रहा है।'

'कौन है?' इन्दिरा ने चौंककर पूछा।

'कोई ड्राइवर है।'

'ड्राइवर ?' भगवती ने चौंककर कहा।

'उसे यहीं ले आयो।' इन्दिरा ने बात खत्म करने के लिए कहा—'तो जाइए आप। पढ़ा दिया हमें तो ! अब तीन दिन बाद इम्तहान है। इतनी खुशामद की, तब तो दो दिन से आपको एक घण्टा हमारे लिए बर्बाद करने की फुर्सत मिली है, अब फिर वही रोना।' —वह चिढ़ गई थी।

'लेकिन,' भगवती ने कहा—'यह हो कौन सकता है ?'

'मैंने तो सब मोटरवालों की खीर खाई है न?' इन्दिरा ने व्यंग से कहा।

नौकर ने प्रवेश किया। उसके साथ लवंग का ड्राइवर था। उसके चेहरे पर हवाइयां उड़ रही थीं। उसने छूटते ही कहा—'सरकार... मालिक...'

उसका गला रुंध गया। घबराहट के कारण वह कुछ भी नहीं कह सका।

'क्या हुमा कालीचरन ?' भगवती ने पूछा।

'सरकार ! मालिक की हालत बहुत खराब है। आखिरी वक्त पर उन्होंने आपका नाम लिया है। आपको लवंग बीबी ने बुलाने के लिए मोटर भेजी है।'

'अभी ?' भगवती ने पूछा।

'जी हां !' कालीचरन ने नम्रता से कहा—'उन्होंने कहा है कि बेटे के बिना दाह देने का अधिकार किसी को भी नहीं है।'

भगवती हंस पड़ा। उसने कहा—'इन्दिरा, सुना तुमने ?'

इन्दिरा ने कहा—'कालीचरन ! तुम बाहर बैठो। अभी जवाब मिलता है।'

दोनों नौकर जाने लगे। इन्दिरा ने अपने नौकर से कहा—'जागो, ज़रा भैया को तो भेज दो। कहना अभी एकदम बड़ा ज़रूरी काम है।'

नौकर चला गया। इन्दिरा ने कहा—'पिताजी बीमार थे ?'

भगवती ने कहा—मुझे तो कुछ भी नहीं मालूम।'

कामेश्वर के कमरे में घुसते ही इन्दिरा ने कहा—'तुमने सुना भया ? ज़मींदार साहब मृत्यु-शय्या पर पड़े हैं। उन्होंने भगवती को बुलाया है। लवंग ने मोटर भेजी है।'

'लवंग ने?' कामेश्वर ने चौंककर कहा।

'क्यों विस्मय हो रहा है? क्या तुम समझते थे लवंग सिर्फ अभिमान का पत्थर है? स्वार्थ में पड़कर कौन क्या-क्या नहीं करता? किन्तु यदि मनुष्य अपने पाप का प्रायश्चित अपने-आप करता है तो क्या उसे उसका अधिकार नहीं है?'

भगवती ने कहा—'तो तुम समझती हो इसमें कोई चाल नहीं है?'

'मैं क्या जानूं?' इन्दिरा ने उत्तर दिया।

'तो फिर तुम कैसे कह सकती हो कि इसमें मुझे अपमानित करने का कोई नया षड्यन्त्र नहीं है!'

कामेश्वर ने कहा—'लेकिन ज़मींदार साहब मृत्युशय्या पर हैं। उन्होंने तुम्हें याद किया है।'

'किसलिए?' भगवती ने कठोर स्वर से पूछा।

'क्योंकि वह तुम्हारे पिता हैं।'

'पिता?' भगवती ठठाकर हंसा। इन्दिरा ने उसकी ग्लानि को समझा।

उसके चुप रहने पर कामेश्वर ने कहा—'भगवती! एक कहना मानोगे?'

भगवती ने शुष्क होकर कहा—'क्या?'

'मुझे सन्देह है। पहले वायदा करो।'

'नहीं। पहले मैं जानना चाहता हूं कि तुम मुझसे क्या कहना चाहते हो।

इन्दिरा ने बढ़कर कहा—'भगवती! क्या मुझपर भी अविश्वास करते हो?'

'नहीं, भगवती ने कहा—'अविश्वास मैं कामेश्वर पर भी नहीं करता। किन्तु जहां तुम लोगों के विचार थोथे हो जाते हैं, वहां मैं क्या कर सकता हूं?'

कामेश्वर ने टोककर कहा—'यह समय इन बातों का नहीं है (भगवती! तुम्हें चलना ही होगा।'

भगवती चौंक उठा। उसने कहा—'मैं उन लोगों को सदा के लिए छोड़ आया हूं। मां से बढ़कर तो और कोई न था। जब उसे भी मैंने छोड़ दिया तो फिर बन्धनों की आवश्यकता?'

'तब तो तुम्हारे बराबर कोई अकृतज्ञ नहीं।' इन्दिरा ने तीखे स्वर से कहा—'जिसने तुम्हारे लिए अपने आपको इस तरह घुलाया है, तुम्हारे सम्मान को जीवित रखने के लिए अपने आपकी बलि दी है, तुम उसे इतनी सरलता से नहीं टाल सकते। किसलिए उसने संसार का विरोध सहा? किसलिए उसने खून के खूंट पीकर भी कभी तुम्हें आंखों में एक भी आंसू छलकाकर नहीं दिखाया? किसलिए उसने अपने जीवन की सबसे बडी साधना को, अपने अरमानों को, निर्मलता की चट्टानों पर सिर पटक-पटककर चूर हो जाने दिया? किसलिए उसने भूखे मरकर भी अपनी मर्यादा को नीचे नहीं गिराया? किसलिए उसने ज़मींदार साहब से कभी भी अपने लिए धन नहीं लिया? किसलिए उसने अन्तिम समय तक उनसे केवल उधार ही मांगा? भीख तो नहीं ली? तुम समाज के इन बन्धनों से घृणा करते हो? और उन बन्धनों के परे कभी मनुष्य को मनुष्य के रूप में सोच नहीं पाते? क्या यह सब इसीलिए था कि एक दिन तुम समर्थ होकर अपनी मां को, कठोर बनकर घृणा से ठोकर मार दोगे? यदि तुम घणा के पात्र नहीं हो तो वह कैसे हुई? तुम्हारी इस निर्बलता से मां का तो कुछ नहीं बिगड़ता। जिस स्त्री के प्रेमी ने उसे धोखा दिया, समाज ने जिसके हृदय को पत्थर से कुचलकर उसे दूसरे व्यक्ति से बांधकर उससे व्यभिचार कराया, जिसने फिर भी सब कुछ सहा, उसका तुम क्या बिगाड़ सकोगे? एक बात और होगी कि प्रेमी की जिस छाया के लिए उसने एक-एक करवट से अनेक-अनेक रातें जागकर बिता दी, उसने भी उसका अपमान किया, उसी समाज का, जिसने स्वयं उसे घृणित करार दिया।'

भगवती ने व्याकुल होकर कहा—'लेकिन उस पिता की तो कोई बात नहीं, जिसने जीवन-भर अपने पुत्र को अपने पास नहीं बुलाया, आज वह इतना व्याकुल क्यों हो गया? मृत्यु की याचना क्या जीवन के दान से अधिक है? जिसने जीवन-भर अपने हृदय को छला है, आज वह यह क्या करना चाहता है? यदि वह कुछ ही घड़ियों का अभिमान है तो उसे भी क्यों नहीं चूर हो जाने देती?'

इन्दिरा हंस दी। उसने कहा—'यह तो अभिमान की कोई वेला नहीं। आज तो तुम्हें जाना ही होगा।'

उसके स्वर में एसी आज्ञा थी कि भगवती सकपका गया। इसी समय कामेश्वर की माता ने प्रवेश किया। उन्हें देखकर तीनों खड़े हो गए। उन्होंने बैठते हुए कहा—'क्या बात हो गई? क्यों लड़ रहे हो तुम लोग?'

इन्दिरा ने कहा—'देखो न ममी। इनके पिताजी मृत्यु-शय्या पर पड़े हैं। लवंग ने इन्हें लेने को मोटर भेजी है। लेकिन यह जाने से इन्कार कर रहे हैं।'

मां ने कहा—'भगवती बेटा! मैं सब जानती हूं। सब कुछ जानती हूं। लेकिन आज तो रूठने का कोई समय नहीं। फिर भी वह तुम्हारे मां-बाप हैं। इस बात को तुम आज नहीं सोच सकते, क्योंकि तुम पिता का हृदय नहीं समझ सकते।'

कामेश्वर कांप उठा। उसने अपने-आपको मुश्किल से संभाला।

भगवती ने कांपते स्वर से कहा—'तो क्या आप भी यही चाहती हैं कि मैं सचमुच वहां जाऊं?'

'क्यों नहीं?' मां ने कहा—'तुम न रहोगे तो वहां रहकर कोई भी क्या करेगा? पिता पुत्र के काम न आया, न सही, लेकिन पुत्र अपना कर्तव्य क्यों छोड़ दे? क्या तुम उनके खून और मांस से नहीं बने हो? ये बंधन साधारण नहीं होते। तभी वह जीवन-भर के झूठ को आज तोड़ देना चाहते हैं, तभी तो मृत्यु-शय्या पर उनके प्राण तड़प रहे हैं कि वह अपने बेटे का मुख आज देख जाएं।'

उनकी आंखों में एक तरलता छा गई। उन्होंने फिर कहा—'उठो भैया! आज नहीं, आज इस अभिमान की कोई आवश्यकता नहीं है। इन्दिरा, कामेश्वर जाओ! तुम दोनों भाई-बहिन भी इसके साथ जाओ। बेचारा कितना अकेलापन अनुभव कर रहा है!'

मोटर वेग से भागी जा रही थी। तीनों स्तब्ध बैठे थे। जैसे आज बोलने को कुछ भी नहीं रहा था।

पहिये तेज़ी से घूम रहे थे। धूल के दीर्घ गुब्बार पीछे उड़ते चले आ रहे थे, जैसे आज भागते हुए जीवन का प्रबल वात्याचक्र पीछा कर रहा है, जैसे धूमकेतु

के पीछे उसकी जगमगाती जलती पूंछ घिसट रही है।

इन्दिरा सोच रही थी, कामेश्वर सोच रहा था, भगवती सोच रहा था। एक गुत्थी, एक उलझन, एक गंभीर अतल में निस्तब्ध लहरों का अन्धकार। किसी का भी कोई अन्त नहीं। एक दिन ऐसे ही इस खेल का प्रारम्भ हुआ था, आज ऐसे ही अन्त होनेवाला है।

सांझ, रात, उस तीव्र गति में फिसल रही है, जैसे मोटर अनेक देशों को पार किए जा रही है।

क्या हुआ यदि एक व्यक्ति मर रहा है। कल सैकड़ों आदमियों को उसके लिए ज़बरदस्ती शोक मनाना पड़ेगा। परसों सगे-सम्बन्धी कुत्तों की तरह जायदाद पर टूट पड़ेंगे और तब लवंग क्या करेगी?

भगवती ने फिर मन ही मन कहा—'जायदाद के लिए ही तो वह लौटकर गई है। क्या उसे छोड़ सकेगी? कभी नहीं। परिणाम होगा—मुकदमेबाजी।'

हृदय की भावनाओं की ऊष्मा का कचहरी में अन्त देखकर भगवती मन ही मन हंसा। धनिक अपने धन के लिए रहते हैं। किसान मेहनत करते हैं और ये लोग मौज करते हैं, बुरे से बुरे प्रभाव समाज पर इनके अतिरिक्त और कोई नहीं डालता। जहां मनुष्य और मनुष्य समान नहीं हैं, जिनके वैभव के नीचे खेतिहर कभी भी पेट भरकर खाना नहीं खा सकते, कभी अपने आपको सीधा खड़ा हुआ नहीं सोच सकते, सदा के दास, सदा के गुलाम...

कितना अत्याचार! कितने पर्दों की आड़ में चलनेवाला अनाचार! एक व्यक्ति के लिए कितने बड़े समूह का बलिदान, जैसे वह समूह उसके बिना अपने पैरों पर खड़ा नहीं हो सकता, जीवित नहीं रह सकता और उसके लिए और कोई राह नहीं है...

आपस में वे कहते रहें, मरते रहें, उनके अज्ञान पर ये अपनी होली जलाकर रंगों से फाग खेलें...

उनका अज्ञान बाप से बेटे तक पहुंचे, बेटे से बेटे के बेटे को पहुंचता रहे, जैसे इनकी यह ज़मींदारी पीढ़ी पर पीढ़ी उतारती रहे, क्योंकि यह ज़मीन उनकी है जो यदि जान जाएगा, संगठित होकर मांग बैठेगा, तो यह ज़मीन वास्तविक अधिकारी के हाथ में पहुंच जाएगी।

लाखों आदमी युद्ध-क्षेत्र में मर रहे हैं। उनमें भी...

इन्दिरा ने कहा— 'भगवती ! वह देखो, दूर रोशनी दिखाई दे रही है। हम लोग करीब आ पहुंचे।

आकाश में उजाला फूट निकला। ड्राइवर अब भी मशीन की तरह चिपका बैठा था। हवा के ठंडे-ठंडे झोंके आ-आकर मुंह पर बज रहे थे।

इन्दिरा ने पूछा—'ड्राइवर ! अभी कितनी दूर है?'

'बस आ ही गए।' ड्राइवर ने सूखे स्वर से उत्तर दिया और फट से मोटर को मोड़ दिया।

गाड़ी रुकने का एक घर-घर-सा शब्द हुआ। तीनों उतर गए। चारों तरफ सन्नाटा छा रहा था। किसीने ऊपर से झांककर देखा और फिर वहां से हट गया।

नौकर-चाकर इधर से उधर पैर दबाकर चलते थे। ड्राइवर थक गया था। उसने कहा—'जाइए सरकार ! ऊपर चले जाइए। आज भी क्या कोई लेने आएगा, तब ही जाएंगे !'

भगवती ने कुछ नहीं कहा। तीनों आगे बढ़ गए।

भगवती हिचक रहा था। क्या कहेगा वह पिता से !! पिता!!!

इन्दिरा उसकी हिचकिचाहट को समझ गई। उसने कहा—'कितना सन्नाटा छा रहा है ! चलो भगवती ! जल्दी चलो,' और उसने उसका हाथ पकड़कर कहा—'हे भगवान् ! तेरा ही भरोसा है।'

उस समय पूरी तरह से भोर हो गया था। एकाएक हृदय पर एक चोट-सी हुई और एक आहत छाया उनके नयनों पर डोल उठी।

भगवती के पैर ठिठक गए। इन्दिरा और कामेश्वर उसके पीछे स्तब्ध हो गए। ऊपर के कमरे में से रोने की ध्वनि पा रही थी। दीपक बुझ चुका था।

एकाएक सामने से आते पण्डितजी ने देखा और रोते हुए पुकार उठे—'आ गए बेटा? यह देखो, यह कौन सो रहा है ! अब जगा नहीं सकते इसे ! कह नहीं सकते कि ले अभागे, आज तेरा बेटा लौट आया है। अब तो आंखें खोल दे। क्यों, ऐसी नींद क्यों आ गई ! तू तो कभी भी इतना निठुर नहीं था !'

भीतर कमरे में से 'हाय' करके रोने की आवाज़ आई, जैसे अब कुछ नहीं

रहा। सारा हृदय घुमड़कर बाहर निकल आना चाहता है। यह रुदन नहीं है। यह महीनों, सालों की स्मृतियों का आज भीषण हाहाकार मच रहा है, क्योंकि उनमें आग लग गई है। स्त्रियों के उस हृदय-देधी क्रन्दन को सुनकर इन्दिरा रो दी।

भगवती ने भीतर जाकर देखा। वह यात्री अब सो रहा था। उसे जगाना नहीं, क्योंकि वह बहुत दिन तक चलते-चलते थक गया था। जो आशाएं,जोअरमान उसने बनाए थे वे आज भी आकाश में निर्धूम लटके तारों की तरह जल रहे थे, भटक रहे थे; उनमें से कोई पृथ्वी पर आकर उसकी आंखों के द्वार से उसके मन में नहीं समा सका।

भगवती ने सुना। लवंग कह रही थी—'भगवती ! तुम्हारा नाम ले-लेकर रह गए किन्तु तुम जल्दी नहीं आ सके। अगर थोड़ी देर और पहले पाते, तो वह साध भी पूरी हो जाती...'और वह फिर रोने लगी। भगवती निश्चल खड़ा रहा।

लवंग ने ही फिर कहा—'मुझे पहले से मालूम होता तो मैं तभी मोटर भेज देती। मां ने भी नहीं कहा। एक शाम, एक रात तो ऐसी तड़प-तड़पकर बिताई है—'बेटा ! भगवती ! आया सुन्दर? आया न लवंग? नहीं आएगा। वह कभी नहीं आएगा। मैंने एक ही पाप नहीं किया। वह बदला ले रहा है, लेने दो उसे बदला, हे परमात्मा, वह बालक है, उसे क्षमा कर देना...आ जाते एक बार बेटा ...तो मैं सुख से मर जाता...'

चार बजे सुबह एक बार पूरी तरह से आंखें खोल दीं। इधर-उधर देखा। मां ने पानी पिलाया। ताकत आई, पूछा—'सुन्दर, भगवती आ गया?'

मां ने कहा—'मोटर लाने भेज दी है। आता ही होगा। निश्चय आएगा। ऐसा कठोर वह कभी नहीं है, अवश्य आएगा...'

पर उन्होंने सिर हिलाकर कहा—'वह कभी नहीं आएगा ! मेरे पास अब वह कभी नहीं पाएगा।'

और सचमुच तुम कभी नहीं आए अभागे। किसके पास आए हो अब? वह तो नहीं रहा जिसके पास तुम आना चाहते थे। वह तो अब नहीं रहा, जिसकी आंखों में तुम्हें देखकर स्नेह से पानी भर आता। वहां क्या देख रहे हो? अरे वह तो मिट्टी है। हाय...' और लवंग फिर ज़ार-ज़ार रो उठी।

गांव की स्त्रियां इकट्ठी होने लगी थीं। इन्दिरा ने लवंग को संभाल लिया। सुन्दर चुपचाप बैठी थी। रोएगी भी नहीं, ऐसा मन सूख गया था।

लवंग ने फिर रोते-रोते कहा—'अब वह कभी नहीं लौटेंगे पागल ! क्या देख रहे हो घूर-घूरकर। अन्तिम शब्द तुम्हारा ही नाम था। उस अवस्था में, उस बेहोशी में भी वह तुम्हें नहीं भूल सके। तब मां ने कान पर चिल्लाकर कहा—'भगवती आ गया है। देखो।'

एक बार अधखुली आंखों से देखा। मां ने आंखों के सामने कृष्ण की तस्वीर रख दी। देखा और मुस्कराए। बाहर सुनाई दिया, पण्डितजी ने कहा, 'सर्वधर्मान् परित्यज्य मामेकं शरणं व्रज। अहं त्वा सर्वपापेभ्यो मोक्षयिश्यामि मा शुचः।"

लवंग ने फिर धीरे से कहा—'और उसके बाद सब शेष हो गया।'

भगवती निश्चल खड़ा था। सुन्दर ने देखा और कहा—'भगवती !'

भगवती ने मुड़कर देखा।

सुन्दर ने कहा—'तेरे पिता मर गए।'

भगवती फूट-फूटकर रो दिया।

सारा गांव इकट्ठा हो गया था। चारों ओर भविष्य के विषय में काना-फूसी हो रही थी। नाजायज़ बेटा आग देगा? यह तो अधरम है। फिर भी मरे शेर को देखकर कुत्ता दूर ही दूर से भूंका करता है। सगे-सम्बन्धी इत्यादि अनेक लोग इकट्ठे हो गए थे। पंडितजी ने बाहर जाकर ज़मींदार साहब की अन्तिम इच्छा बताई। भगवती को देखकर कुछ सगे-सम्बन्धी, जिनकी इच्छा थी कि अब तो औरत है, उसे बनाकर सब हथिया लेंगे, मन ही मन क्षुब्ध हए। पंडितजी ने सब सुनकर यही फैसला दिया कि ज़मींदार साहब वसीयतनामा लिख गए हैं।

सब दाहक्रिया समाप्त होते-होते सांझ की छायाएं घिरने लगीं। तन और मन थक गए। आज जैसे घर काटने दौड़ रहा था। सब कुछ लुट चुका था। कितना लम्बा हो गया है रास्ता मरघट से घर तक का !

घर पहुंचकर नहाने के बाद किसीने कुछ भी नहीं खाया। लवंग और सुन्दर भी भूखी बैठी थीं। उसी कमरे में ज़मीन पर फर्श बिछ गया था।

लवंग ने कहा—'तुम आ गए भगवती, इससे मुझे एक सान्त्वना है। मैं समझती थी, तुम नहीं आयोगे।'

भगवती ने पूछा—'क्यों?'

'क्योंकि तुम मुझसे डरते थे, जैसे आदमी सांप के विष से डरता है।'

इंदिरा ने कहा—'भगवती! जीत मेरी ही हुई न? यदि मैं तुमको आज यहां आने पर मजबूर न करती, तो क्या सदा के लिए ही पराजित नहीं हो जाते?'

भगवती के उदास शोकातुर मुख पर क्षीण हंसी की एक चंचल रेखा कांप उठी और ऐसे ही लय हो गई जैसे बाहर आकाश में संध्या।

मगन ने लाकर उस स्थान पर दिया रख दिया जहां पर मृत्यु हुई थी और दीप की हल्की ज्योति विराट् प्रकाश बन गई, क्योंकि उन्हें लगा, वह जीवन के लिए मृत्यु का अन्धकार दूर कर रही थी।

लवंग ने भगवती की ओर देखकर कहा—'भगवती! मैंने तुमसे आज तक कभी प्रेम नहीं किया और अब भी मैं नहीं सोचती कि मुझे तुमसे प्रेम करने का कोई कारण विशेष है। यदि तुम्हें यह गर्व हो कि तुमने जीवन-भर कष्ट उठाएं हैं तो आज मेरे ऊपर वह भी नहीं चल सकता। जानते हो क्यों? क्योंकि मैं एक विधवा हूं। विवाह मैं कर सकती हूं, किन्तु मेरे स्थान की मर्यादा इसे कभी भी स्वीकार नहीं करेगी। इसीसे मैं जीवन-भर अपने को धोखा देने का प्रयत्न करूंगी। आशा है परमात्मा मुझे अवश्य क्षमा कर देंगे।'

भगवती ने हंसकर कहा—'यह भी एक धोखा है। अध्यात्मवाद के चक्कर में अपने आपको मिटा देने का ढोंग किसलिए, जब जीवन रहने के लिए मिला है? लेकिन उस तप का भी क्या होगा जो दूसरों की मेहनत पर पलता है?'

इन्दिरा ने चौंककर देखा।

लवंग ने बक्स खोलकर कहा—'भगवती! पिताजी ने सारी जायदाद मेरे नाम कर दी है। लेकिन मेरे लिए यह व्यर्थ है, लो इसे! यह तुम्हारी है...।'

सुन्दर के मुंह से निकला—'लवंग!'

'मां !' लवंग ने हंसकर कहा—'मेरे पास तुम हो, तो मुझे और क्या चाहिए ?

उसने भगवती के हाथ पर वसीयतनामा रख दिया। इंदिरा ने खोलकर पढ़ा। उसके मुंह से निकला—'अरे !'

सब चौंक गए। कामेश्वर ने कहा—'क्या हुआ ?'

इंदिरा ने सोचा, क्या ज़मींदार चाल खेल गए ? क्या यह भगवती की मां का षड्यन्त्र है ? उसने पूछा—'लवंग ! तुमने इसे पढ़ा है ?'

लवंग ने सरलता से उत्तर दिया—'नहीं तो। क्यों ?'

भगवती हंसा। उसने हंसकर कहा—'तुमने पढ़ा हो या नहीं। लेकिन मुझे इसमें से कुछ भी नहीं चाहिए। दुःख का अन्त व्यक्तिगत सुख नहीं है। दुःख के कारण का अन्त ही दुःख का अन्त है। मैं उस जीवन में नहीं पड़ता जहां मनुष्य, मनुष्य नहीं रहता। जहां दूसरों की हड्डियों और खून पर हंसनेवाला, अपने दिल की सलाह को भी अपने झूठे अभिमान और ढोंग की भयानक छलना में भूल जाता है। मैं इस सबसे घृणा करता हूं। इसलिए नहीं कि मैं इसमें पशु बन जाऊंगा, इसलिए कि मेरे कारण कितने ही व्यक्तियों को पशु बन जाना पड़ेगा।'

'लेकिन,' कामेश्वर ने चिल्लाकर कहा—'जायदाद तो तुम्हारे नाम है।'

फिर एक बार वज्रपात हुना। सबकी आशाओं के विपरीत लवंग मुस्करा दी। भगवती ठठाकर हंस पड़ा। उसने कहा—'तब तो त्याग करने का भी यश मिल गया ! उसने कहा—'लवंग, मेरा कुछ नहीं है। यह सब तुम्हारा ही है।'

लवंग ने सिर झुका लिया। सुन्दर ने बढ़कर कहा—'बेटा ! आज तूने मेरा सिर ऊंचा कर दिया। मैं अपना सुख किससे कहूं ?'

भगवती ने दोनों हाथ फैला दिए और गद्‌गद स्वर से कहा—'मां !'

वह छोटा-सा शब्द अपनी विराट्‌ गरिमा के कारण दूर-दूर तक गूंज उठा, किन्तु देवताओं ने फिर भी आकाश से एक फूल नहीं गिराया।